책
읽어주는
남자

DER VORLESER

by Bernhard Schlink

Copyright © 1995 by Diogenes Verlag AG Zürich
All rights reserved.
Korean Translation Copyright © Sigongsa Co., Ltd. 2013
This edition published by arrangement with Diogenes Verlag AG through
Shinwon Agency Co.

이 책의 한국어판 저작권은 신원에이전시를 통해 저작권자와 독점 계약한 (주)시공사가
소유합니다. 신저작권법에 의하여 한국 내에서 보호를 받는 저작물이므로
무단전제와 무단복제, 전자출판 등을 금합니다.

베른하르트 슐링크

김재혁 옮김

책 읽어주는 남자

Bernhard
Schlink
Der Vorleser

시공사

차 례

옮긴이의 말
사랑은 어떻게 시대사와 엮이는가

1부

Bernhard
  Schlink
Der Vorleser

1

내 나이 열다섯이던 해에 나는 황달에 걸렸다. 나의 병은 그해 가을에 시작되어 다음 해 봄에 끝났다. 묵은해의 날씨가 갈수록 추워지고 날이 점점 더 어두워질수록 나의 몸은 자꾸만 약해져갔다. 새해가 시작되고 나서야 비로소 나의 몸 상태도 상승 곡선을 그렸다. 그해 1월은 따뜻했고, 어머니는 나를 위해 침대를 발코니에 내다주었다. 나는 하늘과 태양과 구름을 바라보며 뜰에서 노는 아이들 소리를 들었다. 2월의 어느 초저녁에는 지빠귀 노랫소리도 들렸다.

나의 첫 바깥나들이는 블루멘 가街에서—그 거리에 있는 세기 전환기에 지어진 한 육중한 건물의 3층에 우리 집이 있었다—반호프 가까지 가는 것이었다. 그곳 반호프 가에서 나는 지난해 10월의 어느 월요일에 학교에서 집으로 돌아오던 길에 구토를 했다. 이미 그 며칠 전부터 나는 몸이 허약해져 있었다. 내 인생에서 그때처럼 몸이 약한 적은 한 번도 없었다. 발걸음을 뗄 때마다 무척 힘이 들었다. 집이나 학교에서 계단을 올라가려 할 때면 두 다리가 나의 몸을 거의 옮겨주지 못했다. 식욕도 나지 않았다. 배가 고파서 식탁에 앉아도 금세 먹고 싶은 생각이 싹 가시곤 했다. 아침마다 입이 바싹 말랐으며 나의 내부 기관들이 속에서 뭔가 잘못된 듯한 묵직한 느낌으로 눈을 떴다. 나는 몸이 그렇게 허약해진 것이 창피했다. 특히 토할 때면 더 그랬다. 토하는 것 역시 내 인생에서는 처음 있는 일이었다. 나의 입 안은 속에서 올라온 음식물로 가득 찼고, 나는 그것을 다시 삼키려고 손으로 입을 막은 채 위아래 입술을 꽉 깨물었다. 그러나 내용물은 입과 손가락 사이로 삐져나왔다. 나는 건물의 외벽에 몸을 기대고 서서 발밑에 있는 토사물을 내려다보며 맑은 가래를 힘들여 끼룩끼룩 삼켰다.

바로 그때 그 여자가 나를 보살펴주었다. 그녀는 손놀림이 좀 거칠었다. 그녀는 내 팔을 잡고는 어두컴컴한 현관을 지나 안마당으로 나를 데려갔다. 건물 위쪽의 창문과 창문 사이에는 빨랫줄들이 쳐 있었고, 빨래들이 널려 있었다. 마당에는 목재가 쌓여 있었다. 문이 열려 있는 작업장에서 전기톱 돌아가는 새된 소리가 들려왔고 톱밥 가루가 흩날렸다. 안마당으로 통하는 문 옆에 수도꼭지가 하나 있었다. 그 여자는 수돗물을 틀어 먼저 나의 손을 씻겨준 다음, 두 손에 물을 받아 내 얼굴에 찰싹찰싹 끼얹었다. 나는 손수건으로 얼굴을 닦았다.

"저쪽 걸 들어!" 수도꼭지 옆에는 두 개의 물통이 놓여 있었다. 그녀는 그중 하나를 집어 들더니 물을 가득 받았다. 나도 남은 물통을 가져다가 물을 가득 받은 다음, 현관을 지나 그녀의 뒤를 따라갔다. 그녀는 물통을 든 팔을 등 뒤로 홱 젖혔다가 인도에다 철썩 물을 뿌려 토사물을 수채 속으로 흘려보냈다. 그러고는 내가 들고 있던 물통을 낚아채더니 보도 위로 또 한 번의 물세례를 퍼부었다.

그녀는 몸을 일으켜 세우고서 울고 있는 내 모습을 쳐다보았다. "꼬마야." 그녀가 의아하다는 듯이 말했다. "꼬마야." 그녀는 나를 두 팔로 끌어안았다. 내 키가 그녀보다 클까 말까 했다. 나는 나의 가슴에 닿은 그녀의 젖가슴을 느꼈고, 밀착해서 안겨 있는 동안 나의 지저분한 숨결과 그녀의 상큼한 땀 냄새를 맡았다. 나는 두 팔을 어디다 두어야 할지 몰랐다. 나는 울음을 그쳤다.

그녀는 내게 어디 사느냐고 묻더니 두 개의 물통을 현관에다 내려놓고는 나를 집까지 데려다주었다. 그녀는 한 손에는 내 책가방을 들고 다른 손으로는 내 팔을 잡고서 나와 함께 걸어갔다. 반호프 가에서 블루멘 가까지는 그리 멀지 않았다. 그녀는 빠른 걸음으로 걸었는데 거기엔 단호함 같은 것이 배어 있었다. 그 몸짓을 보자 나의 발걸음도 덩달아 빨라졌다. 우리 집 앞에 이르러 그녀는 나와 헤어졌다.

같은 날 어머니는 의사를 불러왔고, 의사는 황달이라는

진단을 내렸다. 그 후 어느 날 나는 어머니에게 그 여자에 대해 이야기를 했다. 만약에 그런 일이 없었다면 나는 그 여자 집으로 찾아가지 않았을 것이다. 그러나 어머니는 내게 가능한 한 빨리 용돈으로 꽃을 한 다발 사 들고 가서 그 여자에게 내가 누구인지 소개하고 고맙다는 인사를 해야 한다고 말씀하셨다. 그리하여 나는 2월 말에 반호프 가로 가게 되었다.

2

반호프 가의 그 건물은 지금은 사라지고 없다. 그 건물이
언제, 왜 헐렸는지는 모르겠다. 나는 오랫동안 고향을 떠
나서 살았다. 1970년대 혹은 80년대에 지은 듯한 새 건물
은 5층짜리 건물로 지붕 밑에 다락방이 하나 있고 돌출창
이나 발코니가 없이 매끈하게 밝은 색으로 회칠이 되어 있
다. 수많은 초인종 단추들은 그 안에 그 수만큼의 조그만
아파트들이 들어 있음을 알려주고 있다. 사람들은 마치 렌
터카를 빌려 쓰고 나서 다시 돌려주듯이 그 아파트들 속으
로 입주했다가는 이사하곤 한다. 1층에 지금은 컴퓨터 상
점이 들어와 있다. 옛날에는 그 자리에 약품들을 파는 상
점과 식료품점 그리고 비디오 가게가 있었다.

옛 건물은 높이는 지금 건물과 같았지만 4층짜리였는데,
맨 아래층은 한쪽 면을 다듬은 네모반듯한 사석沙石 벽돌로

되어 있었다. 그 위의 세 개 층은 사석 돌출창과 사석 발코니 그리고 사석 창틀 등이 딸린 벽돌 벽으로 되어 있었다. 몇 계단만 올라가면 1층을 지나 계단실에 이를 수 있었다. 현관 계단은 아래쪽은 넓고 위쪽으로 갈수록 폭이 좁았다. 계단 양쪽에는, 위쪽에 철제 난간이 딸리고 아래쪽은 나선형 모양을 이룬 벽이 설치되어 있었다. 현관문은 양쪽의 두 기둥에 의해 호위를 받고 있었는데, 처마도리의 양 모서리에는 두 개의 사자상이 있어서 하나는 반호프 가를 올려다보고, 다른 하나는 반호프 가를 내려다보았다. 그 여자가 나의 손을 잡고 수도꼭지가 있는 안마당으로 들어갈 때 통과했던 입구는 쪽문이었다.

나는 이미 아주 어렸을 때부터 그 건물을 알고 있었다. 그 건물은 옆에 도열해 있는 다른 건물들을 압도했다. 만약에 그 건물이 좀 더 육중하게 그리고 좀 더 넓게 자리를 차지하며 앉는다면 이웃한 건물들은 얼른 옆으로 물러서며 자리를 양보해야 할 것이라고 나는 생각했다. 나는 그 건물 안에는 회반죽으로 모양새를 낸 장식들이 있고 거울들이 걸려 있으며 밑에는 동양풍 무늬를 짜 넣은 좁다란 양탄자가 깔려 있는 계단실이 있을 거라고 생각했다. 그리고 그 양탄자는 윤이 반짝반짝 나도록 닦인 놋쇠 막대기들에 의해 고정되어 있을 것 같았다. 나는 그렇게 위풍당당한 건물 안에는 역시 위풍당당한 사람들이 살고 있을 걸로 기대했다. 그러나 나는 그 건물이 오랜 세월과, 기차들이 뿜

어대는 연기로 인해 칙칙해졌기 때문에 그곳에 사는 위풍당당한 사람들도 어두침침하면서 좀 이상한 모습이 되었으리라고 생각했다. 어쩌면 귀가 먹거나 벙어리가 되었거나, 허리가 구부정해졌거나 다리를 절뚝거릴 것 같았다.

나는 나이가 먹은 뒤에는 꿈속에서 수시로 그 건물을 보았다. 내가 꾼 꿈들은 모두 비슷했다. 그것은 단 한 가지의 꿈과 테마가 변형된 것들이었다. 나는 낯선 도시를 걷다가 그 건물을 발견한다. 그 건물은 내가 알지 못하는 구역에 일렬로 늘어선 건물들 틈에 서 있다. 그 건물은 알지만 그 구역은 처음 보는 곳이라 나는 머리에 혼란을 느끼면서 계속 걸어간다. 이윽고 그 건물을 예전에 본 적이 있다는 생각이 번쩍 든다. 그때 나는 내 고향의 반호프 가가 아니라 다른 도시나 다른 나라를 생각한다. 이를테면 꿈속에서 로마에 있는데 그곳에서 그 건물을 보고 있다. 그러면서 그 건물을 예전에 베른에서 본 적이 있다고 생각한다. 꿈속에서 이것을 기억해내고서 나는 조금 안심한다. 그 건물을 낯선 고장에서 다시 보는 것이 내게는 옛 친구를 낯선 고장에서 우연히 만나는 것보다 그리 이상하게 여겨지지 않는다. 나는 가던 걸음을 돌려 그 건물로 되돌아가 현관의 계단을 올라간다. 나는 건물 안으로 들어가려고 한다. 나는 손잡이를 돌린다.

그 건물이 어느 시골에 있는 꿈을 꾸고 나면, 그 꿈은 훨씬 오래간다. 나는 꿈을 꾼 다음에도 꿈의 세세한 내용들을 보다 잘 기억할 수 있다. 나는 자동차를 타고 가고 있다. 나의 오른편에서 그 건물을 발견한다. 우선은 분명히 어느 도시의 건물들 틈에 서 있어야 할 그 건물이 넓은 들판에 서 있는 것이 이상할 따름이다. 다음 순간 나는 그 건물을 본 적이 있다는 사실을 떠올린다. 이제 나는 더욱더 이상한 느낌을 받는다. 그 건물을 본 장소를 기억하는 순간 나는 차를 돌려 그 건물을 향해 돌아간다. 꿈속의 도로는 늘 텅 비어 있어서 급브레이크를 끼익 소리가 나게 밟아가며 그 건물을 향해 전속력으로 차를 몬다. 나는 혹시 너무 늦어 건물이 사라지면 어쩌나 초조해하며 더욱 빨리 차를 달린다. 이윽고 나의 눈에 그 건물이 들어온다. 그 건물은 팔츠 지방에서 자라는 유채나 옥수수 혹은 포도, 프로방스 지방에서 나는 라벤더 밭들로 둘러싸여 있다. 그 지역은 평평한 곳이다. 약간의 언덕이 있을 뿐이다. 나무도 한 그루 없다. 더없이 화창한 날이다. 태양은 빛나고, 대기는 반짝인다. 그리고 도로는 태양열을 받아 후끈거린다. 방화벽들이 그 건물을 잘라놓았기 때문에 그 건물은 제대로 다 보이지 않는다. 아마도 다른 건물의 방화벽들인 것 같다. 그 건물은 반호프 가에 있는 건물보다 칙칙하지 않다. 그러나 창문마다 먼지가 뽀얗게 앉아서 건물 내부에 무엇이 있는지 전혀 알 수가 없다. 커튼조차도 보이지 않는다. 그 건물은 안이 들여다보이지 않는다.

　나는 도로변에 차를 세우고 도로를 가로질러 건물 입구

를 향해 걸어간다. 아무도 보이지 않고 아무런 소리도 들리지 않는다. 멀리서 들리던 자동차 엔진 소리도 바람 소리도 새소리도 들리지 않는다. 온 세상이 죽은 듯하다. 나는 건물의 현관 계단을 올라가 손잡이를 돌린다.

하지만 나는 문을 열지 않는다. 나는 잠에서 깬다. 나는 다만 내가 손잡이를 잡은 다음 돌렸다는 사실까지만 기억한다. 그다음 그 꿈 전체가 다시 떠오르면서 그 꿈을 예전에도 이미 꾸었다는 사실을 깨닫는다.

3

나는 그 여자의 이름을 몰랐다. 나는 꽃다발을 손에 들고 서 현관의 수많은 초인종 단추들 앞에서 망설이며 서 있었다. 차라리 돌아가고 싶었다. 그러나 그때 한 남자가 건물에서 나왔다. 그는 내게 누구를 찾아왔느냐고 묻더니, 슈미츠 부인은 4층에 산다고 알려주었다.

건물 안에는 장식용 석고도 거울도 폭이 좁은 양탄자도 없었다. 건물 정면의 화려함과는 달리 계단실이 원래 간직했을 법한 소박한 아름다움은 이미 오래전에 사라지고 없었다. 계단 발판의 빨간 칠은 사람들의 잦은 발길로 가운데 부분이 일렬로 벗겨졌고, 계단을 따라 어깨 높이로 붙어 있던 초록색 문양의 리놀륨도 닳아서 없어졌으며, 난간의 살이 떨어져 나간 곳에는 끈이 묶여 있었다. 어디선가 세제 냄새가 났다. 사실 나는 이 모든 것을 나중에서야 깨달은 것 같다. 언제나 초라하면서도 언제나 깨끗하고 언제나 똑같은 세제 냄새가 풍겨왔다. 이따금 양배추나 콩 냄새, 음식 만드는 냄새나 빨래 삶는 냄새도 섞여서 풍겨왔다. 이러한 냄새들과 집집마다 문 앞에 놓여 있던 신발털이들 그리고 초인종 단추들 밑에 끼워져 있던 명패들 외에 나는 그곳에 사는 사람들에 대해 아무것도 알지 못했다. 내 기억으로는 계단에서 그 건물에 사는 다른 사람들과 마주친 적은 한 번도 없었다.

나는 또한 내가 슈미츠 부인에게 어떻게 인사를 했는지도 기억하지 못한다. 추측건대 나는 나의 병에 대해서, 그녀의 도움에 대해서 그리고 그것에 대한 감사에 대해서 두서너 마디의 말을 준비해가지고 있다가 그대로 지껄였던 것 같다. 그녀는 나를 부엌으로 안내했다.

부엌은 그 집에서 가장 넓은 공간이었다. 부엌에는 전기 오븐과 싱크대, 욕조와 목욕물 데우는 난로, 테이블 하나와 의자 두 개, 찬장, 옷장 그리고 소파가 각각 하나씩 있었다. 소파에는 빨간 벨벳 천이 씌워져 있었다. 부엌에는 창문이 없었다. 빛은 발코니로 나가는 문에 달린 유리창을 통해서 들어왔다. 그렇지만 빛이 많이 들지 못했기 때문에 문이 열려 있을 때에만 부엌은 환했다. 문을 열어놓으면 마당의 가구 공장에서 날카로운 전기톱 소리가 들려왔고 목재 냄새도 풍겼다.

이 집에는 그 밖에 화장대와 테이블, 네 개의 의자, 안락

의자 그리고 석탄 난로를 갖춘 작고 비좁은 거실이 하나 있었다. 거실은 겨울에도 전혀 불을 때지 않았으며, 여름에도 거의 사용되지 않았다. 창문은 반호프 가 쪽으로 나 있어서 이제는 온통 파헤쳐져 곳곳에 새로 지을 법정과 관청 건물의 토대들이 놓인 예전의 역 자리가 한눈에 들어왔다. 마지막으로 이 집에는 창문이 없는 화장실이 하나 있었다. 화장실에서 냄새가 나면 복도에서도 냄새가 났다.

부엌에서 우리가 무슨 이야기를 나누었는지도 나는 이제 더 이상 기억하지 못한다. 슈미츠 부인은 다리미질을 하고 있었다. 그녀는 테이블 위에다 모포와 침대보를 펼쳐놓고 바구니에서 빨래를 하나씩 꺼내 다리미질을 한 다음 다시 접어서 두 개의 의자 중 하나에 올려놓았다. 다른 하나의 의자에는 내가 앉아 있었다. 그녀는 속옷도 다리미질을 했다. 나는 그쪽을 쳐다보지 않으려고 했지만 시선을 떼지 못했다. 그녀는 조그맣고 연한 빨간색 꽃들이 수놓인 민소매 원피스를 입고 있었다. 어깨까지 내려오는 잿빛 금발머리는 목덜미에다 머리핀으로 고정시켜놓았다. 살이 드러난 그녀의 양팔은 새하얬다. 다리미를 들고 다리미질을 한 다음 빨래들을 한데 모아 옆으로 치우는 그녀의 손놀림 하나하나는 느리면서도 차분했다. 몸을 움직이고 허리를 구부렸다가 일어설 때에도 마찬가지로 느리면서도 차분했다. 나의 기억 속에서는 그녀의 당시의 얼굴에 그녀의 나중의 얼굴들이 겹쳐졌다. 내가 그녀를 당시의 모습대로

20

내 눈앞으로 불러내면, 그녀는 얼굴이 없는 모습으로 나타난다. 그러면 나는 그녀의 모습을 재구성해야 한다. 훤한 이마, 튀어나온 광대뼈, 연푸른 눈동자, 흠잡을 데 없이 매끄럽고 통통한 입술, 각진 턱. 넓적하고 준엄해 보이면서도 여성스러운 얼굴 모양새. 나는 당시 내가 그 얼굴을 아름답게 생각했음을 기억한다. 그러나 나는 이제 그 얼굴의 아름다움을 더 이상 떠올릴 수 없다.

4

"잠깐 기다려." 내가 일어나서 가려고 하자 그녀가 말했다. "나도 나가야 해. 좀 같이 걷자."

나는 현관에서 기다렸다. 그녀는 부엌에서 옷을 갈아입었다. 문이 조금 열려 있었다. 그녀는 민소매 원피스를 벗고 옅은 녹색의 슬립 차림으로 서 있었다. 의자 등받이에는 스타킹이 두 개 걸려 있었다. 그녀는 그중 하나를 집어들어 양손을 번갈아 놀려가면서 둥글게 말았다. 그녀는 한쪽 다리로 균형을 잡고 그 다리의 무릎 위에다 다른 쪽 다리의 발꿈치를 올려놓고 몸을 앞으로 구부리고서 돌돌 만 스타킹을 발가락 끝에 끼우고는 발가락 끝을 의자 위에 올려놓은 후 스타킹을 장딴지를 거쳐 무릎을 지나 허벅지까지 끌어올리고는 옆으로 머리를 숙여 스타킹 밴드에다 고정시켰다. 그러고 나서 몸을 일으켜 세우고는 의자에서 발을 내리고 다른 스타킹을 집어 들었다.

나는 그녀에게서 눈을 뗄 수가 없었다. 그녀의 목덜미와 어깨에서, 슬립이 감추기보다는 살짝 드러내 보이고 있는 그녀의 젖가슴에서, 발을 무릎 위에다 올려놓았다가 다시 의자에 놓을 때 속옷을 팽팽하게 만들던 그녀의 엉덩이에서, 그리고 처음에는 맨살로 창백한 모습을 보이다가 스타킹 속에서 비단처럼 은은하게 빛나던 그녀의 다리에서 눈을 뗄 수 없었다.

그녀는 나의 시선을 느꼈다. 그녀는 다른 쪽 스타킹을 잡으려다 말고 문 쪽으로 몸을 돌려 나의 눈을 쳐다보았다. 나는 그때 그녀의 눈빛이 어땠는지 알지 못한다. 놀란 눈빛이었을까, 묻는 듯한 눈빛이었을까, 다 안다는 듯한 눈빛이었을까, 나무라는 눈빛이었을까. 나는 얼굴이 빨개졌다. 화끈하게 달아오른 얼굴로 잠시 그대로 서 있었다. 다음 순간 나는 더 이상 참지 못하고 집 밖으로 뛰쳐나와 계단을 달려 내려가 건물 밖으로 도망쳤다.

나는 어슬렁거리며 걸었다. 반호프 가, 호이서 가, 블루멘 가를 지났다. 그곳은 몇 년 전부터 내가 학교를 오갈 때 지나던 거리였다. 나는 그곳에 있는 모든 건물들과, 모든 정원들 그리고 모든 울타리들을, 해마다 칠을 새로 했지만 목재가 이미 퇴색하고 썩어서 손으로 만지면 부서지던 그 울타리들을, 어렸을 때 막대기로 창살들을 타다닥 치면서 달리던 철제 울타리들을, 그 뒤에 뭔가 놀랍고 끔찍한 것이 있을 걸로 생각했다가 나중에 직접 기어 올라가 살펴보고는 고작 버려진 꽃밭과 딸기밭과 채소밭 따위가 지루하게 늘어서 있는 것을 확인했던 높은 벽돌 담장 등을 낱낱이 알고 있었다. 나는 도로의 둥근 포석들과 아스팔트와, 번갈아가며 문양을 맞추어 깔아놓은 보도의 타일들과 물결 모양으로 깔아놓은 현무암들과 타르와 자갈들을 알고 있었다.

그 모든 것은 내게 친숙했다. 나의 심장이 더 이상 가쁘게 쿵쾅거리지 않고 나의 얼굴도 더 이상 달아오르지 않게 되었을 때, 부엌과 현관 사이의 그 조우도 멀리 사라져버렸다. 나는 나 자신에 대해 화가 났다. 나는 나 자신에게 기대했던 대로 당당하게 행동하지 못하고 어린애처럼 그곳에서 도망쳐 나왔다. 나는 이제 결코 아홉 살이 아니라 열다섯 살이었다. 물론 당당한 행동이란 것이 어떻게 하는 것이었는지는 내게 수수께끼로 남아 있었다.

또 다른 수수께끼는 부엌과 현관 사이에서의 우연한 조우 그 자체였다. 나는 왜 그녀에게서 눈을 떼지 못했는가? 그녀는 아주 탄탄하면서도 여성스러운 몸매를 갖고 있었다. 그녀의 몸은 나의 눈길을 끌어당겨 머물게 하던 어떤 소녀들의 몸매보다 풍만했다. 그러나 그녀를 만약에 수영장에서 보았더라면, 그녀는 그렇게 내 눈에 띄지 않았으리라고 나는 확신했다. 그녀는 또한 내가 수영장에서 본 소녀들이나 여자들보다 벗은 몸을 더 많이 보여준 것도 아니었다. 게다가 그녀는 내가 꿈꾸던 소녀들보다 나이가 훨씬 많았다. 서른은 넘지 않았을까? 자신이 아직 살아보지 못했거나 앞으로 다가올 나이를 알아맞힌다는 것은 어려운 일이다.

그로부터 몇 년 뒤 나는 내가 단순히 그녀의 몸매 때문이 아니라 그녀의 몸놀림 때문에 그녀로부터 눈을 떼지 못했음을 깨닫게 되었다. 나는 나의 여자친구들에게 스타킹을 신는 모습을 보여달라고 부탁했다. 그렇지만 왜 그런 부탁을 하는지에 대해서는 그들에게 설명할 수 없었다. 부엌과 현관 사이에서 있었던 그 조우에 대해서는. 그리하여 나의 부탁은 고무밴드와 레이스와 에로틱한 별난 장비들에 대한 소망으로 읽혔다. 그리고 실제 나의 부탁이 실현되었을 때, 그것은 교태 어린 포즈가 되어버렸다. 그러나 그것은 내가 눈길을 떼지 못했던 그 장면과는 거리가 멀었다. 그녀는 나를 향해 교태를 부리지도 않았고 포즈를 취하지도 않았었다. 또한 내가 기억하기로 그녀가 내게 그런 자세를 취한 적은 한 번도 없었다. 나는 그녀의 몸과 태도와 몸놀림이 가끔 굼떠 보였다고 기억한다. 그렇다고 그녀가 몸이 무거웠다는 뜻은 아니다. 오히려 그녀는 자신의 몸의 안쪽으로 들어가 앉아 자신의 몸을 몸 자체에, 그리고 머리가 내리는 어떤 명령에도 방해받지 않는 그 나름의 조용한 리듬에 내맡긴 채 외부 세계를 잊어버린 듯이 보였다. 바로 이와 같은 외부 세계에 대한 망각이 그녀가 스타킹을 신을 때의 모든 태도와 몸놀림에도 깃들어 있었다. 그러나 스타킹을 신을 때의 그녀의 태도는 굼뜨지 않고 오히려 유려하게 우아하고 고혹적이었다. 그것은 젖가슴과 엉덩이와 다리에 대한 유혹이 아니라 몸의 내면으로 깊이 들어가 바깥 세상을 잊어버리라는 요구였다.

비록 내가 지금에 이르러서는 그것을 깨닫고 이렇게 그것에 대해 이야기까지 하지만 당시에는 전혀 알지 못했다. 그러나 당시에도 무엇이 나를 그토록 흥분시키는 건지에 대해 생각만 하면 나는 늘 흥분되곤 했다. 그 수수께끼를 풀기 위해 나는 그때의 조우를 다시 기억 속으로 불러들였고, 그러면 그 조우를 풀리지 않는 수수께끼로 만듦으로써 내가 스스로 만들어놓았던 거리감은 사라졌고, 나는 모든 것을 다시 내 눈 앞에 볼 수 있었으며 또다시 거기서 눈을 떼지 못했다.

5

일주일 뒤 나는 다시 그녀의 집 문 앞에 서 있었다.

일주일 내내 나는 그녀를 생각하지 않으려고 안간힘을 썼다. 그러나 나를 만족시키고 나의 신경을 다른 곳으로 쏠리게 할 만한 것은 아무것도 없었다. 의사 선생님은 내가 아직은 학교에 등교할 수 없다고 하셨고, 책을 읽는 것도 몇 달이 지나자 싫증이 났으며, 친구들이 가끔 찾아오기는 했지만, 내가 이미 너무 오랫동안 병석에 누워 있었던 까닭에 그들의 방문은 그들의 일상과 나의 일상 사이에 더 이상 다리를 놓아주지 못했고 그들의 방문 시간도 갈수록 점점 더 짧아져갔다. 나는 의무적으로 산책을 나가야 했다. 나는 무리가 가지 않는 범위에서 매일 조금씩 거리를 늘려갔다. 차라리 산책을 힘이 부치도록 했으면 좋았을지도 모른다.

어린 시절과 청춘 시절에 병석에 누워 있는 시간은 정말 마법의 시간이라고 할 것이다! 바깥 세계, 즉 마당이나 정원 또는 길거리의 자유 시간의 세계는 아주 희미한 소리가 되어 병실로 들어올 뿐이다. 병실 안에는 환자가 읽고 있는 이야기와 형상들의 세계가 무성하게 우거진다. 고열은 주변 세계에 대한 감지력을 떨어뜨리고 상상력을 날카롭게 하여 병실을 하나의 새로운, 친숙하면서도 낯선 공간으로 만들어준다. 괴물들은 커튼과 벽지의 문양들 속에서 흉측한 얼굴들을 내보이고, 의자들과 테이블들 그리고 서가들과 책장들은 우뚝 솟아올라 손을 뻗어 잡을 수 있을 만큼 가까우면서도 멀리 있는 산이나 건물 또는 배가 된다. 긴 밤 시간 내내 교회 탑시계의 종소리와 가끔씩 지나가는 자동차들의 부르릉 소리와, 사방의 벽과 지붕을 더듬으며 반사되는 헤드라이트 불빛이 환자와 동행한다. 이때는 잠이 오지 않는 시간이다. 그러나 불면증의 시간은 아니다. 즉 결핍의 시간이 아니라 충만의 시간이다. 동경, 회상, 불안, 욕망 등이 미궁을 만들어놓아 환자는 그 속에서 끊임없이 길을 잃고 또다시 찾았다가 또다시 잃곤 한다. 이때는 모든 것이 가능한 시간이다. 좋은 것이나 나쁜 것 할 것 없이.

　이 모든 것은 환자의 병이 낫게 되면 끝나고 만다. 하지만 병이 아주 오랫동안 계속된 상태라면, 병실이 외부 세계에 대해서 내화耐火되어 환자는 이제 전혀 열이 나지 않고 병에서 거의 회복된 상태라 하더라도 미궁 속에서 헤매게 된다.

나는 매일 아침 양심의 가책을 느끼면서 잠에서 깼다. 어떤 때는 잠옷 바지가 축축하게 젖어 있거나 더럽혀져 있었다. 내가 꿈에서 본 형상들과 장면들은 옳지 못한 것들이었다. 나는 엄마와 내게 견진성사를 해주신 존경하는 신부님, 그리고 내가 어린 시절의 비밀을 고백했던 누나가 나를 꾸짖지 않으리라는 것은 알고 있었다. 하지만 그들은 애정이 듬뿍 담긴 걱정스러운 말투로 나를 타이를 것 같았다. 그러나 사실 이것이 꾸짖는 것보다 더 고약한 것이다. 특히 올바르지 못했던 것은, 꿈속에서 그 형상들과 장면들이 저절로 꾸어지지 않으면 내가 그것들을 적극적으로 상상했다는 데 있었다.

그 당시 슈미츠 부인을 찾아가려는 용기가 어디에서 솟아났는지 모르겠다. 도덕적인 교육이 스스로에게 반기를 든 것인가? 음탕한 눈길이 욕망을 실제로 채우는 것과 마찬가지로 나쁘고, 적극적으로 상상을 하는 것이 상상을 직접 행동으로 옮기는 것과 마찬가지로 나쁘다면, 자신의 욕망을 채우고 직접 행동으로 옮기지 않을 이유가 어디에 있는가? 나는 매일같이 내가 부정한 생각에서 벗어날 수 없음을 깨달았다. 그다음 나는 부정한 행위마저도 원했다.

나는 또 다른 생각도 해보았다. 즉 그녀에게 가는 것은 위험스러울 수 있지만 사실 그런 위험이 실제로 나타나지는 않을 것이다. 슈미츠 부인은 놀라워하며 나를 맞이할 것이고 이상했던 나의 행동에 대한 나의 변명을 주의 깊게 들은 다음 다정한 말과 함께 나를 돌려보낼 것이기 때문이다. 그녀에게 가지 않는 것이 더 위험할 수도 있다. 왜냐하면 나는 공상에서 벗어나지 못하는 위험에 빠져 있었기 때문이다. 따라서 내가 그녀에게 가는 것은 올바른 일이었다. 그녀는 정상적으로 행동할 것이고, 나도 정상적으로 행동할 것이며, 그러면 모든 것은 다시 정상으로 돌아오게 될 것이다.

나는 당시에 그렇게 아전인수 격으로 생각을 하고서 나의 음탕한 생각을 희귀한 도덕적 계산으로 정당화시키고 나의 양심의 가책을 침묵시켰다. 그러나 그것이 내게 슈미츠 부인에게 갈 용기를 선사해주지는 않았다. 나의 어머니와 존경하는 신부님 그리고 나의 누나는—만약에 그들이 제대로 생각을 했다면—내가 그녀에게 가는 것을 말리지 않고 오히려 가도록 권했을 것이라고 마음속으로 생각해보는 것과, 실제로 그녀에게 가는 것은 완전히 다른 일이었다. 나는 어떻게 내가 그녀에게 갔는지 모른다. 그러나 나는 요즘 들어 당시의 그 사건에서 지금까지 살아오며 나의 생각과 행동이 서로 조화를 이루거나 아니면 서로 어긋나곤 하는 하나의 표본을 본다. 나는 생각을 하여 하나의 결론을 이끌어내 결정을 내리고 나면 그 결론에 집착한다. 그리고 나는 나의 행동은 별개의 것이며 결정을 따를 수도 있지만 꼭 결정을 따라야 하는 것은 아니라는 사실을 깨닫는다. 나는 지금까지 살아오면서 하지 않기로 내린 결정을 행동으로 옮긴 경우도 많았고 또 하기로 하고 내린 결정을 행동으로 옮기지 않은 경우도 아주 많았다. '그것'이 무엇인지 모르겠지만, 어쨌든 '그것'이 행동한다. '그것'이 내가 더 이상 보고 싶지 않은 여자를 향해 차를 몰고 가도록 만들고, '그것'이 상관에게 사생결단을 작정한 듯한 말을 하게 만들고, 비록 내가 담배를 끊기로 결정했지만 '그것'이 계속해서 담배를 피우고, 그리고 '그것'은 나는 어차피 골초이니 앞으로도 어쩔 수 없다는 사실을 내가 받아들이고 나면 그땐 담배를 끊는다. 물론 나의 생각과 결정이 행동에 아무런 영향을 주지 못한다는 말은 아니다. 그러나 행동은 행동에 앞서 이미 충분히 생각하고 결정한 것을 단순히 그대로 수행하지는 않는다. 행동은 나름대로의 원천을 갖고 있으며, 나의 생각은 나의 생각이고 나의 결정은 나의 결정이듯이 나의 행동 역시 독자적인 방식으로 나의 행동인 것이다.

6

그 여자는 집에 없었다. 건물의 현관문이 조금 열려 있었기 때문에 나는 계단을 올라가 초인종을 누른 후 기다렸다. 초인종을 다시 한 번 눌렀다. 집 안의 문들은 열려 있었다. 현관문의 유리창을 통해 집 안이 들여다보였다. 현관에는 거울과 옷장, 시계가 있었다. 째깍째깍하며 시계 가는 소리가 들려왔다.

나는 계단에 앉아 기다렸다. 어떤 결정에 대해 약간의 스릴을 느끼면서도 동시에 그 결정이 가져올 결과 때문에 불안해하다가 막상 그 결단을 행동으로 옮겼는데 우려했던 결과를 맛보지 않게 된 사람이 느끼는 것처럼 그렇게 안도감을 느끼지도 않았다. 그렇다고 실망하지도 않았다. 나는 그녀를 만나보기로 그리고 그녀가 올 때까지 기다리기로 결심했다.

현관의 시계는 십오 분과 삼십 분 그리고 정각마다 종을 쳤다. 나는 시계의 나직한 째깍 소리를 좇아, 종을 친 후 다음 종을 칠 때까지 900초를 세려고 시도해보았다. 그러나 자꾸만 정신이 분산되었다. 마당에서는 가구 공장의 전기 톱 소리가 찢어질 듯이 들려왔고, 건물 안의 어느 집에선가 사람들 말소리가 두런두런 들리기도 했고 음악 소리가 들리기도 했으며 문 여닫는 소리도 들렸다. 그러던 중 나는 누군가가 일정한 템포의 느리고 무거운 걸음걸이로 계단을 따라 올라오는 소리를 들었다. 나는 그 사람이 3층에 사는 사람이기를 바랐다. 만약 그 사람이 나를 본다면, 나는 그 사람한테 내가 여기서 무엇을 하고 있는 건지 어떻게 설명을 해야 할까? 하지만 발소리는 3층에서 멈추지 않았다. 발소리는 계속해서 올라왔다. 나는 일어섰다.

슈미츠 부인이었다. 한 손에는 석탄 양동이를, 다른 한 손에는 조개탄이 담긴 통을 들고 있었다. 그녀는 재킷과 스커트로 된 제복을 입고 있었다. 나는 그녀가 전차의 차장임을 알아보았다. 그녀는 층계참에 다다를 때까지 나를 알아보지 못했다. 그녀는 화가 나지도, 놀라지도, 조롱하지도 않는 눈길로 나를 쳐다보았다. 내가 우려했던 그 어떤 일도 일어나지 않았다. 그녀는 피곤해 보였다. 그녀가 석탄을 내려놓고 상의 주머니에서 열쇠를 꺼내려 할 때, 동전들이 쨍그랑 소리를 내며 바닥으로 떨어졌다. 나는 동전들을 주워서 그녀에게 건네주었다.

"저 아래 지하실에 양동이 두 개가 더 있어. 거기에다 석탄을 가득 담아서 가지고 올라올래? 문은 열려 있어."

나는 계단을 뛰어 내려갔다. 지하실 문은 열려 있었고, 전등도 켜져 있었다. 긴 지하실 계단의 발치에서 나는 판자 칸막이를 하나 발견했다. 판자 칸막이의 문은 약간 열린 상태였고 자물쇠는 채워지지 않은 채로 빗장에 매달려 있었다. 공간은 넓었다. 석탄은 천장의 채광창 바로 밑에까지 쌓여 있었다. 그 채광창을 통해서 석탄을 도로 쪽에서 지하실로 쏟아붓도록 되어 있었다. 문 옆에는 한쪽에 조개탄들이 질서정연하게 층층이 쌓여 있었고, 다른 쪽에는 석탄 양동이들이 놓여 있었다.

나는 내가 무엇을 잘못했는지 모른다. 집에서도 지하실의 석탄을 운반해본 적이 있었고 또 그때마다 별문제가 없었다. 물론 우리 집에는 석탄이 그처럼 높게 쌓여 있지는 않았다. 첫 번째 양동이를 채우는 일은 순조로웠다. 두 번째 양동이의 손잡이를 잡고 바닥에 있는 석탄을 담으려고 했을 때, 산더미 같은 석탄이 움직이기 시작했다. 위쪽에서부터 작은 조각들이 큰 도약을 하고 큰 조각들은 작은 도약을 하며 밑으로 뛰어내렸다. 맨 아래 쪽에서는 미끄러짐이 그리고 바닥에서는 굴러다니기와 밀치기가 벌어졌다. 시커먼 먼지 구름이 일었다. 나는 깜짝 놀라 그 자리에 서서 떨어지는 조각들의 세례를 받았고 곧 발목까지 석탄 더미에 묻혔다.

석탄 더미가 진정되었을 때, 나는 그곳에서 빠져나와 두 번째 양동이를 채우고, 빗자루를 하나 찾아내 지하실 입구 쪽까지 굴러가 있는 조각들을 판자 칸막이 안으로 쓸어 넣고 문을 잠근 다음 양동이 두 개를 들고 위로 올라왔다.

그녀는 재킷을 벗고 넥타이를 느슨하게 풀고서 셔츠의 맨 위 단추를 하나 끌러놓은 채 우유 한 잔을 앞에 놓고 부엌 테이블에 앉아 있었다. 그녀는 나를 보더니 처음에는 웃음을 참느라 끼룩대더니 다음 순간 떠나갈 듯이 웃음을 터뜨렸다. 그녀는 손가락으로 나를 가리키면서 다른 손으로는 테이블을 두들겼다. "네 꼴 좀 봐, 꼬마야, 네 꼬락서니 좀 보라고!" 나도 싱크대 위에 달린 거울로 내 시커먼 얼굴을 확인하고는 따라 웃었다.

"너 그 꼴을 하고는 집에 못 가. 목욕물을 받아줄 테니까, 몸에 걸친 것들일랑 벗어던져." 그녀는 욕조로 가서 수도꼭지를 틀었다. 모락모락 김을 내면서 물줄기가 욕조 안으로 콸콸 쏟아졌다. "조심해서 벗어. 부엌에 시커먼 먼지 따위는 필요 없으니까."

나는 머뭇거리다가 스웨터와 셔츠를 벗고 다시 엉거주춤 서 있었다. 물은 금방 차올랐고, 욕조는 거의 가득 찼다.

"신발 신고 바지까지 입은 채로 목욕을 할 거니? 쳐다보지 않을게, 꼬마야." 그러나 내가 수도꼭지를 잠그고 팬티까지 다 벗고 났을 때, 그녀는 나를 찬찬히 훑어보고 있었다. 나는 얼굴이 새빨개져 욕조 안으로 들어가 몸을 담갔다. 다시 몸을 욕조의 물 밖으로 꺼내고서 살펴보니, 그녀는 내 옷가지를 들고 발코니에 나가 있었다. 나는 그녀가 내 신발을 서로 마주쳐서 탁탁 털고 바지와 스웨터를 터는 소리도 들었다. 그녀는 아래쪽을 향해 무어라고 소리쳤다. 석탄 먼지와 톱밥에 대해서 지껄이는 것 같았다. 아래쪽에서 위를 향해 지르는 소리도 들렸다. 그러자 그녀는 웃었다. 그녀는 다시 부엌으로 돌아와 내 옷가지를 의자 위에다 올려놓았다. 그녀는 나를 한 번 슬쩍 쳐다보았다. "샴푸로 머리도 감아. 큰 타월을 금방 갖다줄 테니까." 그녀는 옷장에서 무언가를 꺼내 들고 부엌에서 나갔다.

나는 몸을 씻었다. 욕조의 물은 더러워졌다. 그래서 나는 물을 새로 받아 쏟아지는 물줄기로 머리와 얼굴을 깨끗하게 헹구었다. 나는 그대로 누운 채 목욕물 데우는 난로가 부글부글 끓는 소리를 들으면서 얼굴에는 약간 열린 부엌문 틈으로 들어오는 서늘한 공기를, 그리고 몸에는 따뜻한 물 기운을 느꼈다. 쾌적하고 기분이 좋았다. 그것은 흥분되는 쾌적함이었다. 그러자 나의 성기가 빳빳해졌다.

그녀가 부엌으로 들어왔을 때 나는 그녀를 올려다보지 않았다. 그녀가 욕조 앞에 와서 섰을 때에야 비로소 나는 그녀를 쳐다보았다. 그녀는 양팔을 활짝 벌려 커다란 타월을 하나 들고 있었다. "자!" 나는 그녀 쪽으로 등을 돌린 채 몸을 일으켜 세우고 욕조에서 나왔다. 그녀는 나의 등 뒤에서 타월로 나를 머리부터 발끝까지 감싸고는 문질러서 물기를 닦아주었다. 그러고 나더니 타월을 바닥에 떨어뜨렸다. 나는 감히 움직일 엄두를 내지 못했다. 그녀가 내 몸에 밀착해 왔기 때문에 나는 그녀의 젖가슴을 나의 등에 그리고 그녀의 배를 나의 엉덩이에 느꼈다. 그녀 역시 알몸이었다. 그녀는 양팔로 나를 휘감았다. 그녀는 한 손으로는 나의 가슴을, 다른 한 손으로는 빳빳해진 나의 성기를 어루만졌다.

"바로 이것 때문에 너는 여기 온 거야!"

"나는……." 나는 무슨 말을 해야 할지 몰랐다. 그렇다고 할 수도, 그렇지 않다고 할 수도 없었다. 나는 몸을 돌렸다. 나는 그녀의 몸을 제대로 다 볼 수 없었다. 우리는 너무 가까이 서 있었다. 그러나 나는 그녀의 벌거벗은 몸 앞에 완전히 압도당했다. "당신은 정말 아름다워요!"

"아니, 꼬마야, 무슨 소리를 하는 거니." 그녀는 웃으면서 양팔로 나의 목을 끌어안았다. 나도 그녀를 양팔로 끌어안았다.

나는 두려웠다. 신체적 접촉이, 키스가, 그리고 내가 혹시 그녀의 마음에 들지 않으면 어쩌나, 내가 그녀를 만족시키지 못하면 어쩌나 하고. 그러나 우리가 잠시 끌어안고서, 내가 그녀의 몸 냄새를 맡고 그녀의 체온과 힘을 느끼고 나자, 모든 것은 자연스럽게 이루어졌다. 손과 입을 통한 몸의 탐색, 입술들의 만남. 그리고 마지막으로 그녀가 내 몸 위로 올라왔고 우리는 눈과 눈을 마주쳤다. 이윽고 내가 절정에 도달했을 때 나는 두 눈을 꼭 감았고 처음에는 자제해보려고 했으나 다음 순간 너무나 크게 소리를 지르고 말았다. 그러자 그녀는 손으로 내 입을 막아 나의 절규를 잠재웠다.

7

그날 밤 나는 그녀에게 흠뻑 빠졌다. 나는 깊이 잠들지 못했고 그녀를 그리워했으며 그녀에 대한 꿈을 꾸었다. 그녀를 어루만지고 있다고 생각하다가 베개나 침대보를 움켜잡고 있음을 깨닫곤 했다. 마구 키스를 해대서 입술이 아팠다. 나의 성기는 자꾸만 불끈불끈 일어섰다. 하지만 나는 자위를 하고 싶지는 않았다. 더 이상 자위를 하고 싶지 않았다. 나는 그녀와 함께 있고 싶었다.

그녀가 나와 함께 잤다는 사실에 대한 대가를 지불하기 위해 나는 그녀에게 흠뻑 빠진 것인가? 지금도 나는 어떤 여자하고 하룻밤을 자고 나면 분에 넘치는 사랑을 받았으므로 그것에 대한 보상을 해야 한다는 느낌이 들곤 한다. 그녀를 위해서는 어쨌든 그녀를 사랑하려고 애씀으로써, 그리고 세상을 위해서는 세상에 진정한 내 모습을 보임으로써.

내가 지금도 간직하고 있는 몇 안 되는 생생한 어린 시절 추억 중의 하나는 내가 네 살 나던 어느 겨울 아침에 대한 것이다. 그 시절에 내가 자던 방은 난방이 되지 않아서 밤과 아침에는 거의 언제나 무척 추웠다. 나는 따뜻한 부엌과 뜨거운 화덕을 기억한다. 그 화덕은 묵직한 무쇠로 된 것이었는데 갈고리로 조리용 철판의 금속판과 둥근 고리를 치우고 나면 그 안에 있는 불꽃이 보였으며, 화덕에는 세면대야가 놓여 있어 늘 따뜻한 물이 마련되어 있었다. 어머니는 화덕 앞에다 의자를 하나 옮겨놓고 거기에 나를 세운 다음 나의 몸을 씻기고 옷을 입혀주었다. 나는 온기가 주는 쾌적한 느낌과 이러한 온기 속에서 몸이 씻기고 옷이 입혀질 때의 즐거움을 기억한다. 또 그 상황이 기억 속에 떠오를 때마다 왜 엄마가 그때 나를 그렇게 지나치게 사랑스럽게 대해주었는지 자문하곤 하던 것이 기억난다. 내가 병이 나서 그랬을까? 다른 형제들은 다 받고 나만 받지 못한 무언가가 있었기 때문인가? 그날 내가 견디어내야 할 무슨 고통스럽고 힘든 일이 마련되어 있었기 때문인가?

마찬가지로, 그때까지는 나의 마음속에서 아무런 이름도 갖고 있지 않던 그 여자 역시 그날 오후에 내게 분에 넘치는 사랑을 주었기 때문에, 나는 다음 날부터 다시 학교에 등교하기로 마음먹었다. 거기에는 내가 습득한 남성다움을 남에게 보여주어야겠다는 생각도 한몫했다. 괜히 으

스대려고 그런 것은 아니었다. 그러나 나는 나 스스로 힘이 넘치고 남보다 우월하다고 느꼈으며 동료 학생들과 선생님들을 이러한 힘과 우월감으로 대하고 싶었다. 게다가, 나는 그녀와 직접 그것에 대해 이야기를 나눈 적은 없지만 그녀가 전차 차장이기 때문에 대개의 경우 저녁이나 밤중까지 일할 거라고 내 마음대로 생각했다. 만약에 내가 집에 틀어박혀서 기껏해야 병에서 낫기 위한 산책이나 해야 한다면 어떻게 그녀를 매일 볼 수 있겠는가?

그녀와 헤어져 집에 돌아와보니, 부모님과 다른 형제들은 벌써 저녁을 먹고 있었다. "왜 그렇게 늦었니? 엄마가 너 때문에 얼마나 걱정했는지 알아?" 아버지의 목소리는 걱정스럽기보다는 화난 듯이 들렸다.

나는 길을 잃었었다고 말했다. 에렌프리트호프를 거쳐 몰켄쿠어까지 가는 산책을 계획했는데 아무리 걸어도 아는 곳은 나오지 않았으며 그러다가 마침내 누스로흐에 도착했다고 말했다. "돈이 없어서 누스로흐에서 집까지 뛰어오는 수밖에 없었어요."

"히치하이크를 할 수도 있었잖아." 내 여동생은 부모님이 하지 말라고 해도 가끔씩 히치하이크를 했다.

형이 빈정대는 투로 씩씩거리며 말했다. "몰켄쿠어하고 누스로흐라고? 그건 완전히 다른 방향이잖아."

누나는 나를 살피는 눈길로 쳐다보았다.

"저 내일부터 다시 학교에 나갈래요."

"학교에 가거든 지리 시간에 신경 좀 써라. 북쪽과 남쪽이 있고, 그리고 해는 말이야······."

엄마가 형의 말을 가로막았다. "3주는 더 쉬어야 한다고 의사 선생님이 말씀하셨어."

"에렌프리트호프를 거쳐 누스로흐까지 갔다가 뛰어서 돌아올 수 있다면, 애는 학교에도 다시 나갈 수 있어요. 애한테 부족한 것은 힘이 아니라 이해력이에요." 아주 어렸을 적엔 형과 나는 늘 몸으로 치고받고 싸웠으며, 그 후로는 말로 싸움을 벌였다. 나보다 세 살 위인 형은 나보다 이 두 가지 면에서 모두 우월했다. 언젠가부터 나는 형에게 응수하는 일을 그만두었으며 그리하여 형의 공격적인 시도를 무의미하게 만들었다. 그 후로 형은 기껏해야 불평을 늘어놓는 것으로 그쳤다.

"당신 생각은 어떠세요?" 어머니는 아버지에게 물었다. 아버지는 나이프와 포크를 접시에다 올려놓고 의자에 등을 기댄 채 무릎 위에 손을 포개고 있었다. 아버지는 아무 말도 하지 않은 채, 엄마가 아이들이나 집안일 문제로 말을 걸 때면 늘 그랬듯이 깊이 생각에 잠긴 듯한 눈길로 있었다. 그럴 때마다 늘 나는 아버지가 정말로 엄마의 질문에 대해서 생각하는 것인지 아니면 자신의 문제에 대해서 생각하는 것인지 자문해보았다. 아버지는 어쩌면 엄마의 질문에 대해서 생각해보려 한 것 같기도 했다. 그러나 일단 생각에 빠지면 아버지는 자신의 일 이외의 것은 생각하지 않았다. 아버지는 철학 교수였으며, 생각하는 것은 아버지의 삶이었다. 생각하고 읽고 글을 쓰고 가르치는 것은.

나는 가끔 가족인 우리가 아버지에겐 가축과 같은 존재라는 느낌을 받았다. 산책 나갈 때 데리고 가는 개, 그리고 데리고 노는 고양이, 사람의 무릎 위에서 몸을 동글게 말고 쓰다듬어주면 가르랑거리는 고양이. 이 녀석들은 우리에게 사랑스러운 존재일 수 있고 어떤 면에서는 필요한 존재일 수도 있다. 그러나 먹이를 사러 가고 고양이의 변기를 치우고, 가축병원에 가는 것은 사실 너무 힘든 일이다. 왜냐하면 생은 다른 곳에 있기 때문이다. 나는 그의 가족인 우리가 그의 생 자체였으면 정말로 좋겠다고 간절히 바랐다. 가끔 늘 불평만 늘어놓는 나의 형과 뻔뻔스럽기 짝이 없는 나의 여동생도 차라리 다른 모습이었으면 좋겠다고 생각했다. 그러나 그날 저녁엔 그들 모두가 갑자기 사랑스러워 보였다. 나의 어린 여동생. 생각건대 4남매 중에 막내라는 것은 쉬운 일은 아니었을 것이다. 그리고 어느 정도 뻔뻔스럽지 않고서는 자기주장을 할 수 없었으리라. 나의 형. 우리는 한 방을 썼다. 이것은 분명히 나보다는 형에게 참기 힘든 일이었을 것이다. 게다가 형은 내가 병이 난 후로는 방을 완전히 내게 넘겨주고 거실의 소파에서 잠을 자야 했다. 그런 그가 어떻게 불평을 늘어놓지 않을 수 있었겠는가? 나의 아버지. 그에게 우리 자식들이 어떻게 그의 생이 될 수 있었겠는가? 우리는 자라나 곧 어른이 될 것이고 그러면 집에서 나갈 텐데.

나는 마치 우리가 다섯 개의 가지에 다섯 개의 촛불이 켜져 있는 청동 촛대 아래 둥근 식탁에 마지막으로 함께 앉아 있는 것 같았으며, 또 우리가 가장자리에 초록색 넝쿨 문양이 수놓인 접시의 음식을 마지막으로 먹는 듯한 느낌을 받았고, 그리고 우리가 그렇게 허물없이 이야기를 나누는 것도 마지막이란 생각이 들었다. 나는 마치 작별의 자리에 앉아 있는 것 같았다. 나는 아직 그 자리에 앉아 있었지만 마음은 이미 다른 곳에 가 있었다. 나는 어머니와 아버지 그리고 다른 남매들에 대한 향수를 느꼈고, 그리고 그 여자와 함께 있고 싶은 그리움을 느꼈다.

아버지가 내 쪽을 건너다보았다. "'저 내일부터 다시 학교에 나갈래요.' 너 네 입으로 그렇게 말했지, 그렇지 않니?"

"그래요." 아버지에겐, 내가 엄마가 아닌 자신에게 그것을 물었다는 사실과, 그리고 또 내가 다시 학교에 나가야 할지 어떤지 잘 모르겠다고 우물쭈물하지 않은 점이 눈에 띈 것 같았다.

아버지는 고개를 끄덕였다.

"그러면 내일부터 다시 학교에 나가도록 해라. 그러다가 너무 힘들면, 다시 집에서 쉬도록 해."

나는 기뻤다. 동시에 나는 이제 작별이 이루어졌다고 생각했다.

8

다음 며칠 동안 그 여자는 새벽 근무조였다. 그녀는 낮 열두 시에 집에 돌아왔고, 나는 그녀의 집 앞 층계참에서 그녀를 기다리기 위해 날마다 마지막 수업을 빼먹었다. 우리는 샤워를 한 다음 사랑을 했으며, 나는 한 시 반이 되기 직전에 급히 옷을 챙겨 입고 집 밖으로 빠져나왔다. 우리 집에서는 한 시 반에 점심 식사를 했기 때문이다. 일요일에는 일찌감치 열두 시에 점심을 먹었는데, 그녀의 새벽 근무는 평소보다 늦게 시작하여 늦게 끝났다.

나는 샤워를 차라리 생략하고 싶었다. 그러나 그녀는 지저분한 것을 끔찍할 정도로 싫어하여 아침마다 샤워를 했다. 그리고 나는 향수 냄새와 갓 흘린 땀 냄새 그리고 그녀가 일터에서 묻혀 온 전차 냄새를 좋아했다. 그러나 나는 물기가 촉촉이 젖은 비누투성이의 그녀의 육체도 좋아했다. 나는 그녀가 내 몸에 비누칠해주는 것을 좋아했으며, 그녀의 몸에도 기꺼이 비누칠을 해주었다. 그녀는 내게 부끄러워하지 않으면서 자연스럽게 그리고 점령하듯이 속속들이 비누칠하는 법을 가르쳐주었다. 그리고 실제 우리가 사랑을 할 때면, 그녀는 너무나 자연스럽게 나를 자기 것으로 만들었다. 그녀의 입술은 내 입술을 자기 것으로 만들었고, 그녀의 혀는 나의 혀와 노닐었으며, 그녀는 어디를 어떻게 어루만져야 하는지 내게 말해주었다. 그리고 그녀가 절정에 이를 때까지 내 몸 위에서 말을 탈 때면, 나는 오로지 그녀를 위해서 있는 것이었다. 왜냐하면 그녀는 나를 이용하여 즐겼기 때문이다. 그녀가 부드럽지 못했다거나 내게 기쁨을 주지 않았다는 뜻은 아니다. 그러나 그녀는 나 스스로도 직접 그녀를 완전히 내 것으로 만드는 법을 터득할 때까지 사랑 행위를 오로지 그녀의 유희적인 즐거움을 위해서 했다.

내가 그것을 터득한 것은 나중의 일이었다. 나는 그것을 결코 완전히 터득하지는 못했다. 한동안 내게도 더 바랄 것은 없었다. 나는 젊었고 금방 절정에 도달했으며, 그런 뒤에 내 몸이 다시 살아나면 그녀가 나를 마음껏 차지하도록 내버려두었다. 그녀가 내 몸 위에 있을 때면 나는 그녀의 모습을 살펴보았다. 배꼽 위로 깊은 주름이 잡혀 있는 그녀의 배와, 오른쪽이 왼쪽보다 약간 더 큰 그녀의 젖가슴과, 입을 벌리고 있는 그녀의 얼굴을 바라보았다. 그녀는 양손으로 내 가슴을 짚고 있다가 마지막 순간에 이르면 양손을 번쩍 쳐들어 머리를 감싸 쥐었으며 음의 높낮이 없이 흐느끼는 절규를 내뱉었다. 나는 그 소리에 처음에는 무척 놀랐으나 그 후로는 오히려 그 소리가 터져 나오기를 탐욕스럽게 기다렸다.

사랑 행위가 끝나면 우리는 완전히 탈진했다. 그녀는 내 몸 위에서 잠드는 경우가 많았다. 나는 마당에서 들려오는 전기톱 소리와, 기계톱을 쓰면서 톱 소리보다 더 크게 질러대는 직공들의 시끄러운 외침 소리를 들었다. 톱 소리가 잦아들면, 반호프 가를 달리는 자동차들 소리가 부엌까지 희미하게 들려왔다. 아이들이 떠들며 노는 소리가 들려올 때마다 나는 학교가 파했으며 한 시가 넘었음을 알아차렸다. 정오가 넘어 집에 돌아온 이웃 사람은 발코니에 새 먹이를 뿌려주었고, 그러면 비둘기들이 날아와 구구거렸다.

"이름이 뭐예요?" 나는 그녀에게 일곱째인가 여덟째 되는 날에 물어보았다. 그녀는 내 몸 위에서 잠이 들어 있다가 막 눈을 떴다. 나는 그때까지 당신이라든가 너라는 호칭을 피했었다.

그녀는 놀라서 벌떡 일어났다. "뭐라고?"

"이름이 뭐냐고요!"

"그건 왜 알려고 그러니?" 그녀는 나를 의심하는 눈길로 쳐다보았다.

"당신하고 나는…… 나는 당신 성만 알고 이름은 모르

잖아요. 난 당신의 이름을 알고 싶어요. 그게 뭐 잘못되기라도……."

그녀는 웃었다. "아무것도 아냐, 꼬마야, 아무것도 잘못된 거 없어. 내 이름은 한나야." 그녀는 계속해서 웃었다. 그녀는 웃음을 그치지 않았다. 그 바람에 나도 덩달아 웃었다.

"당신 모습이 정말 우스꽝스러워 보여요."

"난 반쯤 잠들어 있었거든. 네 이름은 뭐니?"

나는 그녀가 내 이름을 알고 있을 걸로 생각했다. 학교에서 쓰는 물건들을 책가방에 넣어가지고 다니지 않고 겨드랑이에 끼고 다니는 것은 정말 멋진 일이었다. 그래서 내가 나의 물건들을 그녀의 부엌에 있는 테이블에 올려놓으면, 맨 위에, 즉 공책들뿐만 아니라 책들 위에 적혀 있는 내 이름이 보였다. 나는 책들을 튼튼한 종이로 싸고 거기에다 책 제목과 내 이름을 적은 표찰을 붙여놓곤 했다. 그러나 그녀는 그것을 보지 못했던 모양이다.

"내 이름은 미하엘 베르크예요."

"미하엘, 미하엘, 미하엘." 그녀는 내 이름을 음미했다. "내 꼬마의 이름은 미하엘이고, 대학생……."

"고등학생이에요."

"……고등학생이고, 나이는, 열일곱 살?"

나는 그녀가 내게 덧붙여준 두 살을 자랑스럽게 여기며 고개를 끄덕였다.

"……열일곱 살이고 이다음엔 커서 유명한……." 그녀는 머뭇거렸다.

"내가 뭐가 되고 싶은지는 나도 몰라요."

"하지만 넌 공부 열심히 하잖아."

"글쎄요." 나는 그녀에게 내겐 그녀가 공부나 학교보다 더 중요하다고 말했다. 그리고 또 지금보다 더 자주 그녀에게 들르고 싶다고. "어차피 난 낙제할 거예요."

"몇 학년을 낙제하는데?" 그녀는 몸을 일으켜 세웠다. 그것이 우리가 처음으로 제대로 나눈 대화였다.

"고등학교 1학년. 나는 병이 나서 지난 몇 달 동안 공부를 거의 하지 못했어요. 이번 학년을 해내려면 앞으로 멍청할 정도로 공부만 해야 할 거예요. 난 지금 이 시간에 학교에 있어야 해요." 나는 그녀에게 내가 수업을 빼먹고 있다는 사실을 이야기했다.

"나가." 그녀는 이불을 홱 젖혔다. "당장 내 침대에서 나가라고. 그리고 공부를 하지 않으려면 다시는 찾아오지 마. 네가 하는 공부가 멍청하다고? 멍청하다고? 차표를 팔고 개찰하는 일이 어떤 것인지 알기나 하니?" 그녀는 일어나서 벌거벗은 채로 부엌에 서서 차장 역할을 해 보였다. 그녀는 왼손으로 차표철이 들어 있는 조그만 서류가방을 열고 고무골무가 끼워져 있는 같은 손의 엄지손가락으로 차표 두 장을 밀어서 떼어내고서 허리께에서 흔들대고 있던 오른손으로 손목에 매달려 있는 펀치의 손잡이를 잡고서는 두 번 개찰을 했다. "로르바흐 두 장." 그녀는 개찰기를 손에서 놓고 손바닥을 펼쳐 지폐를 한 장 받아 든 다음 그녀의 배 앞에 매달려 있는 전대를 찰칵 열어 지폐를 집어넣은 뒤 전대를 다시 찰카닥 닫고서 전대 바깥쪽에 달린 동전용 칸에서 동전을 끄집어냈다. "아직 차표를 못 구한 사람 없어요?" 그녀는 나를 쳐다보았다. "멍청하다고? 넌 멍청한 게 뭔지 모르고 있어."

나는 침대 가장자리에 앉아 있었다. 나는 마취당한 기분이었다. "미안해요. 내가 해야 할 일을 할게요. 내가 해낼 수 있을지 모르겠어요. 앞으로 6주 뒤면 이번 학년이 끝나거든요. 한번 해볼게요. 하지만 당신을 다시 못 보게 된다면 해낼 수 없을 거예요. 나는……." 나는 처음엔 '나는 당신을 사랑해요'라고 말하려고 했다. 그러나 곧 그렇게 말하고 싶지 않았다. 어쩌면 그녀의 말이 맞는지도 몰랐다. 아니 그녀의 말이 분명 옳았다. 그러나 그녀는 내게 공부를 더 열심히 하라고 요구하고 또 우리가 만나는 일을 나의 공부에 종속시킬 권리는 없었다. "난 당신을 볼 수 없을 거예요."

현관의 시계가 한 시 반을 알렸다. "넌 가야 해." 그녀는 머뭇거렸다. "내일부터 난 낮 근무조야. 일이 다섯 시 반에 끝나. 끝나면 집으로 돌아올 테니까, 그때 와도 좋아. 그전에 물론 네가 할 일을 하고서 말이야."

우리는 벌거벗은 채로 마주 서 있었다. 하지만 차라리 그녀가 제복을 입고 있는 편이 내게 거부감을 덜 일으켰을 것이다. 나는 상황을 이해하지 못했다. 그녀에게는 정말 내가 문제였는가? 아니면 그녀 자신이 문제였는가? 내가 하는 일이 멍청하면, 그녀의 일도 멍청해지는 것인가? 그것이 그녀의 기분을 상하게 한 것인가? 하지만 나는 나의 일이나, 혹은 그녀의 일이 멍청하다고 말한 적이 결코 없었다. 아니면 그녀는 낙오자를 애인으로 삼고 싶지 않았던 것인가? 하지만 내가 그녀의 애인이었던가? 나는 그녀에게 무엇이었던가? 나는 능청을 부리며 천천히 옷을 입으면서 그녀가 내게 무슨 말인가 하기를 바랐다. 그러나 그녀는 아무 말도 하지 않았다. 그러다보니 나는 옷을 다 입었고, 그녀는 여전히 벌거벗은 채로 서 있었다. 그리고 내가 작별의 포옹을 했을 때, 그녀는 아무 반응도 보이지 않았다.

9

그 시절을 생각하면 왜 이리 슬픈 것일까? 잃어버린 행복 때문일까? 나는 그 이후로 몇 주 동안 행복했다. 그 당시 나는 정말로 멍청할 정도로 열심히 공부하여 학년 진급에 성공했으며, 우리는 이 세상에 그 밖의 다른 중요한 일일랑 아무것도 없다는 듯 사랑 행위에 몰입했다. 그 후로 다가온 것은 진상의 파악, 즉 원래부터 존재하던 것은 나중에 가서 어차피 드러나기 마련이라는 사실에 대한 깨달음이었던가?

왜 그런 것일까? 왜 예전에 아름답던 것이 지나고 보니, 그것이 추한 진실을 감추고 있었다는 사실로 인해 느닷없이 깨지고 마는 것일까? 상대방이 그동안 내내 애인을 감추고 있었다는 사실이 밝혀지는 순간 왜 행복한 결혼 생활의 추억은 망가지고 마는 것일까? 그러한 상황 속에서는 행복할 수 없기 때문일까? 하지만 우리는 행복했다! 행복이 불행으로 막을 내리면 때로는 행복에 대한 기억도 오래 가지 못한다. 행복이란 영원히 지속될 수 있을 때에만 진정한 행복이라고 할 수 있기 때문일까? 아니면 고통을 잉태한 것들은 반드시 고통스럽게 끝날 수밖에 없기 때문일까? 의식적인 고통이든 무의식적인 고통이든 간에? 그러나 무엇이 의식적인 고통이고 무엇이 무의식적인 고통인가?

그 시절을 생각하면 그 시절의 내 모습이 보인다. 나는 돌아가신 어느 부유한 친척 아저씨가 유품으로 남겨 나한테까지 돌아온 우아한 몇 벌의 양복을 검정과 갈색, 검정과 하양 두 가지 색깔을 조합하여 만든 스웨이드 가죽과 송아지 가죽으로 된 몇 켤레의 신발과 맞추어 입고 다녔다. 나는 팔다리가 멋없이 길었다. 어머니가 나를 위해 꺼내준 양복이 내게 잘 어울리지 않았다는 게 아니라 몸놀림에 맵시가 나지 않았다는 뜻이다. 내 안경은 길거리에서 산 싸구려였으며, 내 머리 모양은 헝클어진 걸레 같아서 어떻게 해도 마찬가지였다. 학교에서 나는 착실하지도 불량하지도 않은 학생이었다. 내 생각으로는 많은 선생님들이 나를 제대로 파악하지 못했으며 반에서 큰 목소리를 내던 아이들도 마찬가지였던 것 같다. 나는 나의 외모와 나의 옷차림과 나의 몸놀림 그리고 내가 이룬 것과 남들이 내게 보내는 인정의 눈길 등 모든 것이 마음에 들지 않았다. 하지만 내 안에는 엄청난 에너지가 도사리고 있었으며, 언젠가는 멋지고 영리하고 남보다 우월한 경탄의 대상이 되리라는 자신감과, 새로운 사람들과 상황을 맞이하게 되리라는 엄청난 기대감이 깃들어 있었다.

나를 슬프게 만드는 것은 이것인가? 당시 나의 가슴을 가득 채웠던, 생에서 결코 지켜질 수 없는 약속을 끌어냈던 그 열의와 신념 때문인가? 지금도 나는 가끔 아이들과 십대들의 얼굴에서 그 당시의 나의 것과 똑같은 열의와 신념을 발견한다. 그때마다 나는 나를 돌이켜볼 때 느끼는 것과 똑같은 슬픈 눈길로 그것을 바라본다. 이 슬픔은 단순한 슬픔일까? 이러한 슬픔은 아름다운 추억들이—기억 속의 행복은 상황뿐만 아니라 지킬 수 없는 약속을 먹고 사는 까닭에—기억 속에서 산산이 부서질 때 우리에게 찾아오는 것일까?

그녀는—나는 내가 당시에 그녀를 한나라고 부르기 시작했듯이 이제부터는 그녀를 한나라고 불러야 한다—그녀는 분명히 약속이 아니라 상황에 근거하여, 오로지 지금 여기라는 상황에 근거하여 살았다.

나는 그녀에게 그녀의 과거에 대해 물어보았다. 그때마다 그녀는 내게 줄 대답을 마치 먼지가 뽀얗게 앉은 궤짝에서 꺼내는 것 같았다. 그녀는 지벤뷔르겐에서 자랐는데 열일곱 살 때 베를린으로 가 지멘스 회사에서 일했으며 스물한 살 때 군대에 들어갔다. 전쟁이 끝난 뒤에는 닥치는 대로 일자리를 얻어 근근이 생계를 이었다. 몇 년 전부터 하고 있는 전차 차장 일이 마음에 드는 까닭은 제복과 활동적인 면, 바뀌는 차창 풍경 그리고 발바닥으로 느껴지는 바퀴의 회전 때문이었다. 그렇지 않으면 이 직업을 좋아하지 않았을 것이다. 가족은 없었고 나이는 서른여섯이었다. 그녀는 그 모든 것을 마치 자신의 인생이 아니라 자기와는 전혀 상관이 없는 다른 사람의 인생인 양 이야기했다. 내가 더 자세히 알고 싶어 하는 사항에 대해서는 더 이상 모른다고 할 때가 많았다. 그리고 그녀는 내가 왜 그녀의 부모가 어떻게 되었는지, 그녀에게 다른 형제자매가 있는지, 베를린에서는 무엇을 하면서 살았는지, 군대에서는 무슨 일을 했는지 등에 대해서 관심을 보이는지도 이해하지 못했다. "꼬마야, 넌 정말 별걸 다 알려고 드는구나?"

장래에 대한 것도 마찬가지였다. 물론 내가 그녀와 결혼을 하여 가정을 꾸밀 계획을 한 것은 아니었다. 그러나 나는 쥘리앵 소렐과 마틸드 드 라 몰의 관계보다는 쥘리앵 소렐과 마담 드 레날의 관계에 더 끌렸다.* 나는 펠릭스 크룰이 결국에 가서는 딸보다는 엄마의 품에 안기는 것을 좋게 생각했다.** 대학에서 독문학을 전공하던 누나가 식사 때

---

*스탕달의 소설 《적과 흑》에 나오는 인물들로, 야심 찬 시골 청년 쥘리앵 소렐은 부유한 시장 부인 마담 드 레날, 파리 대귀족의 딸 마틸드 드 라 몰과의 사랑을 통해 신분 상승을 꿈꾸지만 결국 파멸하고 만다.
**토마스 만의 소설 《사기꾼 펠릭스 크룰의 고백》의 주인공 펠릭스 크룰은 귀족을 사칭하며 세계 여행을 하다가 기차 안에서 어느 교수를 만나 그 저택에 머물게 되는데, 그곳에서 그의 부인과 딸을 유혹한다.

괴테와 슈타인 부인 사이에 애정 관계가 있었는지를 둘러싼 논쟁 이야기를 했을 때,* 나는 가족들이 깜짝 놀랄 정도로 두 사람의 관계를 힘주어 옹호했다. 나는 우리의 관계가 5년 또는 10년 뒤에는 어떻게 될까 생각해보았다. 나는 한나에게 어떻게 생각하느냐고 물어보았다. 그녀는 부활절 전까지는 아무런 생각도 하고 싶어 하지 않았다. 왜냐하면 내가 부활절 휴가 때 함께 자전거를 타고 교외로 나가자고 제안을 해두었기 때문이다. 내 생각으로는 그러면 우리는 어머니와 아들처럼 한 방을 빌려서 온밤 내내 함께 있을 수 있을 것 같았다.

그와 같은 생각과 제안이 내게 전혀 고통스럽게 여겨지지 않았다는 것은 참으로 희한한 일이었다. 어머니와 함께한 여행이라면 나는 독방을 얻으려고 투쟁을 했을 것이다. 의사 선생님한테 가거나 새 외투를 사러 갈 때 어머니가 동행하는 것이나, 또는 내가 여행에서 돌아올 때 어머니의 마중을 받는 것이 이제 더 이상 내 나이에 맞지 않는 것처럼 보였다. 어머니와 함께 길을 나섰다가 학교 친구들과 맞부딪치면, 나는 혹시 내가 마마보이로 비칠까봐 겁이 났다. 그러나 나의 어머니보다 10년이나 젊지만 나의 어머니가 되려면 될 수도 있었을 한나와 함께 길거리에 나서는 것은 내게 아무런 문제가 되지 않았다. 오히려 나는 그것이

*괴테는 젊은 시절 7년 연상의 슈타인 부인과 12년 동안 교제하며 인간적, 예술적으로 큰 영향을 받았다.

자랑스러웠다.

지금의 내가 서른여섯 살 난 여자를 본다면, 나는 그 여자를 젊다고 여길 것이다. 그러나 지금 내가 열다섯 살짜리 소년을 본다면, 나는 그를 어리다고 생각할 것이다. 당시에 한나가 내게 준 안정감은 실로 놀라운 것이었다. 학교에서의 나의 성공은 선생님들의 주목을 끌었으며 나에게 선생님들의 관심이라는 안정감을 부여해주었다. 내가 만난 소녀들은 내가 자기들을 두려워하지 않는다는 사실을 알아차리고 좋아했다. 나는 나의 몸에 대해 자신이 있었다.

한나와 처음으로 만나기 시작했을 무렵의 일들을 속속들이 밝게 비추어 정확히 포착하고 있는 나의 기억은 우리의 첫 번째 대화와 그해 학년 말 사이의 몇 주간의 기간을 한 덩어리로 희미하게 뭉뚱그려서 떠올려준다. 그 이유 중의 하나는 우리가 만나고 헤어질 때 보였던 규칙성 때문일 것이다. 또 다른 이유는 내가 그전까지만 해도 그렇게 속이 꽉 찬 날들을 보낸 적이 없으며, 나의 삶이 그렇게 바쁘고 촘촘한 적이 없었다는 데 있다. 그 몇 주 동안 내가 해낸 공부의 양을 돌이켜보면, 나는 황달에 걸렸던 기간 동안 놓쳐버린 모든 것을 만회할 때까지 모든 어휘를 익히고 텍스트를 빠짐없이 읽고 수학의 모든 공식들을 이용해 문제들을 풀고 화학의 주기율표를 외우면서 책상 앞에 앉아 있었던 것 같다. 책상에 아예 눌어붙어 있었던 것 같다. 바이마르 공화국과 제3제국*에 대해서는 이미 병상에 있을 때 읽은 상태였다. 우리의 여러 번에 걸친 만남도 나의 기억 속에서는 단 한 번의 긴 만남으로 떠오른다. 그 첫 대화가 있은 뒤로 우리의 만남은 늘 오후에 이루어졌다. 그녀가 저녁 작업조로 일을 할 때면 우리의 만남은 세 시부터 네 시 반까지 이어졌는데, 어떨 때는 다섯 시 반까지 계속되었다. 우리 집은 일곱 시에 저녁 식사를 했다. 그래서 처음에 한나는 내게 제시간에 집에 돌아가도록 재촉했다. 그러나 어느 정도 시간이 지나자 우리의 만남은 한 시간 반에 그치지 않았고, 나는 이런저런 온갖 핑계를 둘러대며 저녁 식사를 빼먹기 시작했다.

그것은 책 읽어주는 일 때문이었다. 우리의 첫 대화가 있던 날에 한나는 내가 학교에서 무엇을 배우는지 알고 싶어 했다. 나는 호메로스의 서사시와 키케로의 연설문 그리고 헤밍웨이가 쓴 어느 노인과, 물고기와 바다를 상대로 한 그의 싸움에 대해서 이야기해주었다. 그녀는 그리스어와 라틴어의 발음이 어떻게 울리는지 알고 싶어 했다. 그래서 나는 그녀를 위해 《오디세이아》**의 한 대목과 《카틸리나

---

*바이마르 공화국은 1차 세계대전 후인 1919년에 성립하여 1933년 히틀러의 나치스 정권 수립으로 소멸된 독일 공화국의 통칭이며, 제3제국은 이후 히틀러가 권력을 장악한 시기(1934~1945)의 독일 제국을 말한다.
**그리스의 시인 호메로스의 장편 서사시. 트로이 전쟁 후 오디세우스는 귀향길에 오르지만 신들이 내리는 온갖 고난으로 10여 년 동안 모험을 하게 되고 마침내 스케리아 섬의 나우시카 공주에게 구원받아 고향 이타카 섬으로 돌아간다.

탄핵》*의 한 대목을 읽어주었다.

"독일어도 배우니?"

"무슨 뜻으로 하는 말이에요?"

"외국말만 배우니, 아니면 우리말에도 더 배울 게 있니?"

"우리는 텍스트를 읽어요." 내가 아플 동안 우리 학급에서는 《에밀리아 갈로티》**와 《간계와 사랑》***을 읽었는데, 얼마 후 그에 대한 감상문을 제출하도록 되어 있었다. 그래서 나는 이 두 작품을 읽어야 했다. 그러나 나는 다른 일부터 먼저 끝내놓고 그 작품들을 읽으려 했고, 그러다보면 시간이 너무 늦었다. 나는 피곤했고, 읽은 것도 다음 날이 되면 벌써 더 이상 기억하지 못했다. 그래서 나는 작품들을 다시 한 번 읽어야 했다.

"그 책을 좀 읽어줘!"

"직접 읽어요. 책을 갖다줄 테니까."

"꼬마야, 넌 목소리가 예쁘잖니, 난 내가 직접 읽는 것보다 네가 읽어주는 것을 듣고 싶어."

"아, 난 모르겠어요."

*로마의 정치가 키케로의 연설문. 카틸리나는 키케로가 집정관으로 있던 해에 역모를 꾸민 인물로, 발각되어 처형을 당한다.
**독일 극작가 고트프리트 레싱의 비극. 영주의 간계로 약혼자를 잃은 에밀리아는 영주의 정욕의 희생자가 되려는 순간 부친의 손에 비극적인 죽음을 맞는다.
***독일 작가 프리드리히 실러의 비극. 레싱의 《에밀리아 갈로티》의 영향을 받은 시민 비극으로, 독일 전제왕후의 부패상을 폭로하고 비판한 작품이다.

그러나 다음 날 그녀와 만났을 때 그녀에게 키스를 하려고 하자, 그녀는 몸을 뺐다. "그 전에 먼저 내게 책을 읽어 줘야 해."

그녀의 말은 진심이었다. 나는 그녀가 나를 샤워실과 침대로 이끌기 전에 반 시간가량 그녀에게 《에밀리아 갈로티》를 읽어주어야 했다. 이제는 나도 샤워하는 것을 좋아하게 되었다. 내가 그녀의 집에 올 때 함께 가져온 욕망은 책을 읽어주다보면 사라지고 말았다. 여러 등장인물들의 성격이 어느 정도 뚜렷이 드러나도록 또 인물들에게서 생동감이 느껴지도록 작품을 읽으려면 꽤 집중력이 필요했기 때문이다. 샤워를 하는 가운데 욕망은 다시 살아났다. 책 읽어주기, 샤워, 사랑 행위 그리고 나서 잠시 같이 누워 있기. 이것은 우리 만남의 의식儀式이 되었다.

그녀는 신경을 곤두세워 경청했다. 그녀의 웃음소리, 경멸에 차서 씩씩대는 소리, 그리고 격분하거나 동조하여 지르는 외침 등은 그녀가 줄거리를 극도로 긴장하여 좇고 있으며 에밀리아와 루이제를 모두 어리석은 계집애들로 생각하고 있다는 반증이었다. 계속해서 읽으라고 나를 재촉할 때 보여준 그녀의 초조감은 그녀들이 어서 어리석음을 벗어던지기를 바라는 마음에서 나온 것이었다. "도대체 그게 사실이라니!" 때로는 나 스스로 어서 계속해서 읽어야겠다는 마음이 생기기도 했다. 해가 길어지기 시작했을 때 나는 황혼 속에서 그녀와 함께 침대에 머물고 싶어서 더 오랫동안 책을 읽었다. 그녀가 내 몸 위에서 잠이 들고, 마당의 톱질 소리도 잠들고, 지빠귀의 노랫소리가 들려오고 그리고 부엌에 있는 물건들의 색깔 중에서 약간 밝거나 약간 어두운 잿빛 색조만이 남게 될 때면, 나는 이 세상에서 가장 행복했다.

10

부활절 연휴의 첫날 나는 네 시에 일어났다. 한나는 그날 새벽 근무였다. 그녀는 네 시 십오 분에 자전거를 타고 전차 차고로 가서 네 시 반에 슈베칭엔으로 출발하는 전차에 탔다. 슈베칭엔행 전차는 대개 손님이 거의 없으며 그곳에서 다시 회차해서 돌아올 때야 비로소 전차가 만원이 된다고 그녀가 내게 말해준 적이 있었다.

나는 두 번째 정거장에서 그 전차에 올라탔다. 두 번째 객차는 텅 비어 있었고, 첫 번째 객차에는 한나가 운전사 옆에 서 있었다. 나는 앞 칸에 탈까 뒤 칸에 탈까 망설이다가 뒤 칸에 타기로 결심했다. 뒤 칸은 은밀함과 포옹, 그리고 키스를 약속해주었다. 그러나 한나는 내게 오지 않았다. 그녀는 내가 두 번째 정거장에서 기다리고 있다가 승차하는 것을 보았음이 틀림없었다. 나를 태우기 위해서 전차가 멈추었기 때문이다. 그러나 그녀는 운전사 옆에 그냥 그대로 서서 그와 이야기를 나누면서 농담까지 했다. 나는 그것을 볼 수 있었다.

전차는 정거장이 나와도 정차하지 않고 그냥 통과했다. 정거장에서 서서 기다리는 사람은 아무도 없었다. 거리는 텅 비어 있었다. 해는 아직 뜨지 않았고, 하얀 하늘 아래 모든 것이 창백한 대기 속에서 창백한 빛으로 놓여 있었다. 건물들, 주차해 있는 자동차들, 푸른 기운을 띠어가고 있는 나무들과 꽃을 피운 키 작은 나무들, 가스탱크, 그리고 멀리 보이는 산들. 전차는 천천히 달렸다. 전차의 운행 시간은 주행 시간과 정차 시간에 맞추어져 있는데, 정차 시간이 거의 없었던 관계로 주행 시간을 늘려야 했기 때문인 것 같았다. 나는 천천히 달리는 전차 안에 갇혀 있었다. 처음에는 자리에 앉아 있다가 앞쪽 승강대 쪽으로 가서 한나를 뚫어지게 쳐다보았다. 그렇게 하면 그녀가 등에 꽂히는 나의 시선을 느낄 것 같았다. 잠시 후 그녀는 등을 돌려 가끔씩 내가 있는 쪽을 쳐다보았다. 그리고 나서는 다시 계속해서 운전사와 이야기를 나눴다. 전차는 계속해서 달렸다. 에펠하임을 지나자 전차는 도로 가운데를 달리지 않았다. 전차의 선로는 도로 옆 자갈이 깔린 둑 위로 나 있었다. 전차는 기차의 예의 규칙적인 덜커덩 소리를 내며 점점 더 빠르게 달렸다. 나는 그 노선이 다른 몇 지역을 더 지나 마침내 슈베칭엔에 도착한다는 사실을 알고 있었다. 그러나 나는 사람들이 살아가며 일하고 사랑하는 정상적인 세계에서 배제된 듯한, 아니 쫓겨난 듯한 느낌을 받았다. 나는 마치 텅 빈 객차를 타고 목적지도 끝도 없는 여행을 하도록 운명의 저주를 받은 것 같았다.

그러던 중 나는 정거장 하나를 발견했다. 넓은 벌판에 위치한 조그만 승차대기소였다. 나는 전차 차장들이 운전사에게 정차와 출발을 알릴 때 사용하는 줄을 잡아당겼다. 전차가 멈추어 섰다. 신호음을 들었겠지만 한나도 운전사도 내가 있는 쪽을 쳐다보지 않았다. 전차에서 내렸을 때 나는 그들이 나를 향해 웃고 있는 듯한 느낌을 받았다. 하지만 확실하지는 않았다. 이윽고 전차는 다시 출발했다. 그리고 나는 전차가 분지를 지나 나지막한 야산 너머로 사라질 때까지 뒤에서 바라보았다. 나는 제방과 도로 사이에 서 있었다. 주변에는 밭과 과일나무들이 널려 있었고, 좀더 떨어진 곳에는 비닐하우스들이 있는 원예 농장이 있었다. 대기는 상큼했으며 새들이 지저귀는 소리로 가득했다. 산들 위로는 하얀 하늘이 장밋빛으로 반짝였다.

전차를 탔던 일이 꼭 악몽을 꾼 것 같았다. 만약에 내가 그 이후에 일어난 일들을 아주 분명하게 기억하지 못했다면 나는 정말로 악몽을 꾼 것으로 생각했을지도 모른다. 정거장에 서서 새소리를 들으며 떠오르는 해를 바라보는 것은 마치 잠에서 깨어나는 것과 같았다. 그러나 악몽에서 깨어난다고 해서 마음이 꼭 가볍지만은 않다. 왜냐하면 악몽에서 깨어나면 자신이 얼마나 무시무시한 꿈을 꾸었는지, 꿈속에서 얼마나 무시무시한 진실과 마주쳤었는지 비로소 제대로 알게 되기 때문이다. 나는 집을 향해 걷기 시작했다. 두 눈에서는 눈물이 흘러나왔다. 에펠하임에 도착해서야 나는 울음을 그칠 수 있었다.

나는 집을 향해 걸었다. 몇 번인가 히치하이크를 시도해보았지만 실패했다. 절반가량 왔을 때 내 옆으로 그 전차가 달려 지나갔다. 전차는 만원이었다. 나는 한나를 보지 못했다.

나는 열두 시 정각에 그녀의 아파트 앞 층계참에서 그녀를 기다렸다. 슬퍼하면서, 초조하게, 그리고 분을 삼키면서.

"너 학교 또 빼먹었니?"

"연휴잖아요. 오늘 아침엔 어떻게 된 거예요?" 그녀는 열쇠로 문을 열었고 나는 그녀의 뒤를 따라 집 안으로 들어가 부엌으로 갔다.

"오늘 아침에 뭐가 잘못됐다는 거니?"

"왜 나를 모르는 것처럼 행동했어요? 나는……."

"내가 너를 모르는 것처럼 행동했다고?" 그녀는 등을 돌리고 내 얼굴을 차가운 눈빛으로 쳐다보았다. "넌 나한테 아는 척하려고 들지 않았어. 넌 두 번째 객차에 탔잖아. 거기서 넌 내가 첫 번째 객차에 있는 걸 분명히 보았을 거야."

"내가 뭣 때문에 연휴 첫날에 그것도 새벽 네 시 반에 슈베칭엔행 전차를 탔겠어요? 그건 단지 당신을 놀라게 해주고 싶어서였어요. 그렇게 하면 당신이 기뻐할 것 같았거든요. 내가 두 번째 객차에 탄 건……."

"너 정말 딱한 애구나, 새벽 네 시 반에 일어나다니. 그것도 연휴에 말이야." 그때처럼 그녀가 그렇게 야비하게 보인 적은 없었다. 그녀는 머리를 가로저었다. "네가 왜 슈베칭엔으로 가는 전차를 탔는지 내가 어떻게 알겠어. 네가 왜 나를 모른 척했는지 어떻게 알아. 그건 네 일이지 내 일이 아냐. 이제 좀 돌아가주지 않을래?"

그때 내가 얼마나 화가 났는지 나는 말로 설명할 수 없다. "한나, 그건 옳지 못해요. 내가 그 전차를 탄 것은 오로지 당신을 위해서였다는 것을 당신은 알고 있었고, 또 알았어야 했어요. 그 사실을 알았다면 어떻게 내가 당신에게 아는 척하려 하지 않았다는 생각을 할 수 있어요? 만약에 내가 당신을 아는 척하고 싶지 않았다면, 난 그 전차에 타지도 않았을 거예요."

"아, 날 좀 내버려둬. 네가 뭘 하든 간에 그것은 네 일이지 내 일이 아니라고 방금 말했잖아." 그녀는 우리 사이에 부엌용 테이블이 위치하도록 자리를 옮겼다. 그녀의 눈빛, 그녀의 목소리, 그녀의 몸짓은 나를 침입자로 여겼으며 나보고 어서 가라고 재촉했다.

나는 소파에 앉았다. 그녀는 오늘 새벽에 나를 좋지 않게 대했으며, 나는 그녀에게 그에 대한 해명을 요구하고 있는 중이었다. 그러나 나의 말은 조금도 먹혀들지 않았다. 오히려 그녀가 나를 공격했다. 이윽고 나는 흔들리기 시작했다. 그녀의 말이 맞는 것인가? 객관적은 아니지만, 주관적으로? 그녀는 나를 오해할 수 있었고, 또 오해할 수밖에 없었던 것인가? 내 의도와는 상관없이, 나의 의도와는 정반대로 내가 그녀의 마음을 상하게 한 것인가? 하지만 어쨌든 내가 그녀의 마음을 상하게 한 것은 아닌가?

"미안해요, 한나. 모든 게 엉뚱하게 돌아갔어요. 당신의 마음을 아프게 할 생각은 없었어요. 그렇지만 내 생각으로는……."

"'내 생각으로는'? 너 네가 내 마음을 아프게 한 것 같다고 말하려는 거지? 넌 내 마음을 아프게 할 수 없어. 넌 그렇게 할 수 없어. 이제 제발 좀 가줄래? 난 일하고 왔어, 목욕하고 좀 쉬고 싶어." 그녀는 나를 다그치는 눈길로 쳐다보았다. 내가 일어나지 않자, 그녀는 어깨를 으쓱해 보이더니 등을 돌려 욕조에 물을 틀어놓고는 옷을 벗었다.

그때 나는 자리에서 일어나 밖으로 나왔다. 다시는 찾아오지 않으리라고 생각했다. 그러나 삼십 분 뒤 나는 다시 그녀의 집 앞에 서 있었다. 그녀는 나를 안으로 들여보내주었다. 나는 그 모든 게 다 내 책임이라고 말했다. 내가 너무 생각이나 조심성 없이 그리고 애정 없이 행동한 것이다. 나는 그녀가 마음에 상처를 받은 것을 이해했다. 또 나 따위가 그녀의 마음을 아프게 할 수는 없기 때문에 그녀가 상처받지 않은 것도 이해했다. 나는 그녀가 나로 인해 상처를 입지는 않았지만 그래도 나의 행동을 그냥 단순하게 보아 넘길 수는 없었음을 이해했다. 하지만 결국에 가서 그녀가 나로 인해 마음에 상처를 입었음을 고백했을 때 나는 행복했다. 그러므로 그녀는 그녀가 보여준 행동처럼 그렇게 아무렇지도 않고 무덤덤한 것은 결코 아니었다.

"나를 용서해주는 거예요?"

그녀는 고개를 끄덕였다.

"날 사랑해요?"

그녀는 다시 고개를 끄덕였다. "욕조에 물이 아직 그대로 있어. 자, 목욕시켜줄게."

나중에 나는, 그녀가 내가 돌아올 것임을 알고 있었기 때문에 욕조의 물을 그냥 그대로 둔 것은 아닌지, 그녀가 내 앞에서 옷을 벗은 것은 그렇게 하면 그것이 내 머리에서 떠나지 않을 것이며 결국은 내가 돌아오게 될 것임을 알기 때문에 그렇게 한 것은 아닌지, 그녀가 오직 파워 게임에서 승리하고 싶었던 것은 아닌지 등에 대해 자문해보았다. 우리가 사랑 행위를 끝내고 나서 나란히 누웠을 때 나는 그녀에게 왜 내가 첫 번째 객차가 아닌 두 번째 객차에 승차했는지 이야기해주었다. 그러자 그녀는 나를 놀렸다. "너 이젠 전차 안에서도 나하고 그 짓을 할 생각이니? 꼬마야, 이 꼬마야!" 우리의 싸움을 유발한 동기는 애당초 의미가 없었던 것 같았다.

그러나 그 동기의 결과는 의미가 있었다. 나는 이 싸움에서 진 것뿐만이 아니었다. 나는 싸움을 시작한 지 얼마 안 되어 그녀가 내게 돌아가라고 하면서 나를 상대하지 않 겠다고 위협해 오자 금방 항복해버린 것이다. 그다음의 몇 주 동안 나는 그녀하고 다시는 싸움을 하지 않았다. 그녀 가 위협을 해 오면 나는 지체 없이 무조건 항복했다. 모든 책임을 스스로 떠맡았다. 내가 저지르지 않은 실수들을 시 인했고, 내가 결코 품지도 않은 의도들을 고백했다. 그녀 가 냉랭하고 엄한 태도를 보이면, 나는 어서 다시 나를 따 뜻하게 대해주고, 나를 용서해주고 사랑해달라고 애원했 다. 때때로 나는 그녀가 그녀 자신의 차갑고 딱딱한 태도 로 인해 고통을 받고 있음을 느꼈다. 그래서 그녀는 나의 변명과 맹세와 애원의 따스함을 그리워하는 것 같았다. 가 끔 나는 그녀가 내게서 너무 쉽게 승리를 거두는 건 아닌지 생각해보았다. 그렇지만 나는 어쨌든 다른 선택의 여지가 없었다.

　나는 그녀와 그 문제에 대해서 이야기를 나눌 수 없었 다. 우리의 싸움에 대해서 이야기를 하는 것은 또 다른 싸 움을 유발하는 것에 불과할 것이기 때문이었다. 한 번인가 두 번 나는 그녀에게 긴 편지를 썼다. 그러나 그녀는 그것 에 대해 반응을 보내지 않았다. 그래서 내가 그 건에 대해 서 물어보았을 때, 그녀는 내게 이렇게 되물었다. "너 또다 시 시작하는 거니?"

11

한나와 내가 부활절 연휴의 첫날 이후로 다시는 행복하지
않았다는 말은 아니다. 4월의 그 몇 주처럼 우리가 행복한
적은 없었다. 우리의 그 첫 싸움은 전혀 엉뚱한 결과를 가
져왔다. 우리의 싸움은 늘 그랬다. 다시 말해 책 읽어주기
와 샤워, 사랑 행위 그리고 나란히 누워 있기로 이어지는
우리의 의식을 열어준 것은 무엇이든 우리에게 좋게 작용
했다. 게다가 그녀는 내가 그녀를 아는 척하지 않으려 했
다고 비난을 하는 바람에 스스로 그 말에 대한 책임을 지게
되었다. 내가 그녀와 함께 세상에 모습을 나타내려 할 때
면, 그녀는 그것에 대해 원칙적인 이의를 제기할 수가 없
었다. "그러니까 나하고 있는 모습을 남들에게 보이고 싶
어 하지 않는 것은 바로 당신이군요?" 그녀는 이런 말을
듣고 싶어 하지 않았다. 그리하여 우리는 부활절 일요일이

긴 그 주에 자전거를 타고 나흘 예정으로 빔펜, 아모르바흐, 밀텐베르크를 향해 출발했다.

그때 내가 부모님한테 뭐라고 둘러댔는지 이제는 기억이 나지 않는다. 친구 마티아스와 함께 여행을 간다고 했던가? 아니면 몇몇 친구들과 함께 간다고 했던가? 전에 같은 반에서 공부했던 친구를 만나러 간다고 했던가? 생각건대 나의 어머니는 그때도 다른 때나 다름없이 한걱정이었고, 아버지는 여느 때나 다름없이 걱정할 필요 없다는 말을 했던 것 같다. 바로 그 당시 나는 그 누구도 내가 해낼 수 있으리라고 예상하지 못했던 진급을 해내지 않았던가?

나는 앓아누워 있는 동안 용돈을 쓰지 않았다. 하지만 한나의 몫까지 지불하려면 그것만으로는 충분하지 않을 것 같았다. 그래서 나는 하일리히가이스트 교회 옆에 있는 우표 가게를 찾아가서 내가 수집한 우표첩을 팔겠다고 내놓았다. 수집한 우표를 산다는 문구를 문에다 붙여놓은 가게는 그곳뿐이었다. 우표 가게 주인은 내 우표첩을 훑어보더니 60마르크를 주겠다고 제안했다. 나는 그에게 내 우표첩 중에서 자랑거리인 피라미드가 그려져 있는, 직선으로 재단된 이집트 우표를 보여주었다. 그 우표는 카탈로그에 400마르크라는 표찰이 붙어 있었다. 가게 주인은 어깨를 으쓱해 보였다. 우표첩을 그렇게 소중하게 생각한다면 그냥 간직하는 편이 더 낫지 않겠느냐고 그는 말했다. 우표첩을 팔아도 된다는 허락은 받고 온 거냐, 부모님은 그것에 대해서 어떻게 말씀하셨느냐 등등의 말까지 했다. 나는 흥정을 시도했다. 피라미드 우표가 별로 값이 나가지 않는 다면, 그 우표는 팔지 않겠다고 말했다. 그러자 그는 그러면 내게 30마르크밖에 줄 수 없다고 했다. 그러니까 피라미드 우표가 값이 꽤 나가는 거군요? 결국 나는 70마르크를 받았다. 사기당한 기분이었다. 하지만 나는 그런 것은 개의치 않았다.

나만 여행의 열병에 걸려 있던 것은 아니었다. 놀랍게도 한나 역시 여행을 떠나기 며칠 전부터 들뜬 마음을 가라앉히지 못했다. 그녀는 무엇을 가져가야 할지 이리저리 궁리하고 내가 구해준 자전거 안장 밑에 매다는 자루와 배낭을 꼼꼼하게 꾸렸다. 그녀에게 내가 곰곰이 생각한 여행 루트를 지도에서 보여주려고 하자, 그녀는 아무것도 듣지도 보지도 않으려 했다. "나는 지금 너무 흥분돼 있어. 네가 다 알아서 해, 꼬마야."

우리는 부활절 월요일에 출발했다. 태양은 빛났다. 날씨는 나흘 내내 화창했다. 아침에는 상쾌함이 느껴졌고, 낮에는 기온이 올라갔지만 자전거 여행을 하기에 부적합할 정도로 더운 것은 아니었다. 그러나 피크닉을 하기에는 좀 더운 편이었다. 숲들은 황록색, 담녹색, 암녹색, 청록색 그리고 어두운 녹색 반점과 얼룩과 평면이 한데 어우러진 푸른 양탄자였다. 라인 평야에는 벌써 첫 과일나무들이 꽃을 피워 올렸다. 오덴발트에서는 개나리들이 막 싹을 틔우고 있었다.

우리는 대개 나란히 달렸다. 달려가면서 각자 본 것을 서로에게 손가락으로 가리켰다. 성, 낚시꾼, 강 위에 떠 있는 배, 텐트, 강가를 따라 일렬로 걸어가고 있는 가족들, 지붕을 열어젖힌 미국산 대형 승용차 등등. 가던 방향이나 길을 바꿀 때에는 내가 앞장서야 했다. 그녀는 방향이나 길에는 전혀 신경을 쓰려고 하지 않았다. 그 밖에 교통이 너무 혼잡할 때는 그녀가 내 뒤에서 혹은 내가 그녀 뒤에서 달렸다. 그녀는 바퀴살과 체인 그리고 톱니바퀴 부분에 덮개가 달린 자전거를 타고 푸른색 원피스를 입고 있었는데, 그 넓은 치마가 자전거가 달릴 때 이는 바람에 펄럭였다. 혹시 치마가 자전거 바퀴살이나 톱니바퀴 속으로 말려 들어가 고꾸라지지나 않을까 하는 걱정을 하지 않게 되기까지는 약간의 시간이 필요했다. 그다음부터는 그녀가 내 앞에서 달리는 모습을 보면서 나는 즐거워했다.

그녀와 함께 보낼 밤들을 얼마나 기쁜 마음으로 기다렸던가. 나는 밤마다 우리가 사랑을 하고 나서 잠이 들었다가 깨어나서 다시 사랑을 하고 다시 잠이 들고, 다시 깨어나 또 계속해서 다른 무엇으로 이어지는 장면을 머릿속에 떠올렸다. 그러나 나는 첫날 밤에만 도중에 한 번 깨어났다. 그녀는 내게 등을 돌린 채 누워 있었다. 나는 그녀 위로 몸을 구부려 키스를 했다. 그러자 그녀는 등을 대고 바로 누우면서 나를 받아들여 양팔로 꼭 품어주었다. "꼬마야,

내 꼬마야." 그러고 나서 나는 그녀의 몸 위에서 잠이 들었다. 다른 날들 밤에는 자전거 여행과 햇빛, 바람에 지쳐 우리 둘 다 깨지 않고 계속해서 잠만 잤다. 우리는 아침에 사랑을 나누었다.

한나는 내게 방향과 도로의 선택권만 넘겨준 게 아니었다. 우리가 밤새 묵을 여관을 내가 직접 골라 숙박인 명부에는 우리를 어머니와 아들로 기입했고, 그녀는 거기에 고작 서명만 했을 뿐이다. 그리고 메뉴에서 음식을 고르는 것도 내 몫이었다. "난 아무것도 신경 쓰지 않는 걸 좋아해."

우리는 여행 중에 단 한 번 아모르바흐에서 다투었다. 아침 일찍 잠에서 깬 나는 살며시 옷을 챙겨 입고 방을 빠져나왔다. 나는 아침 식사를 위층 방으로 가져가고 또 혹시 일찍 문을 연 꽃집이 있으면 한나에게 장미를 한 송이 사다 주기 위해 둘러볼 생각이었다. 나는 침대 옆의 조그만 탁자에다 그녀를 위해 쪽지를 써서 남겨두었다. '좋은 아침이에요! 아침 식사를 가지고 곧 돌아올게요.' 또는 이와 비슷한 말을 써두었던 것 같다. 내가 다시 돌아와보니, 그녀는 방 안에 서 있었다. 옷은 반만 걸친 채 분노로 떨면서. 얼굴은 백짓장처럼 되어 있었다.

"어떻게 그렇게 아무 말도 없이 간단히 가버릴 수 있어!"

나는 아침 식사와 장미가 담긴 쟁반을 내려놓고서 그녀를 끌어안으려 했다. "한나……."

"건드리지 마." 그녀는 원피스 위에 둘렀던 폭이 좁은 가죽 허리띠를 손에 들고 있다가 한 발짝 뒤로 물러서면서 내 얼굴을 향해 내리쳤다. 내 입술이 찢어졌고, 피 맛이 느껴졌다. 아프지는 않았다. 나는 정말로 깜짝 놀랐다. 그녀는 허리띠를 다시 한 번 높이 치켜들었다.

그러나 더 이상 내리치지는 않았다. 그녀는 허리띠를 들고 있던 팔을 아래로 떨어뜨리더니 울기 시작했다. 나는 그녀가 우는 모습을 한 번도 본 적이 없었다. 그녀의 얼굴은 몹시 일그러졌다. 휘둥그레진 눈, 크게 벌어진 입, 눈물로 부어오른 눈꺼풀, 뺨과 목의 붉은 반점. 그녀의 입에서는 우리가 사랑을 나눌 때의 단조로운 신음 소리와 비슷한, 목이 잠긴 듯 가르랑거리는 소리가 흘러나왔다. 그녀는 그 자리에 선 채 흐르는 눈물 사이로 나를 쳐다보았다.

나는 그때 마땅히 그녀를 두 팔로 끌어안아주었어야 했다. 그러나 그렇게 하지 못했다. 나는 어떻게 해야 할지 몰랐다. 우리 집에서는 그렇게 우는 사람을 보지 못했다. 또한 우리 집에서는 사람을 때리는 적도 없었다. 손으로도 때리지 않았으며 더욱이 가죽 허리띠로 때리는 경우는 없었다. 우리 식구들은 모든 걸 대화로 해결했다. 그렇지만 그런 상황에서 내가 무슨 말을 하겠는가?

그녀는 나를 향해 두어 걸음 다가와 나의 가슴에 몸을 던지며 두 주먹으로 나를 마구 두드리더니 내 몸에 꼭 달라붙었다. 그제야 나는 그녀를 끌어안을 수 있었다. 그녀는 어깨를 들썩이며 이마로 내 가슴을 들이받았다. 그러더니 깊은 한숨을 내쉬면서 내 품속으로 파고들었다.

"우리 아침 먹을까?" 그녀는 내게서 몸을 풀었다. "맙소사, 꼬마야, 네 꼴 좀 봐!" 그녀는 손수건을 적셔 내 입과 턱을 깨끗이 닦아주었다. "셔츠도 피투성이잖아." 그녀는 나의 셔츠를 벗기고 이어서 바지도 벗겼다. 그러더니 그녀도 옷을 벗었고, 우리는 사랑을 했다.

"도대체 뭐가 잘못된 거예요? 왜 그렇게 화가 났었어요?" 우리는 나란히 누워 있었다. 서로에게 만족스러웠고 흐뭇했기 때문에 이제는 모든 것이 해명될 수 있으리라고 나는 생각했다.

"뭐가 잘못됐어요, 뭐가 잘못된 거예요? 넌 항상 멍청한 질문만 하는구나. 넌 그렇게 아무 말도 없이 간단히 가버리는 게 아냐."

"하지만 나는 당신한테 쪽지를……."

"쪽지라고?"

나는 일어나 앉았다. 침대 옆 조그만 탁자 위에 올려놓았던 쪽지가 보이지 않았다. 나는 일어나서 탁자의 옆쪽과 아래쪽 그리고 침대 밑과 침대 속까지 찾아보았다. 하지만 쪽지를 찾을 수 없었다. "도무지 알 수 없군요. 아침 식사를 가지고 금방 돌아오겠다는 쪽지를 써놓았거든요."

"그랬어? 난 쪽지를 보지 못했어."

"내 말을 못 믿겠어요?"

"물론 널 믿지. 하지만 나는 쪽지를 보지 못했어."

우리는 더 이상 싸우지 않았다. 세찬 바람이 불어와 쪽지를 낚아채 어디론가 알 수 없는 곳으로 가져간 것인가? 모든 게 오해였나? 그녀의 분노, 터진 나의 입술, 그녀의 일그러진 얼굴, 나의 속수무책 등 모든 것이?

나는 계속해서 찾았어야 하지 않았나, 쪽지를, 한나가 화난 원인을, 내가 속수무책으로 당한 원인을? "책 좀 읽어줘, 꼬마야!" 그녀는 내게 바짝 달라붙었다. 그리고 나는 아이헨도르프의 《어느 건달 이야기》*를 집어 들고 지난번에 읽다가 만 다음부터 읽기 시작했다. 《어느 건달 이야기》는 읽기가 쉬웠다. 《에밀리아 갈로티》나 《간계와 사랑》보다 훨씬 쉬웠다. 한나는 다시금 온 신경을 곤두세우고서 내가 읽는 소리에 귀를 기울였다. 그녀는 소설 중간에 삽입된 시들을 좋아했다. 주인공이 이탈리아에서 말려든, 변장과 혼동과 연루와 추적을 좋아했다. 동시에 그녀는 주인공이 건달로서 아무 일도 하지 않고, 어떤 일도 할 줄 모르고 또 하려 들지도 않는 것을 나쁘게 생각했다. 그녀는 소설 내용에 대해서 갈팡질팡하고 있다가 내가 읽는 일을 마치면 그 후로 몇 시간 동안 마구 질문을 퍼부었다. "통행세 징수관? 그건 좋은 직업이 아니었나보지?"

다시 한 번 우리 사이의 싸움에 대해 아주 상세하게 이야기했으므로 이젠 우리의 행복에 대해서도 이야기해볼까

---

*어느 방앗간집 아들의 모험담을 줄거리로 하는, 요제프 아이헨도르프의 성장 소설.

한다. 싸움은 우리의 관계를 더욱 긴밀하게 만들어주었다. 나는 그녀가 우는 것을 보았다. 울기도 하는 한나가 강하기만 한 한나보다 내게는 더 가깝게 느껴졌다. 그녀는 지금까지 내가 몰랐던 부드러운 면을 보여주기 시작했다. 그녀는 터진 내 입술이 다 아물 때까지 수시로 살펴보면서 부드럽게 어루만져주었다.

우리는 지금까지와는 다른 방식으로 사랑을 나누었다. 처음 한동안 나는 오로지 그녀가 이끄는 대로, 그녀가 내 몸을 취하는 대로 맡겨두었었다. 그러던 중 나도 그녀의 몸을 내 것으로 만드는 법을 익히게 되었다. 자전거 여행에 오른 이후로 우리는 더 이상 서로의 몸을 자기 것으로 만드는 데 그치지 않았다.

나는 그때 쓴 시를 가지고 있다. 물론 시라고 할 만한 게 못 된다. 그 시절 나는 릴케와 벤에 심취해 있었다. 그렇기 때문에 이 두 시인을 한꺼번에 본받으려고 했던 것 같다. 그러나 나는 여기서 우리가 그때 얼마나 가까운 사이였는지 다시 깨닫게 된다. 여기에 그 시가 있다.

우리가 서로를 열면

너는 너를 내게 그리고 나는 나를 네게,

우리가 깊이 빠져들면

너는 내 안으로 그리고 나는 네 안으로,

우리가 사라지면

너는 내 안으로 그리고 나는 네 안으로.

그러면
나는 나
그리고 너는 너.

12

한나와 여행을 떠나기 위해 부모님에게 둘러댔던 거짓말은 기억나지 않지만 부활절 연휴의 마지막 주에 혼자서 집을 지키면서 내가 치러야 했던 대가는 아직도 생생하다. 부모님과 누나와 형이 어디로 여행을 떠났었는지는 지금은 기억나지 않는다. 문제는 여동생이었다. 여동생은 친구네 집에 가 있기로 되어 있었다. 그러나 내가 집에 있으면 자기도 집에 남아 있겠다고 했다. 그것은 부모님이 바라는 게 아니었다. 그래서 나 역시 내 친구네 집에 가서 묵기로 했다.

돌이켜보면 나의 부모님이 열다섯 살밖에 되지 않은 나에게 일주일씩이나 혼자서 집을 보도록 맡긴 것은 대담한 결정이었다. 한나와의 만남을 계기로 나의 가슴속에 싹트기 시작한 독립심을 부모님이 눈치챘던 것일까? 아니면 내가 병이 나서 몇 달 동안 아팠음에도 불구하고 진급을 해냈다는 사실만 생각해서 내가 예전에 보여주었던 것보다 훨씬 책임감도 강해지고 또 믿을 만하다는 결론을 내린 것일까? 당시에 한나와 많은 시간을 함께 보내며 돌아다닌 것 때문에 어떤 추궁을 당한 기억은 없다. 이제 건강을 되찾았으니 친구들과 많은 시간을 함께하면서 함께 공부하고 함께 여가 시간을 보내고 싶다는 나의 말을 부모님은 의심하지 않은 것 같다. 게다가 자식 넷도 많다면 많은 것이기 때문에 부모의 관심이 모두에게 골고루 돌아가기는 어렵다. 부모는 그때그때마다 특히 문제가 있는 자식에게 집중할 수밖에 없다. 오랫동안 부모님의 골칫거리였던 내가 다시 건강을 되찾고 다음 학년으로의 진급까지 해내자 부모님은 한시름 놓을 수 있었다.

내가 여동생에게 무엇을 사주면 내가 집에 있는 동안 친구네 집에 가 있겠느냐고 묻자 여동생은 청바지—당시에 우리는 그것을 블루진 혹은 니텐호젠*이라고 불렀다—와 벨벳 풀오버 니키를 요구했다. 그럴 만도 했다. 청바지는 당시로서는 특별하고 멋진 옷이었다. 게다가 청바지는 생선뼈무늬의 양복이나 큰 꽃무늬 블라우스로부터의 해방을 의미했다. 내가 친척 아저씨의 옷을 낡을 때까지 입어야 했듯이 여동생은 누나의 옷을 해질 때까지 걸치고 다녀야

*봉합선에 장식 못인 리벳을 박아 넣은 진바지.

했다. 하지만 나는 돈이 없었다.

"그러면 슬쩍하면 되잖아!" 여동생은 천연덕스럽게 그렇게 말했다.

물건을 훔치는 일은 어이가 없을 정도로 쉬웠다. 나는 청바지를 여러 벌 입어보면서 여동생에게 맞을 만한 청바지도 한 벌 집어 들고 탈의실로 들어가, 그것을 통이 넓은 양복바지의 안쪽 배 근처에 집어넣고서 상점에서 빠져나왔다. 벨벳 풀오버 니키는 백화점에서 슬쩍했다. 어느 날 여동생과 나는 최신 유행 코너의 판매대들 사이를 어슬렁거리며 탐색하다가 마침내 적당한 판매대와 적당한 니키를 발견했다. 다음 날 나는 그 코너를 빠르고 단호한 걸음걸이로 지나가면서 그 풀오버를 낚아채 얼른 양복저고리 안에다 숨기고 쏜살같이 바깥으로 빠져나왔다. 그다음 날에는 한나에게 줄 비단 잠옷을 슬쩍했는데 그만 백화점의 감시 요원에게 발각되어 걸음아 날 살려라 하고 줄행랑을 쳐 간신히 빠져나올 수 있었다. 나는 그 후 몇 년 동안 그 백화점에 발을 들여놓지 못했다.

자전거 여행에서 며칠 밤을 함께 보낸 후로 나는 매일 밤 그녀를 내 곁에서 느끼고 싶은 열망에 사로잡혔다. 그녀의 몸에 내 몸을 밀착시켜, 나의 배를 그녀의 엉덩이에 그리고 나의 가슴은 그녀의 등에, 나의 손은 그녀의 젖가슴에 놓고, 밤중에 잠이 깨면 팔을 저어 그녀를 찾아 어루만지고, 한쪽 다리를 그녀의 두 다리 위에 걸쳐놓고 그리고 나의 얼굴을 그녀의 어깨에 바싹 갖다 대고 싶은 열망을 느꼈다. 한 주 동안 혼자 집을 지키는 것은 한나와 일곱 날 밤을 함께 보내는 것을 의미했다.

어느 날 저녁 나는 한나를 우리 집으로 초대하여 그녀를 위해 요리를 만들었다. 내가 요리의 마무리를 하고 있을 때, 그녀는 부엌에 서 있었다. 내가 음식을 식탁에 올려놓을 때 그녀는 식당과 거실 사이의 열린 문 문턱에 서 있었다. 그녀는 둥근 테이블의 평소에 나의 아버지가 앉던 자리에 앉았다. 그녀는 주위를 휘둘러보았다.

그녀의 눈길은 모든 것을 더듬었다. 비더마이어풍*의 가구들, 피아노, 오래된 괘종시계, 그림들, 책들이 꽂혀 있는 서가, 식탁 위의 그릇들과 포크와 나이프 등. 내가 디저트를 마련하기 위해서 그녀를 잠깐 혼자 둔 사이, 그녀는 자리를 떠 더 이상 보이지 않았다. 그녀는 이 방 저 방 돌아다니다가 내 아버지의 서재에 가서 서 있었다. 나는 살며시 문기둥에 기대어 서서 그녀를 바라보았다. 그녀는 마치 책을 한 권 고르려는 듯 사방의 벽면을 빼곡히 채운 서가들 위로 눈길을 던졌다. 그러더니 한 서가 쪽으로 다가가 오른손 집게손가락을 가슴 높이로 들고 천천히 책들의 등을 문지르면서 걸어갔다. 다음 서가로 넘어가서도 역시 손가락으로 책등을 문지르며 걸어갔다. 그녀는 온 방 안을 그

*우아하고 경쾌한 복고적 실내 장식이나 가구 스타일.

렇게 걸어 다녔다. 이윽고 그녀는 창문가에 멈추어 서더니 캄캄한 어둠 속을, 유리창에 비친 서가의 모습과 자신의 얼굴을 응시했다.

그것은 내게 남아 있는 한나의 여러 모습들 중 하나이다. 나는 그녀의 모습들을 내 기억 속에 저장해놓았기 때문에, 그것들을 마음속의 스크린에 투사하면 거기에 비친 그림 들을 조금도 변하거나 마모되지 않은 채로 바라볼 수 있다. 때때로 나는 그 모습들을 한동안 잊은 채로 지내기도 한다. 그러나 그것들은 언제나 다시 나의 마음속에 떠오르고, 그 러면 나는 그것들을 여러 번에 걸쳐 잇달아 내 마음속의 스 크린에 비쳐놓고 바라보지 않을 수 없다. 그중 하나는 부엌 에서 스타킹을 신고 있는 모습의 한나이다. 또 다른 모습은 욕조 앞에 서서 양팔을 활짝 벌려 큰 타월을 들고 있는 한 나이다. 또 다른 모습은 자전거를 타고 가며 달리는 자전거 바람에 치맛자락을 휘날리는 한나이다. 그다음으로 내 아 버지의 서재에 서 있는 한나의 모습이 있다. 그녀는 파란색 과 흰색 줄무늬가 있는 블라우스를 입고 있다. 당시에 일명 셔츠블라우스라고 불리던 옷이다. 그 옷을 입은 한나는 젊 어 보인다. 그녀는 손가락으로 책들의 등을 문지르며 거닐 다가 창문을 바라보았다. 그녀는 이제 내 쪽으로 몸을 돌린 다. 몸을 돌리는 동작이 아주 민첩했기 때문에 치마가 잠시 그녀의 다리를 중심으로 활짝 펼쳐졌다가 다시 매끈하게 늘어진다. 그녀의 눈길은 피곤해 보인다.

"여기 이것들이 다 너의 아버지가 읽으시거나 쓰신 책들이니?"

나는 아버지가 쓴 칸트 책과 헤겔 책을 알고 있었다. 나는 그 책들을 찾아보았다. 마침내 두 권을 다 찾아서 그녀에게 보여주었다.

"내게 그 책의 내용을 조금만 읽어줘. 꼬마야, 그렇게 해주지 않을래?"

"난 말이에요⋯⋯." 나는 그러고 싶지 않았다. 하지만 그녀의 부탁을 거절하고 싶지도 않았다. 나는 아버지가 쓴 칸트 책을 집어 들고 그녀를 위해 몇 구절을 읽어주었다. 분석론과 변증법에 관한 것이었다. 그녀나 나나 그 구절을 이해할 수는 없었다. "됐어요?"

그녀는 마치 모든 것을 이해했다는 듯한 혹은 이해하고 못하고는 전혀 문제가 되지 않는다는 듯한 눈길로 나를 쳐다보았다. "너도 이다음에 크면 그런 책을 쓸 거니?"

나는 고개를 가로저었다.

"너는 다른 책을 쓰고 싶니?"

"모르겠어요."

"넌 연극 작품 같은 것도 쓸 거니?"

"모르겠어, 한나."

그녀는 고개를 끄덕였다. 그러고 나서 우리는 디저트를 먹고 그녀의 집으로 갔다. 나는 그녀와 내 침대에서 자고 싶었다. 그러나 그녀는 그것을 원하지 않았다. 그녀는 우리 집에서 스스로를 불청객으로 느낀 듯했다. 말로 표현하지는 않았지만 그녀는 부엌에 또는 열린 날개문 문턱에 서 있거나 이 방에서 저 방으로 돌아다니거나 내 아버지의 책들을 문지르며 다니거나 그리고 나와 함께 앉아서 식사를 할 때의 태도로 그것을 표현했다.

나는 그녀에게 그 비단 잠옷을 선물했다. 얇은 어깨 끈이 달려 있어서 어깨와 팔이 드러나도록 되어 있고 치맛단은 복사뼈까지 내려오는 가지색 잠옷이었다. 잠옷은 반짝이면서 은은하게 속이 비쳤다. 한나는 기뻐서 웃으면서 얼굴을 환하게 폈다. 발밑을 내려다보기도 하고 빙그르르 돌기도 하고, 몇 걸음 댄스 스텝을 밟기도 하고, 거울에 자신의 모습을 비추어보기도 하고 거울에 비친 자신의 모습을 잠깐 들여다보기도 하면서 계속해서 춤을 추었다. 그것 역시 내게 남아 있는 한나의 모습들 중 하나이다.

13

나는 새 학년의 시작을 늘 하나의 분명한 단락처럼 느꼈다. 고등학교 1학년에서 고등학교 2학년으로의 진급은 특히 하나의 시기를 칼로 자른 듯한 변화를 몰고 왔다. 내가 다니던 반은 해체되어 같은 학년의 다른 세 반으로 분산 배치되었다. 상당히 많은 수의 학생들이 진급의 문턱을 넘지 못했으며, 그 결과 본디 네 개였던 작은 규모의 학급들은 세 개의 큰 학급으로 합쳐졌다.

내가 다니던 고등학교는 오랫동안 남학생만 받아온 학교였다. 여학생들에게도 입학이 허용되었을 때, 처음에는 그 숫자가 너무 적었기 때문에 여학생들은 같은 수로 각각의 반에 배정되지 않고 처음에는 한 학급에만, 그리고 나중에 가서는 두세 학급에 배정되었는데 그러다 마침내는 각 학급 총원의 3분의 1을 차지하게 되었다. 그 전에 내가 다녔던 학급에까지 배정될 만큼의 소녀들이 내 나이 또래에는 없었다. 우리 반은 4반으로 순전히 남학생들로만 이루어져 있었다. 그 때문에 우리 반은 해체되어 각각 다른 반에 분할 배치되었고, 그 결과 독립된 학급으로 남지 못했다.

우리는 그 사실을 새 학년이 시작되고 나서야 비로소 알게 되었다. 교장 선생님은 우리를 한 학급에 모이게 한 다음 우리가 분산 배치된다는 사실과 그 방법에 대해서 알려주었다. 다른 여섯 명의 동급생들과 함께 나는 텅 빈 복도를 지나 새 교실로 갔다. 우리는 남아 있는 좌석을 배정받았다. 나는 두 번째 줄의 한 자리에 앉았다. 좌석은 모두 1인용이었지만, 세 분단으로 나뉘어 각 분단마다 두 좌석이 나란히 놓여 있었다. 나는 가운데 분단에 앉았다. 내 왼쪽에는 우리 반이었던 루돌프 바르겐이 앉아 있었다. 몸집이 크고 조용하며 신뢰가 가는 녀석으로 체스와 하키 선수였다. 전에 같은 반에 있을 땐 거의 이야기도 하지 않았지만 우리는 곧 좋은 친구가 되었다. 내 오른쪽에는 통로를 사이에 두고 여학생들이 앉아 있었다.

내 옆쪽에 앉은 여학생은 소피였다. 갈색 머리카락과 갈색 눈동자, 여름 햇빛에 태운 갈색 피부를 하고 있었으며, 맨 팔에는 보송보송한 황금빛 솜털이 나 있었다. 내가 자리를 잡고 앉아 주변을 둘러보았을 때, 그 아이는 나를 보고 미소를 보냈다.

나도 미소로 응답했다. 나는 기분이 좋았다. 내 가슴은 새로운 학급에서의 새로운 시작과 여학생들에 대한 기대감으로 가득 찼다. 나는 고등학교 1학년에 다닐 때 나의 동급생들의 행동을 관찰한 적이 있다. 남자아이들은 자기네 반에 여학생들이 있든 없든 간에 여학생들을 두려워하여 피했고 여학생들 앞에서 허풍을 떨거나 아니면 여학생들에게 지나친 찬사를 보내곤 했다. 나는 이미 여자를 알았다. 그래서 침착하게 친구처럼 행동할 수 있었다. 여학생들은 그걸 좋아했다. 이제 나는 이 새로운 반에서 그들을 내 마음대로 다룰 것이고 또 그렇게 해서 남자아이들에게도 좋은 반응을 얻게 되리라.

모든 사람들이 다 그럴까? 나는 젊었을 때 지나치게 자신감을 느끼거나 아니면 지나치게 자신 없어 하거나 둘 중 하나였다. 나 자신을 너무 무능력하고 초라하고 보잘것없다고 여기거나, 아니면 스스로 전체적으로 보아 성공했으니 모든 일에서 성공할 것이라고 생각했다. 자신감을 느낄 때는 아무리 큰 문제도 해결해내곤 했다. 그러나 더없이 작은 실패 하나도 나 자신이 보잘것없는 존재라는 것을 스스로에게 확신시키기에 충분했다. 자신감을 다시 얻는 것은 결코 성공에 따른 결과는 아니었다. 내가 이룬 것은 나중에 비교해보면 내가 실제로 해낼 수 있다고 기대하거나 남으로부터 인정을 기대했던 것에 비참할 정도로 못 미쳤으며, 그리고 내가 그것을 실패로 느끼느냐 아니면 성공으로 느끼느냐는 오로지 나의 기분 상태에 달려 있었다. 내가 보기에 한나와의 관계는 여러 주가 지나도록 잘 진행되었다. 우리의 말다툼에도 불구하고. 물론 이 말다툼에서 그녀가 언제나 나를 굴복시켰고, 나는 언제나 굴욕감을 느끼긴 했지만. 그리고 새로운 학급에서 맞은 여름도 훌륭하게 시작되었다.

내 눈에는 지금도 교실 모습이 선하다. 앞면 오른편에 문이 있고, 오른쪽 벽에는 옷걸이용 걸쇠들이 달린 나무 테두리 장식이 있고, 왼쪽에는 창문들이 늘어서 있어서 창문을 통해 하일리겐베르크와, 쉬는 시간에 창문에서 보면 아래쪽으로 난 도로와 강과 반대편 강가의 초원이 보였고, 교실 앞쪽에는 칠판과 지도를 걸어놓는 스탠드와 모형도들 그리고 무릎 높이의 연단에는 선생님이 사용하는 교탁과 의자가 있었다. 사방의 벽은 우리의 키 높이까지는 노란색 유성페인트 칠이 되어 있었고, 그 위로는 흰색으로 칠해져 있었다. 그리고 천장에는 우윳빛 둥근 전등이 두 개 매달려 있었다. 교실에는 꼭 필요한 것 이외의 것은 전혀 없었다. 그림도 없었고, 식물도 없었고, 여분의 1인용 좌석도 없었고, 누군가 잊고 간 책이나 공책 혹은 색분필을 넣어두는 상자도 없었다. 눈길을 조금만 돌려도 눈길은 창문을 넘어가거나 아니면 옆 자리의 여학생이나 남학생에게 가서 닿았다. 소피는 내가 자신을 쳐다보고 있는 것을 느끼면 얼른 내 쪽으로 고개를 돌리고 내게 미소를 지어 보였다.

　"베르크 군, 소피아가 그리스식 이름이기는 하지만, 아무리 그렇다고 해도 그것이 자네가 그리스어 수업 시간에 옆에 앉은 여학생을 탐구할 근거는 되지 못해. 번역 좀 해봐!"

　우리는《오디세이아》를 번역하고 있었다. 나는 그 작품을 독일어로 읽었으며, 그 작품을 사랑했고 지금도 사랑하고 있다. 나는 선생님에게 지명을 받으면 별로 지체하지 않고 번역할 곳을 찾아 마음을 가다듬고 우리말로 옮겼다. 선생님이 나를 소피와 함께 놀리는 일을 멈추고 또 다른 아이들도 웃음을 그쳤을 때, 나는 다른 것 때문에 머뭇거렸다. 몸매와 외모에 있어서 불멸의 존재인, 순결하고 하얀 팔을 가진 나우시카. 그 이름을 읽으면서 한나를 떠올려야 할까, 아니면 소피를 떠올려야 할까? 그것은 틀림없이 두 사람 중 하나이어야 했다.

14

비행기의 엔진이 고장 났다고 해서 그것이 비행의 끝은 아니다. 비행기는 날아가던 돌멩이처럼 하늘에서 떨어지지는 않는다. 비행기는 계속해서 미끄러지듯이 날아간다. 초대형 다발 여객기는 착륙 시도 시에 산산조각이 날 때까지 반 시간에서 사십오 분 정도까지는 날아간다. 승객들은 아무것도 눈치채지 못한다. 엔진이 고장 난 상태에서의 비행은 엔진이 정상적으로 작동할 때와 별로 다르게 느껴지지 않는다. 오히려 이때의 비행은 조금 더 조용하다. 아주 조금 더. 엔진 소리보다 더 시끄러운 것이 몸체와 날개에 와서 부서지는 바람 소리이다. 그러다가 어느 순간 창문 밖을 내다보면 땅이나 바다가 위협적으로 가까이 와 있다. 아니면 기내 영화가 상영되고 있고, 남녀 승무원들은 블라인드를 내려놓은 상태이다. 승객들은 어쩌면 약간 더 조용해진 비행을 특히 쾌적하게 느낄지도 모른다.

그해 여름은 우리 사랑의 활공 비행이었다. 아니 그것은 우리의 사랑이 아니라 오히려 한나를 향한 나의 사랑이라고 해야 할 것이다. 나에 대한 그녀의 사랑에 대해서 나는 아무것도 모른다.

우리는 책 읽기와 샤워, 사랑 행위 그리고 나란히 눕기로 이어지는 우리의 의식을 그대로 유지하고 있었다. 나는 그녀에게 역사와 위대한 남자들, 러시아, 사랑과 결혼 등에 대한 톨스토이의 모든 상세한 언급들을 곁들여가면서《전쟁과 평화》를 읽어주었다. 40 내지 50시간은 걸렸던 것 같다. 다시금 한나는 소설이 진행되어가는 과정을 가슴 졸이며 좇았다. 그러나 그녀의 태도는 이번에는 종전과 달랐다. 이번에 그녀는 판단을 자제했다. 전에 루이제와 에밀리아를 상대로 그랬던 것처럼 나타샤와 안드레이와 피에르를 그녀의 세계의 일부로 만들지 않고, 우리가 놀라운 먼 여행길에 오르거나 입장을 허락받아 그곳에 머물면서 친숙해질 수 있는―물론 두려움을 완전히 떨쳐버리지는 못하겠지만―성 안으로 들어가듯이 그들의 세계 안에 발을 들여놓았다. 전에 내가 그녀에게 읽어준 책들은 모두 이미 내가 읽었던 것들이었다. 하지만《전쟁과 평화》는 나도 처음이었다. 우리는 먼 여행길을 함께 나섰다.

우리는 서로를 위해 애칭을 만들어냈다. 그녀는 이제 나를 꼬마라 부르는 것으로 그치지 않고 여러 가지 수식어나

축소명사형*들을 이용하여 개구리나 두꺼비, 새끼 늑대, 돌멩이, 장미 등으로 불렀다. 나는 한나라는 이름을 고수했다. 그러던 중 그녀는 내게 이렇게 물었다. "나를 끌어안고 두 눈을 감은 채 동물을 생각하면 넌 무슨 동물이 떠오르니?" 나는 두 눈을 감고 동물들을 생각해보았다. 우리는 서로의 몸을 바싹 붙인 채 누워 있었다. 나의 머리는 그녀의 목에, 나의 목은 그녀의 젖가슴에, 나의 오른팔은 그녀의 몸을 감싸서 그녀의 등에 그리고 나의 왼팔은 그녀의 엉덩이에 가서 밀착되어 있었다. 나는 양팔과 손으로 그녀의 넓은 등과 단단한 허벅지, 탄력 있는 엉덩이를 더듬었고 또한 그녀의 젖가슴과 배의 팽팽한 감촉을 목과 가슴으로 느꼈다. 그녀의 피부는 매끄럽고 부드럽게 느껴졌고, 피부 안쪽에 있는 그녀의 몸뚱어리는 힘차고 탄탄하게 느껴졌다. 내가 손을 그녀의 장딴지에 올려놓았을 때 나의 손에는 지속적으로 움찔대는 근육의 경련이 느껴졌다. 순간 나는 말들이 파리 떼를 쫓을 때 일으키는 피부의 경련을 생각했다. "말이 생각나요."

"말이라고?" 그녀는 내게서 몸을 풀고 일어나더니 나를 빤히 쳐다보았다. 놀란 듯한 눈길이었다.

"맘에 안 들어요? 내가 그 생각을 하게 된 것은 당신의 감촉이 너무 좋기 때문이에요. 매끄럽고 부드러우면서도

---

*독일어에서 우리말의 '강아지' '송아지'처럼 기존명사에 일정한 어미를 붙여서 '작은~' '새끼~'와 같은 의미의 명사를 만드는 것. 귀엽다는 뜻을 내포한다.

그 안쪽은 팽팽하고 탄탄하잖아요. 그리고 또 당신 장딴지는 움찔거리잖아요." 나는 그녀에게 내가 왜 그런 연상을 하게 되었는지 설명했다.

그녀는 자기 장딴지 근육의 움직임을 관찰했다. "말이라고." 그녀는 고개를 가로저었다. "난 모르겠어……."

그것은 평소의 그녀 태도가 아니었다. 그녀는 평소에는 동의나 거부 의사를 아주 분명하게 표현했다. 나는 그녀의 놀란 눈길을 마주하고서 필요하다면 지금까지의 모든 말을 취소하고 자책하며 그녀에게 용서를 빌 마음의 준비가 되어 있었다. 그러나 오히려 나는 이제 그녀를 말馬과 화해시키려고 시도했다. "나는 당신한테 셰발이나 호테휘, 에크뷘헨, 혹은 부켈펠헨과 같은 말 이름을 붙여주고 싶어요. 나는 말을 생각할 때 말 이빨이나 말 대가리, 그리고 또 당신이 조금도 좋아하지 않는 그 무엇을 떠올리지 않고, 좋은 것, 따뜻한 것, 부드러운 것, 강한 것을 생각해요. 당신은 새끼 토끼나 새끼 고양이, 암호랑이가 아니에요. 이런 것들 속에는 당신의 속성하고는 전혀 맞지 않는 뭔가 나쁜 것이 들어 있어요."

그녀는 등을 지고 누워 양팔을 머리 밑에 밀어 넣었다. 그때 나는 일어나 그녀를 쳐다보았다. 그녀의 눈길은 허공을 바라보고 있었다. 잠시 후 그녀는 내게로 얼굴을 돌렸다. 그 표정은 더없이 진지해 보였다. "그래, 네가 나를 말이나 그 밖의 다른 말 이름들로 불러도 좋아. 그 이름들을 내게 설명해줄래?"

한번은 함께 가까운 도시에 있는 극장에 가서 〈관계와 사랑〉을 관람했다. 한나로서는 생전 처음하는 연극 구경이었다. 그래서 그녀는 연극의 상연부터 휴식 시간의 샴페인에 이르기까지 모든 것을 만끽했다. 나는 그녀의 허리를 팔로 감싸 안았다. 사람들이 우리를 부부로 생각하든 말든 나는 상관없었다. 그런 것을 상관하지 않는 내가 자랑스러웠다. 동시에 나는 만약에 그것이 우리 고향 도시에 있는 극장 안이었다면 그렇게 담담하지는 못했으리라는 사실을 알고 있었다. 그녀도 그것을 알고 있었을까?

그녀는 그해 여름 나의 생활이 이제 더 이상 그녀와 학교와 공부 주변만을 맴돌지 않는다는 사실을 알고 있었다. 늦은 오후 그녀에게 갈 때면 나는 수영장에 들렀다가 가는 일이 점점 더 잦아졌다. 수영장에서는 우리 반의 남자아이들과 여자아이들이 함께 모여서 숙제도 하고 축구나 배구 그리고 스카트*도 하고 남녀 간에 서로 사귀기도 하였다. 그곳에서 우리 반의 사교 생활이 이루어졌으며, 내게는 거기 참석하고 또 그곳의 일원이 되는 게 매우 중요했다. 한나의 근무 시간에 따라서 내가 다른 아이들보다 그곳에 늦게 가거나 일찍 빠져나오는 것은 내 체면에 해가 되지 않았고, 나는 오히려 그것이 재미있었다. 나는 그것을 알고

---

*세 사람이 32장의 패를 가지고 하는 독일식 카드놀이의 일종.

있었다. 또한 내가 그곳에서 일어나는 그 어느 것도 놓치지 않고 있다는 점도 알고 있었다. 그렇지만 내가 그곳을 제대로 지키지 않으면 무슨 일이 일어날는지 아무도 모른다는 생각이 자꾸만 들었다. 한나에게 가는 것보다 차라리 수영장에 있는 것이 좋지 않을까 하고 나 스스로에게 묻지 않게 되기까지는 오랜 시간이 걸렸다. 그러나 7월 나의 생일날에 나는 수영장에서 친구들의 생일 축하를 받았고 친구들이 아쉬워하는 가운데 그곳을 빠져나와 일 때문에 지친 한나로부터 형편없이 기분 나쁜 대접을 받았다. 그녀는 그날이 내 생일이라는 것을 알지 못했다. 언젠가 내가 그녀에게 생일이 언제냐고 물었을 때 그녀는 10월 21일이라고 가르쳐주었다. 그때 그녀는 내 생일에 대해서는 묻지 않았다. 그녀는 또한 탈진해서 돌아온 평소의 모습보다 그렇게 더 기분이 나쁜 것도 아니었다. 그러나 그녀의 나쁜 기분은 나를 화나게 만들었고, 나는 그곳에서 도망쳐 나의 친구들이 있는 수영장으로 가서 그들과 함께 이야기하고 농담하고 게임을 하면서 시시덕거리는 가벼운 분위기를 즐기고 싶었다. 나 역시 기분 나쁜 반응을 보이고 그렇게 해서 두 사람 사이에 말다툼이 벌어지고 한나가 나를 대놓고 무시하기 시작했을 때, 내겐 다시 그녀를 잃을지도 모른다는 불안감이 찾아들었다. 그래서 나는 그녀가 나를 그녀 품으로 받아들여줄 때까지 자존심 같은 것은 다 내팽개치고 싹싹 빌었다. 그러나 내 가슴은 앙심으로 가득 찼다.

15

그 후 나는 한나를 배반하기 시작했다.

내가 한나와 나 사이의 비밀을 세상에 알렸거나 그녀를 웃음거리로 만들었다는 말은 아니다. 나는 내가 침묵해야 한다고 생각한 것은 어느 것도 입 밖에 내지 않았다. 내가 털어놓았어야 하는 것들도 일절 말하지 않았다. 나는 그녀를 안다고 인정하지 않았다. 나는 부인否認이 배반의 보이지 않는 한 변형임을 알고 있었다. 외부에서 보면 부인을 하는 건지, 비밀을 지키고 있는 건지, 깊이 사려를 하는 건지, 난처함과 불쾌함을 피하려는 건지 구별하기 힘들다. 그러나 자신의 의중을 드러내지 않는 본인은 그것을 잘 알고 있다. 그리고 부인은 배반의 다른 몇 가지 떠들썩한 유형들과 마찬가지로 인간관계의 토대를 앗아가버린다.

내가 언제 한나를 처음으로 부인했는지 이제는 기억하

지 못한다. 그해 여름 매일 오후 수영장에서 같이 지낸 동료들과의 관계는 친구 사이로 발전했다. 예전에 같은 반에 있을 때부터 알았던 옆자리 친구를 빼놓으면 나는 새 학급에서 홀거 슐뤼터를 가장 좋아했다. 그 역시 나처럼 역사와 문학에 관심이 많아서 우리는 금방 친해졌다. 그는 또한 소피하고도 금방 친하게 되었다. 소피는 우리 집에서 몇 구역 떨어지지 않은 곳에 살았기 때문에 나는 수영장에 갈 때 종종 그녀와 함께 갔다. 처음에 나는 친구들과의 우정이 아직은 한나 이야기를 할 만큼 깊지 못하다고 스스로에게 말했다. 그러는 사이 나는 적당한 기회와 적당한 시점 그리고 적당한 말을 찾지 못했다. 결국 한나에 대해 이야기하기에는, 즉 젊은 시절의 다른 비밀들과 함께 그녀를 알리기에는 때가 너무 늦고 말았다. 그렇게 한참 지난 뒤에 가서 그녀 이야기를 하면, 혹시 우리 사이에 당당하지 못한 점이 있거나 내가 양심에 찔리는 것이 있어서 그렇게 오랫동안 한나 이야기를 숨기고 있었던 것은 아닌가 하는 잘못된 인상을 일깨울지도 모른다고 나는 스스로에게 말했다. 그러나 내가 나 스스로에게 아무리 다른 구실을 내세운다고 해도, 만약에 나의 인생에서 숨겨두었던 중요한 모든 것들을 친구들에게 말해주는 것처럼 행동하면서 한나에 대해서는 침묵한다면, 그것 역시 한나를 배반하는 일임을 나는 알고 있었다.

내가 나의 속을 완전히 보여주지 않는다는 것을 친구들

이 눈치챈 것은 우리 사이의 상황 개선에 도움이 되지 않았다. 어느 날 저녁 소피와 나는 집으로 돌아가던 중 뇌우를 만나 노이엔하임 벌판에서—당시엔 그곳에 아직 대학 건물들이 들어서지 않았으며 밭과 정원들이 있었다—한 정자의 처마 밑으로 들어가 비를 피했다. 천둥과 번개가 치고, 폭풍이 몰아쳤으며 주먹만 한 빗방울이 마구 쏟아졌다. 게다가 기온까지 5도는 떨어진 것 같았다. 우리는 추워서 벌벌 떨었다. 그때 나는 소피를 두 팔로 끌어안아주었다.

"너 말이야." 소피는 나를 쳐다보지 않고 쏟아지는 빗줄기를 응시했다.

"왜?"

"너 오랫동안 아팠지, 황달 때문에. 너를 괴롭히는 게 바로 그거니? 다시 전처럼 건강을 되찾지 못할까봐 겁나서 그러는 거야? 의사 선생님들이 무슨 말이라도 했어? 그래서 넌 매일 병원에 가서 피를 새로 갈거나 주사를 맞아야 해?"

한나를 병으로 생각하다니. 나는 부끄러웠다. 그러나 한나에 대해 이야기하는 것은 이제 한층 더 어려워졌다. "아냐, 소피. 난 이제 아프지 않아. 내 간 기능 수치는 이젠 정상이야. 1년 뒤에는 내가 원하면 술도 마실 수 있을 거야. 물론 난 그러고 싶진 않아. 나를 괴롭히는 건……." 나는 한나와 관련된 것, 그러니까 나를 괴롭히는 것에 대해서는 말하고 싶지 않았다. "내가 수영장에 늦게 가거나 수영장에서 일찍 빠져나온 건 다른 것 때문이야."

"넌 그것에 대해 말하고 싶지 않은 거니, 아니면 말하고 는 싶지만 어떻게 해야 할지를 모르는 거니?"

나는 말하고 싶지 않았던 것인가, 아니면 어떻게 해야 할 지를 몰랐던 것인가? 나는 그것을 스스로에게도 말할 수 없었다. 그러나 번개가 치고 가까운 곳에서 우르릉 쾅 크 게 천둥이 울리고 따다닥 소리를 내며 세차게 빗줄기가 쏟 아지는 가운데 함께 오돌오돌 떨면서 서로 몸을 녹여주다 보니, 그녀에게는, 바로 그녀에게만은 한나 이야기를 해주 어야겠다는 생각이 들었다. "어쩌면 이다음에 그 이야기를 할 수 있을지도 몰라."

그러나 이다음은 결코 찾아오지 않았다.

16

나는 한나가 일을 하러 가지도 않고 또 나와 함께 있지도 않을 때면 무엇을 하는지 전혀 알지 못했다. 내가 그것에 대해 물으면, 한나는 나의 질문에 면박을 주었다. 우리는 함께 공유하는 생활 세계가 없었으며, 그녀는 그녀 인생에서 내게 허용하고 싶은 만큼의 자리만 내주었을 뿐이다. 나는 거기에 만족할 수밖에 없었다. 내가 좀 더 가지려고 하거나, 아니면 조금이라도 더 알려고 하는 것조차 이미 주제넘은 짓이었다. 우리가 특히 행복감을 느낄 때 이젠 모든 것이 가능하고 또 허용될 것이라는 생각에서 그녀에게 물으면, 그녀는 이번엔 내게 면박을 주는 대신 내 질문에 대한 대답을 회피하는 식으로 응답했다. "뭘 그렇게 알려고 그러니, 꼬마야!" 혹은 내 손을 붙잡아 자기 배 위에 올려놓으며 이렇게 말했다. "이 배에 구멍이 뚫리는 꼴을 보고 싶어서 그러니?" 아니면 손가락을 하나둘 헤아리면서 이렇게 말했다. "빨래해야지, 다림질해야지, 청소해야지, 걸레질해야지. 장봐야지, 음식 만들어야지, 자두나무를 흔들어서 떨어진 열매들을 주워 집으로 들고 와 이 조그만 것이 다 먹어치우기 전에 얼른 잼으로 만들어야지." 그녀는 자신의 왼손 새끼손가락을 오른손의 엄지와 검지 사이에다 끼우면서 말했다. "안 그러면 이 새끼손가락이 그것들을 혼자서 다 먹어치울 거야."

게다가 나는 그녀가 즐겨 찾는다고 말한 거리나 상점이나 영화관에서 그녀와 단 한 번도 우연히 마주친 적이 없다. 그리고 그녀와 만나고서 처음 몇 달 동안 기회 있을 때마다 그런 데에 함께 가자고 졸랐지만, 그녀는 원치 않았다. 우리는 가끔 두 사람이 모두 본 영화에 대해 이야기를 나누었다. 그녀는 원래 영화의 종류를 가리지 않았다. 그래서 독일에서 만든 전쟁 영화와 향토 영화에서부터 서부 영화, 누벨바그 영화에 이르기까지 모든 영화를 다 보았다. 반면에 나는 할리우드 영화를 좋아했다. 고대 로마를 배경으로 하든 거친 서부를 배경으로 하든, 그런 건 상관없었다. 서부 영화 중의 한 편을 우리 두 사람은 특히 좋아했다. 리처드 위드마크*가 보안관 역할을 맡은 영화였는데, 그는 다음 날 아침 승산이 없는 결투를 하기로 되어 있

*1970년대를 풍미한 미국의 영화배우. 〈오리엔트 특급살인〉 〈뉘른베르크 재판〉 등에 출연했다.

다. 그날 저녁 그는 도로시 말론이라는 여인 집의 문을 두드린다. 그녀는 지금까지 그에게 결투를 포기하도록 설득했지만 그는 그녀의 말을 듣지 않았다. 그녀가 문을 연다. "이제 뭘 원해요? 하룻밤 동안에 당신의 인생 전체를?" 한나는 내가 그녀를 찾아가 욕정으로 가득 찬 눈길을 보이면 나를 가끔 놀렸다. "이제 뭘 원해? 한 시간 동안에 네 인생 전체를?"

나는 한나를 딱 한 번 약속하지 않은 상태에서 만났다. 7월 말인가 8월 초, 그러니까 여름방학을 불과 며칠 앞둔 어느 날의 일이었다.

한나는 며칠 동안 평소와 다른 특이한 기분 상태를 보였다. 변덕스러웠고, 고압적이었으며, 동시에 그녀를 극도로 괴롭히고 극히 예민하게 만드는 무슨 압박감에 시달리고 있는 것 같았다. 그녀는 압박감에 눌려 산산조각 나지 않으려는 듯 안간힘을 썼다. 무엇 때문에 고통스러워하느냐는 나의 질문에는 퉁명스러운 반응을 보였다. 나는 제대로 대처할 수가 없었다. 아무튼 그때 나는 그녀를 떨쳐버리고 싶은 마음과 함께, 어쩔 줄 몰라 하는 그녀의 무력감을 느꼈다. 그래서 나는 그녀를 위해 그녀 곁에 머무르면서 동시에 그녀를 귀찮게 하지 않으려고 노력했다. 그러던 어느 날 그녀를 짓누르던 압박감은 사라졌다. 처음에 나는 한나가 다시 예전의 모습으로 돌아왔다고 생각했다. 우리는 《전쟁과 평화》를 끝낸 뒤로 곧장 새로운 책을 시작하지 못하고 있었다. 나는 신경을 좀 쓰기로 약속했고, 몇 권의 책을 가져와 그녀에게 한 권을 고르라고 했다.

그러나 그녀는 그것을 원치 않았다. "꼬마야, 목욕시켜줄게."

그때는 내가 부엌에 들어설 때마다 묵직한 천처럼 나를 짓누르던 여름의 무더운 날씨는 아니었다. 한나는 욕조용 난로를 켰다. 그녀는 물을 받은 다음, 거기에다 라벤더오일을 몇 방울 떨어뜨리고 나를 씻기기 시작했다. 속옷을 입지 않은 채 걸친, 꽃무늬가 수놓인 그녀의 연푸른 민소매 원피스가 후덥지근한 공기 속에서 땀으로 흠뻑 젖은 그녀의 몸에 찰싹 달라붙었다. 그 모습은 나를 극히 흥분시켰다. 사랑을 나눌 때, 나는 지금까지 느꼈던 나의 모든 감각의 저편에 있는, 더 이상 참기 힘든 감각을 향해 그녀가 나를 몰아대는 듯한 느낌을 받았다. 자신을 허락하는 그녀의 태도 역시 여태껏 겪어보지 못했던 종류의 것이었다. 그렇다고 그녀가 남김없이 다 준 것은 아니었다. 그녀는 지금까지 한 번도 자신의 최후의 보루를 포기한 적이 없었다. 하지만 그녀는 나와 함께 익사하려는 것 같았다.

"이제 네 친구들한테로 가봐." 그녀는 나의 등을 떠밀었고, 나는 차를 타고 갔다. 뜨거운 열기가 건물들 사이마다 단단하게 스며 있었고 들판과 정원 위로 깔려 있었으며 아스팔트 위에서 반짝거렸다. 나는 정신이 멍멍했다. 수영장에서 물장구치며 노는 아이들의 고함 소리가 먼 곳에서 들리듯 들려왔다. 나는 세상 속을, 마치 세상도 내게 속하지 않고 나도 세상에 속하지 않는 듯한 태도로 걸어갔다. 나는 염소를 타 넣은 우윳빛 물속으로 잠수했다. 다시 떠오르고 싶지 않았다. 나는 다른 아이들 옆에 누워 그들의 말에 귀를 기울였다. 그들이 하는 말들은 모두 우스꽝스럽고 시시하게 여겨졌다.

그러던 어느 순간 그런 기분은 싹 사라졌다. 어느 순간 나는 숙제를 하고 배구를 하고 떠벌리며 여자애들하고 시시덕거리는 수영장의 여느 오후와 다름없는 분위기 속에 빨려 들어가 있었다. 우연히 고개를 들어 그녀의 모습을 발견한 그때 내가 무슨 일에 몰두하고 있었는지는 기억나지 않는다.

그녀는 이삼십 미터 떨어진 곳에 서 있었다. 짧은 반바지에 허리 부분을 끈으로 묶은, 앞이 터진 블라우스 차림이었다. 그녀는 내가 있는 쪽을 바라보았다. 나도 돌아보았다. 거리가 멀었기 때문에 그녀의 얼굴 표정은 읽을 수 없었다. 나는 벌떡 일어나 그녀에게로 달려가지 않았다. 그녀가 왜 수영장을 찾아왔을까, 자신의 모습을 내게 보여주고 싶었던 걸까, 그녀 쪽에서 나와 함께 있는 모습을 보여주고 싶은 걸까, 아니면 내가 그녀와 함께 있는 모습을 보여주고 싶은 걸까, 우리는 왜 여태껏 한 번도 우연히 만난적이 없었던 걸까, 그리고 나는 어떻게 해야 하는 걸까 하는 등의 의문이 내 머리를 스치고 지나갔다. 다음 순간 나는 일어났다. 일어서느라 그녀에게서 시선을 뗀 그 짧은 순간에 그녀는 사라지고 없었다.

알아볼 수 없는 표정의 얼굴로 나를 쳐다보던, 짧은 반바지와 끈을 동여맨 블라우스 차림의 한나. 그것 역시 내가 간직하고 있는 그녀의 모습들 중 하나이다.

17

다음 날 그녀는 떠났다. 나는 평상시와 다름없이 그녀의 집에 도착해 초인종을 눌렀다. 나는 문틈으로 살펴보았다. 모든 것은 여느 때와 다름없었다. 나는 째깍대는 시계 소리도 들을 수 있었다.

나는 다시 층계참에 걸터앉았다. 그녀를 만난 첫 몇 달 동안에는, 비록 내가 그녀를 따라 나서거나 그녀를 마중 나간 적은 없지만, 그녀가 어느 구간에 투입되는지 늘 알고 있었다. 언제인가부터 나는 더 이상 그것에 대해서 묻지 않았으며, 또 그것에 대해 더 이상 관심도 갖지 않았다. 그 사실이 그제야 머릿속에 떠올랐다.

빌헬름 광장 옆에 있는 공중전화 부스에서 나는 전차 회사에 전화를 걸었다. 두세 사람을 거친 후 한나 슈미츠가 출근하지 않았다는 사실을 알아냈다. 나는 반호프 가로 되돌아가서, 그 건물 안마당에 있는 가구 공장에 들러 그 건물의 주인이 누군지 알아보았다. 나는 이름 하나와 키르히하임에 있는 주소 하나를 얻었다. 나는 차를 타고 그곳으로 갔다.

"슈미츠 부인? 그 여자는 오늘 아침에 집을 비웠는데."

"그러면 그 여자의 가구들은요?"

"그건 그 여자 물건이 아니오."

"언제부터 그 여자가 그 집에 살았지요?"

"그게 댁하고 무슨 상관이우?" 문에 달린 창문으로 나와 대화를 나누던 여자는 창문을 닫아버렸다.

나는 전차 회사가 있는 건물로 찾아가 여러 번 물은 끝에 인사 담당자를 만날 수 있었다. 담당자는 친절했고 그녀를 많이 생각하고 있었다.

"한나가 오늘 아침에 전화를 걸었어요. 그래도 제때 전화를 했기 때문에 우리는 다른 사람을 대신 투입할 수 있었지요. 전화로 이젠 안 나올 거라고 하더군요. 영원히." 그는 머리를 가로저었다. "2주 전에 그녀는 바로 여기에 앉아 있었어요. 지금 당신이 앉아 있는 의자에 말입니다. 그래서 나는 그녀에게 전차 운전사 교육을 받도록 해주겠다고 제안을 했지요. 그런데 그녀는 모든 것을 내팽개친 겁니다."

그로부터 며칠이 지나서야 나는 주민등록관청을 찾아가봐야겠다는 생각을 하게 되었다. 그녀는 함부르크로 퇴거

한 상태였다. 주소지도 기재되어 있지 않았다.

그 후 며칠 동안 나는 몸이 좋지 않았다. 나는 부모님과 다른 형제들이 아무것도 눈치채지 못하도록 신경을 썼다. 식사 때에는 조금만 이야기하고 조금만 먹고 그리고 토해야 할 때면 화장실로 몰래 갔다. 나는 학교에도 갔고 수영장에도 갔다. 수영장에서는 오후 내내 아무도 찾지 못할 외딴 곳에서 시간을 보냈다. 나의 육체는 한나를 그리워했다. 그러나 육체적 그리움보다 더 참기 어려운 것은 죄책감이었다. 왜 나는 그녀가 그곳에 서 있었을 때 당장 벌떡 일어나 그녀에게로 달려가지 않았던가! 그 짧은 순간 속에 지난 몇 달 동안의 그녀에 대한 내키지 않는 마음이 뭉쳐 있었던 것이다. 그런 마음 상태에서 나는 그녀를 부인하고 배반했던 것이다. 그에 대한 벌로 그녀는 가버린 것이다.

몇 번이고 나는 내가 본 것은 그녀가 아니라고 스스로를 설득해보려고 했다. 얼굴도 제대로 알아볼 수 없는 상황에서 어떻게 그녀였다고 확신할 수 있단 말인가? 만약에 그녀였다면 내가 그녀의 얼굴을 알아보지 못했겠는가? 그러므로 그녀가 아니었다는 사실을 내 어찌 확신하지 않을 수 있겠는가?

그러나 나는 그것이 그녀였다는 걸 알고 있었다. 그녀는 서서 바라보았다. 그러나 때는 너무 늦었다.

2부

Bernhard
Schlink
Der Vorleser

1

한나가 그 도시를 떠난 뒤 그녀를 찾아 내가 이곳저곳을 헤매는 일을 그만두고 또 오후의 시간들이 제 모습을 상실했다는 사실에 익숙해지고, 그리고 책을 보아도 그 책이 누군가에게 읽어주기에 적합한지를 생각하지 않고서 펼쳐보게 되기까지는 한참의 시간이 걸렸다. 그리고 나의 육체가 더 이상 그녀의 육체를 그리워하지 않게 되기까지도 오랜 시간이 필요했다. 가끔 나는 나의 팔과 다리들이 잠결에 그녀를 찾아 더듬거리는 것을 내 눈으로 목격하였으며, 식사 자리에서 나의 형은 내가 잠결에 "한나" 하고 소리쳤다고 여러 번 빈정거렸다. 나는 또 수업 시간에도 줄곧 그녀만을 꿈꾸며 그녀만을 생각하던 것이 기억난다. 그녀가 떠난 뒤 몇 주 동안 줄곧 나를 괴롭히던 죄책감은 점차 사라졌다. 나는 그녀의 집을 피해 다른 길로 우회하여 다녔고,

그로부터 반년 뒤 나의 가족은 그 도시의 다른 곳으로 이사했다. 그렇다고 내가 한나를 잊었다는 뜻은 아니다. 그러나 언제인가부터 그녀에 대한 기억이 나를 따라다니기를 그만두었다. 그녀는 기차가 계속해서 앞으로 달리면 뒤쪽에 처지는 도시처럼 뒤에 남았다. 그 도시는 그대로 있다, 우리의 등 뒤 어디엔가. 우리는 기차를 타고 그곳으로 가서 그 도시를 확인할 수도 있을 것이다. 하지만 무엇 때문에 그런 일을 하겠는가.

나는 고등학교의 마지막 한두 해와 대학의 첫 몇 해를 행복했던 시절로 기억한다. 동시에 그 시절에 대해서는 말할 것이 별로 없다. 그 시절은 별로 힘이 들지 않았다. 대학입학자격시험도, 엉겁결에 선택한 법학 공부도 내겐 힘들지 않았고, 친구를 사귀는 일도 연애를 하는 일도 그리고 헤어지는 일도 힘들지 않았다. 그 어느 것도 내겐 힘들지 않았다. 모든 것이 쉬웠고, 모든 것이 가벼웠다. 어쩌면 그 때문에 기억의 보퉁이가 그렇게 조그만지도 모르겠다. 아니면 내가 작다고 생각하는 것일까? 나는 또한 그 행복했던 기억들이 도대체 사실과 부합하는지 자문하기도 한다. 조금만 더 오래 생각해보면, 부끄럽고 고통스러운 상황들이 줄줄이 마음속에 떠오른다. 그리고 나는 내가 한나에 대한 기억들과 작별을 하기는 했지만 그 기억을 완전히 극복한 것은 아님을 알고 있다. 한나 이후로 나는, 그 누구에게도 굴욕을 당하거나 굴종을 참아내지 않겠다, 모든 죄책감을 내게로 돌리거나 죄책감을 느끼지도 않겠다. 상실의 아픔을 가져올 만큼의 사랑은 이제 더 이상 하지 않겠다. 이런 것들을 당시에는 뚜렷이 생각하지는 못했지만 마음속으로 단호하게 느끼고 있었다.

　나는 오만하고 우쭐해하는 태도에 점차 익숙해졌다. 그 무엇으로도 흠집 하나 나지 않는 요지부동의 인간처럼 행동했다. 나는 그 무엇도 내게 끼어드는 것을 용납하지 않았다. 나의 그런 점을 간파하고 내게 그것에 대해서 해명을 요구하다가 보기 좋게 당했던 한 선생님의 모습을 나는 기억한다. 소피의 모습도 기억한다. 한나가 그 도시를 떠난 지 얼마 안 되었을 때 소피는 결핵 진단을 받았다. 그녀는 3년을 요양원에서 보낸 후 돌아왔다. 그땐 내가 막 대학생이 되어 있을 때였다. 그녀는 외로웠고 옛 친구들을 만나고 싶어 했다. 그렇기 때문에 그녀의 마음속으로 파고드는 일은 어렵지 않았다. 나와 함께 잠을 잔 뒤, 그녀는 내가 정말로 그녀를 사랑하는 것이 아니라는 사실을 눈치채고 눈물을 흘리면서 이렇게 말했다. "너 도대체 어떻게 된 거야, 너 도대체 어떻게 된 거야." 나는 나의 할아버지도 기억한다. 나는 그분을 임종 직전에 몇 번 찾아간 적이 있다. 그러던 어느 날 할아버지는 나를 위해 하느님의 은총을 빌려고 했고, 그에 대해 나는 그런 것은 아무것도 믿지도 않으며 원치도 않는다고 말해버렸다. 내가 당시에 그러한 행동을 하고서 의기양양해했다는 사실은 지금으로서는 상상하기 어려운 일이다. 나는 또한 나를 향한 것이든 남을 향한 것이든 간에 애정이 담긴 조그만 몸짓에도 목이 메어오던 것도 기억한다. 때로는 영화의 한 장면만 봐도 그랬다. 매정함과 극단적인 감상성의 이 같은 병존은 나 스스로 생각해도 이상했다.

2

나는 한나를 다시 보았다. 그것은 법정에서였다.

강제수용소와 관련된 역사상 처음 열리는 재판도 아니었고 아주 중요한 강제수용소 재판 중의 하나도 아니었다. 당시에 나치 과거와 이와 관련된 재판에 대해 연구를 하던 몇 안 되는 교수들 중의 하나였던 우리 교수님은 그 재판을 한 세미나의 대상으로 삼았다. 학생들의 도움을 빌려서 그 재판을 처음부터 끝까지 추적하고 또 평가할 수 있을 걸로 생각했기 때문이다. 나는 그가 검증하고 증명하려 했던 것, 혹은 반박하려고 했던 것이 무엇이었는지 이젠 더 이상 기억하지 못한다. 그 세미나에서 우리가 소급처벌금지에 대해서 논의했던 것은 기억한다. 수용소 감시원들과 그 앞잡이들을 처벌할 수 있는 법령이 그들의 범죄 행위가 벌어질 당시에 이미 형법에 규정되어 있었다는 것으로 충분한가? 아니면 그 법령이 그들의 행위가 있던 당시에 실제로 어떻게 해석되고 어떻게 시행되었으며, 또 당시에는 그 조항이 그들에게 적용되지 않았다는 것이 문제인가? 법이란 무엇인가? 법전에 적혀 있는 것을 말하는가, 아니면 사회에서 실제로 집행되고 준수되는 것을 말하는가? 아니면 법이란 법전에 규정되어 있든 규정되어 있지 않든, 어떤 일이 정당하게 이루어진다면 그에 따라 집행되고 준수되어야 하는 것을 의미하는가? 망명에서 돌아오기는 했지만 독일 법학계에서는 국외자 신세였던 그 노교수는 자신의 모든 학식을 동원해가면서 그리고 동시에 문제의 해결을 위하여 더 이상 학식만을 이용하지 않으려는 자의 초연한 태도를 가지고 이 토론에 임했다. "피고인들의 얼굴을 잘 봐요. 여러분은 이들 중에서 당시에 자신이 남을 죽여도 된다고 정말로 믿은 사람이 있다고는 전혀 생각할 수 없을 겁니다."

세미나는 겨울에 시작되었고, 재판은 봄에 시작되었다. 재판은 여러 주에 걸쳐 계속되었다. 월요일부터 목요일까지 재판이 열렸는데, 그 노교수는 이 나흘 동안 그날그날 학생들의 그룹을 지정하여 재판 과정에 대한 의사록을 작성하도록 시켰다. 매주 금요일에는 세미나 모임이 있었고 지난 한 주 동안 모은 자료들에 대한 탐사 작업이 이루어졌다.

탐사! 과거의 탐사! 세미나에 참석한 우리 학생들은 스스로를 이러한 과거 탐사의 최전방 전위대로 여겼다. 우리는 창문을 활짝 열어젖히고 바람을 불러들여, 마침내 우리 사회가 그동안 끔찍한 과거 위로 쌓이도록 방치한 먼지들을 바람에 흩날려버렸다. 우리는 사람들이 제대로 숨을 쉬고 눈으로 볼 수 있게 하는 일을 맡았다. 우리들 역시 법률적 지식에만 의존하지 않았다. 유죄판결을 내려야 한다는 것은 우리에게는 너무나 당연한 일이었다. 또한 이 강제수용소 감시원 저 강제수용소 감시원 그리고 강제수용소의 앞잡이들에 대한 유죄판결은 표면적인 것에 지나지 않는다는 사실 역시 확실했다. 그 감시원들과 앞잡이들을 이용했거나, 그들의 행위를 막지 못했거나, 1945년 이후 그들을 추방할 수 있었을 때 적어도 추방하지 못한 세대가 법정에 서 있는 것이었으며, 우리는 탐사와 진상 규명이라는 재판에서 이 세대에게 수치라는 판결을 내렸다.

세미나에 참석한 우리 학생들의 부모들은 제3제국 치하에서 여러 가지 역할을 했다. 그중 몇몇 아버지들은 전쟁터에 나가 있었는데, 그중에 두세 사람은 독일국방군의 장교였고, 한 사람은 무장친위대의 장교였다. 몇몇 아버지들은 법조계와 행정부에서 직업적인 성공을 거두었다. 또 우리의 부모들 중에는 교사와 의사도 있었으며, 삼촌이 제국 내무부서에서 고위 관리를 지낸 학생도 하나 있었다. 우리가 질문을 하고 또 그들이 그에 대해 대답을 하는 한, 그들은 우리에게 해줄 아주 색다른 이야기들을 갖고 있으리라고 나는 확신한다. 나의 아버지는 자신에 대한 이야기를 하지 않으려고 했다. 그러나 나는 아버지가 스피노자 강의를 개설하겠다고 공고했다가 대학에서 철학 강사 자리를 잃고 도보여행지도와 도보여행책자를 출판하는 한 출판사의 편집주간 일을 하면서 자신과 우리 식구를 전쟁의 소용돌이에서 구해냈음을 알고 있다. 내가 어떻게 그분에게까지 수치의 판결을 내릴 수 있겠는가? 그러나 나는 그렇게 했다. 우리 모두는 우리의 부모들에게 수치의 판결을 내렸다. 우리가 그들을 고발한 내용은, 그들이 1945년 이후에도 그들 주변에 있는 범죄자들의 존재를 묵인했다는 것이다.

세미나에 참석한 우리 학생들은 점차 강력한 집단적 동질감을 느끼기 시작했다. 우리는 강제수용소의 학생들이었다. 처음에는 다른 학생들이 우리를 그렇게 불렀으나 곧 우리도 서로를 그렇게 부르게 되었다. 우리가 하는 일에 대해 다른 학생들은 관심이 없었다. 대부분의 학생들은 의아하게 생각했고, 어떤 학생들은 대놓고 반감을 표시했다. 지금 돌이켜보면, 끔찍한 사건들을 캐내어 그것을 다른 사람들에게 알려줄 때 보인 우리의 열성은 사실 다른 학생들의 불쾌감을 자아내기에 충분한 것이었다. 우리가 읽고 들은 사건들이 끔찍하면 끔찍할수록, 우리는 그것을 밝혀내고 고발해야 하는 우리의 임무에 대해 더욱더 확신을 가졌다. 사건들이 우리의 말문을 턱턱 막는 것일 때에도 우리는 그것들을 의기양양하게 높이 쳐들었다. '이것들 좀 보시오!'

내가 그 세미나에 등록을 한 것은 순전한 호기심에서였다. 그 세미나는 종래의 세미나들과는 달리 좀 새로운 것이었다. 계약과 소유권, 불법행위와 가담에 대한 법도 아니요, 작센 법전도 고대 법철학도 아니었다. 내 몸에 배어 있던 거만하고 우쭐해하는 태도를 나는 그 세미나에도 그대로 가져갔다. 그러나 겨울이 지나가는 동안 나는 갈수록 더욱더 빠져나올 수 없었다. 우리가 읽고 들은 사건들로부터 그리고 세미나 참석 학생들을 사로잡고 있던 그 열정으로부터. 처음엔 그저 학문적 열정만, 아니면 정치적 열정이나 도덕적 열정 정도만 그들과 함께하려 했다. 그러나 나는 더 많은 것을 원했고, 다른 학생들과 똑같은 열정을 갖게 되었다. 다른 학생들은 나를 여전히 일정한 거리를 지키는 거만한 학생으로 생각하고 있었던 것 같다. 그러나 나 자신은 그 겨울 몇 달 동안 그 집단에 대해 귀속감을 가졌으며, 나 자신과 내가 하는 것, 그리고 나와 함께 그 일을 하는 학생들과 일심동체라는 조화로운 느낌을 갖고 있었다.

3

재판은 자동차로 한 시간이 채 안 걸리는 다른 도시에서 열렸다. 나는 그 일이 아니었으면 그 도시에는 전혀 갈 일이 없었다. 한 남학생이 차를 몰았다. 그는 그곳에서 자랐기 때문에 그곳 지리에 아주 밝았다.

그날은 목요일이었다. 재판은 이미 월요일에 시작되었다. 재판의 첫 사흘은 변호인 측의 구제명령신청 작업에 소요되었다. 우리는 그 세미나의 네 번째 그룹이었고, 피고인들에 대한 대인 신문으로 시작되는 본격적인 재판을 직접 체험하게 될 것이었다.

꽃을 피워 올린 과일나무들이 늘어선 베르크 가를 따라 우리는 달렸다. 우리는 온통 들떠 있었다. 왜냐하면 마침내 지금까지 받은 우리의 모든 훈련을 실전에 투입할 수 게 되었기 때문이다. 우리는 스스로를 단순한 방청객이나 청중이나 의사록 작성자 정도로 생각하지 않았다. 방청과 경청과 의사록 작성은 과거 탐사를 위해 우리들이 할 수 있는 기여였다.

법원은 세기 전환기에 지어진 건물이었다. 그러나 그 건물에는 당시의 법원 건물들에서 으레 보이던 화려함이나 음침한 분위기가 없었다. 참심재판*이 열린 법정의 왼쪽 벽에는 커다란 창문들이 줄지어 달려 있었다. 창문 유리는 바깥이 보이지 않도록 반투명이었지만 많은 양의 햇빛을 통과시켰다. 창문 앞에는 검사들이 앉아 있었다. 화창한 봄날과 여름날에는 그들의 모습이 단지 실루엣 같은 윤곽으로만 보였다. 검은 법복을 입은 세 명의 판사와 여섯 명의 참심원으로 이루어진 재판부는 재판정의 이마 쪽에 앉아 있었다. 그리고 오른편에는 피고인들과 변호사들을 위한 자리가 있었다. 이들의 숫자가 많았기 때문에 여분의 탁자와 의자들이 재판정의 가운데까지, 즉 방청석 바로 앞까지 놓여 있었다. 몇몇 피고인들과 그들의 변호사들은 우리 쪽으로 등을 향하고서 앉아 있었다. 한나 역시 우리 쪽으로 등을 향하고 앉아 있었다. 나는 그녀가 호명되어 자리에서 일어나 앞으로 걸어갈 때 비로소 그녀를 알아보았다. 물론 나는 그녀의 이름을 금방 알아들었다. 한나 슈미츠. 이어서 그녀의 자태를, 독특하게 틀어 올린 머리 모양

---

*미국의 배심재판과 다른 독일의 재판 제도. 법관 1인에 국민 2인으로 구성된 협의회를 통해 죄의 유무와 형량 등을 결정한다.

과 목덜미와 넓은 등과 튼튼한 두 팔을 알아보았다. 그녀는 꼿꼿한 자세를 취하고 있었다. 두 다리로 탄탄하게 서있었으며 양팔은 양쪽에 자연스레 늘어져 있었다. 그녀는 소매가 짧은 회색 원피스를 입고 있었다. 나는 그녀를 알아보았지만 아무런 감정도 느껴지지 않았다. 전혀 아무것도 느끼지 않았다.

네. 그녀는 서 있겠다고 했다. 맞습니다. 그녀는 1922년 10월 21일에 헤르만슈타트 근교에서 태어났으며 이제 마흔세 살이라고 했다. 맞습니다. 그녀는 베를린에 있는 지멘스 회사에서 일했으며 1943년 가을에 친위대에 들어갔다고 했다.

"당신은 자진해서 친위대에 들어갔습니까?"

"네."

"왜죠?"

한나는 대답하지 않았다.

"지멘스 회사에서 당신한테 근무조장 자리를 제안했음에도 불구하고 당신이 친위대에 들어갔다는 것은 사실입니까?"

한나의 변호사가 자리에서 벌떡 일어났다. "'근무조장 자리를 제안했음에도 불구하고'라니 그게 무슨 소립니까? 여자는 친위대에 들어가는 것보다 차라리 지멘스의 근무조장으로 일하는 편이 낫다니 대체 그 무슨 인격 모독입니까? 그 무엇도 내 소송 의뢰인의 결정을 그러한 질문의 대상으로 삼는 것을 정당화시켜주지 못합니다."

그는 자리에 앉았다. 그는 그곳에서 유일하게 젊은 변호사였다. 다른 변호사들은 늙었고, 그중 몇몇은 곧 밝혀졌듯이 늙은 나치들이었다. 한나의 변호사는 이들이 구사하는 은어와 논법을 피했다. 그러나 그는 성질이 너무 급하고 또 너무 열정에 휩싸여 있었기 때문에, 그의 동료들의 국수주의적 장광설이 그들의 소송 의뢰인들에게 해가 되었듯이, 그로 인해 그의 소송 의뢰인인 한나에게 해가 되었다. 그는 재판장의 얼굴에 곤혹스러운 표정이 어리게 만들고 재판장이 왜 한나가 친위대에 들어갔느냐는 질문을 더 이상 하지 못하게 하는 데까지는 성공했다. 그러나 그녀가 그 결정을 그녀 스스로 깊이 생각한 끝에 외부의 압력 없이 자발적으로 행한 것이라는 인상은 여전히 남아 있었다. 한 배석판사가 한나에게 친위대에서 무슨 일을 기대했느냐고 묻고, 이에 대해서 한나가 친위대는 지멘스뿐만 아니라 다른 공장에서도 경비대에서 일할 여자들을 모집 중이었으며 그래서 거기에 응모했고 또 채용되었다고 설명한 것도 부정적인 인상을 줄여주지는 못했다.

재판장의 뒤이은 질문들에 대해서 한나는 확인조로 짤막하게 "네"라고만 대답했다. 1944년 초까지는 아우슈비츠 수용소에, 그리고 1944년에서 1945년으로 넘어가는 겨울까지는 크라카우 근교의 한 작은 수용소에 배치되었다는 것, 수용소에 잡혀온 사람들과 함께 서쪽을 향해 출발하여 그곳에 도착했다는 것, 전쟁이 끝날 무렵엔 카셀에 있었으며 그 후로는 이곳저곳으로 옮겨 다니면서 살았다는 것 등등. 그녀는 나의 고향 도시에서 8년 동안 살았는데, 그것은 그녀가 한곳에서 보낸 가장 긴 기간이었다.

"거주지를 자주 옮긴 것이 도주의 위험을 뜻한다는 겁니까?" 변호사는 대놓고 비꼬았다. "제 소송 의뢰인은 거주지를 옮길 때마다 경찰서에 전출입 신고를 했습니다. 때문에 도주할 가능성이 있다고 추론할 만한 근거는 전혀 없습니다. 그리고 제 의뢰인은 숨길 만한 것도 전혀 없습니다. 구속영장을 심사한 판사는 고발된 범행의 중대함과 일반인들이 보일 분노의 위험성에 비추어 저의 소송 의뢰인을 자유롭게 놔두는 것은 참을 수 없다 이거 아닙니까? 고귀하신 판사님, 그것은 나치식 체포 이유입니다. 그것은 나치에 의해서 도입되었다가 나치가 물러난 뒤에는 다시 폐지되었습니다. 그러한 것은 이제 더 이상 존재하지 않습니다." 변호사는 상대방의 구린 구석을 발가벗길 때의 예의 심술기 어린 은근한 표정을 지으며 말했다.

나는 갑자기 소스라치게 놀랐다. 나는 내가 한나의 체포를 당연하고도 잘된 일로 생각하고 있음을 깨달았다. 그것은 비난이나 고발된 내용의 무거움 혹은 혐의의 중대함 때문이 아니었다. 사실 이런 것에 대해서 나는 아직 자세한 것을 전혀 모르는 상태였다. 오히려 그것은 그녀가 나의 세계와 나의 삶으로부터 도망쳐 감방에 갇혀 있어야 했기 때문이었다. 나는 그녀를 나로부터 멀리 두고 싶었다. 아주 멀리. 그리하여 나는 그녀가 지난 몇 년 동안 내 가슴속에 만들어진 모습대로 단순한 추억으로 남게 되길 바랐다. 만약에 변호사가 승리를 하면, 나는 다시 그녀를 만날 것을 각오해야 할 것이다. 그리고 나는 그녀를 만나고 싶은지, 그녀를 만나야 하는지 나 자신에게 분명히 해야 할 것이다. 그리고 나는 변호사가 승리하지 못하리라고는 생각하지 않았다. 한나가 지금까지 도주를 시도하지 않았다면, 왜 지금에 와서 도주하려고 하겠는가? 그리고 그녀에게 숨길 것이 무엇이 있겠는가? 그 당시에는 그 밖의 다른 법적인 체포 이유는 없었다.

재판장은 다시 곤혹스러워하는 것처럼 보였다. 그리고 나는 그것이 그 나름의 고단수 속임수라는 것을 알아차리기 시작했다. 상대방의 의견이 의사 진행에 방해가 되거나 불쾌하다고 생각될 때마다 그는 안경을 벗고서 발언 중인 상대방을 멍한 근시의 눈길로 쳐다보며 이맛살을 찌푸리면서 상대방의 말을 무시하고 넘어가거나, 아니면 "그러니까 당신 말씀은"이나 "그러니까 당신은 이렇게 말씀하시려는 거죠"라고 말을 시작하고서는 상대방의 말을 그대로 반복하여 그가 상대방의 말을 들을 생각이 전혀 없으며 자신을 그쪽으로 유도하려고 해봐야 아무 소용도 없다는 것을 분명히 보여주었다.

"그러니까 당신 말씀은, 피고인이 법원의 영장이나 소환에 아무런 반응을 보이지 않았고 또 경찰이나 검사 그리고 판사 앞에 나타난 적이 없다는 상황을 구속영장심판 판사가 잘못 해석했다는 것이죠? 당신은 구속영장 철회신청을 하려는 거군요?"

변호사는 신청서를 제출했고, 재판부는 그것을 기각했다.

4

나는 단 하루도 빼놓지 않고 재판을 방청했다. 다른 학생들은 이것을 의아하게 생각했다. 세미나 담당 교수는 우리들 중 한 사람이 먼젓번 그룹이 듣고 본 내용을 다음 그룹에게 알려줄 수 있게 된 데 대해서 기뻐했다.

단 한 번 한나는 내가 있는 방청석 쪽을 쳐다보았다. 재판이 열린 그 밖의 다른 모든 날에는 그녀는 대개 법원의 여자 정리廷吏에 의해 법정으로 안내되어 자리에 앉고 나면 줄곧 판사석만을 주시했다. 그것은 도도한 인상을 주었다. 그리고 또 그녀가 다른 피고인들과 전혀 이야기를 나누지 않고 또 그녀의 변호사와도 거의 말을 하지 않은 것 역시 도도하다는 인상을 주었다. 그러나 다른 피고인들 역시 재판의 시일이 계속해서 늘어남에 따라 서로 말을 하는 빈도수가 줄어들었다. 그들은 휴정이 되면 친척이나 친구들과 자리를 함께했고, 매일 아침 친척이나 친구들이 방청석에 와 있는 것을 보면 그들을 향해 손짓을 하고 큰 소리로 인사를 했다. 한나는 휴정이 되어도 있던 자리에 그대로 앉아 있었다.

그렇게 나는 그녀의 모습을 뒤에서 바라보았다. 나는 그녀의 머리와 목덜미와 어깨를 보았다. 나는 그녀의 머리와 목덜미와 어깨를 읽었다. 재판에서 자신이 언급될 때면, 그녀는 특히 머리를 높이 치켜들었다. 부당한 대우를 받고 있다고, 중상모략을 받고 있다고, 공격을 받고 있다고 느껴 이에 대해서 무슨 말을 하려고 할 때면, 어깨를 앞으로 내밀었다. 그때마다 목덜미가 부풀어 올랐고 근육의 가닥들은 더욱 불거져 보였다. 나름대로 답변을 하려는 시도는 매번 실패했고, 그때마다 그녀의 어깨는 아래로 처졌다. 그녀는 결코 어깨를 으쓱해 보이거나 고개를 가로젓지 않았다. 너무나 긴장하고 있었기 때문에 어깨를 으쓱이거나 고개를 가로젓는 가벼운 몸짓을 할 엄두를 내지 못하고 있었다. 또한 고개를 삐딱하게 들거나 아래로 숙이거나, 머리를 팔로 받칠 엄두도 못 냈다. 그녀는 얼어붙은 듯이 앉아 있었다. 그렇게 앉아 있으려면 틀림없이 고통스러웠을 것이다.

가끔 단단하게 틀어 올린 머리에서 몇 올의 머리카락이 빠져나와 잔물결을 일으키며 목덜미 위로 늘어졌다가는 창문 틈새로 불어오는 바람결에 날리며 목덜미를 쓸었다.

한나는 가끔 왼쪽 어깨 윗부분의 배냇점이 드러날 정도로 앞가슴이 많이 파인 옷을 입고 나타났다. 이윽고 나는 내가 그녀의 목덜미에 얹혀 있던 머리카락을 입으로 훅 불던 것과 그녀의 배냇점과 목덜미에 입을 맞추던 것을 기억해냈다. 그러나 기억은 저장된 파일을 다시 불러내는 것에 불과했다. 나는 아무런 감정도 느끼지 못했다.

몇 주 동안 계속된 재판 내내 나는 아무런 감정도 느끼지 못했다. 나의 감각은 마비된 것 같았다. 나는 가끔 나의 감각에 자극을 주면서, 지금 기소된 내용에 해당하는 행위를 하는 한나의 모습을 될 수 있는 대로 뚜렷이 떠올려보았고, 또한 그녀의 목덜미의 머리카락과 어깨의 배냇점이 나의 기억 속에 불러일으킨 행위를 하는 한나의 모습을 떠올려보았다. 그것은 마치 주사를 맞아 마비된 팔을 손으로 꼬집는 것과 같았다. 팔은 손에 의해 꼬집힌 사실을 모르고, 손은 팔을 꼬집은 사실을 안다. 그리고 뇌는 처음 순간에는 두 가지를 따로따로 생각하지 않는다. 그러나 다음 순간 뇌는 그것을 정확하게 구분한다. 손이 아주 세게 꼬집어서 그 부위가 한동안 하얗게 될 수도 있다. 조금 있으면 피가 다시 돌아오고, 따라서 그 부위도 다시 원래의 색깔을 되찾는다. 그렇지만 그것이 감각을 다시 되돌려놓지는 못한다.

누가 나한테 주사를 놓았는가? 마취를 당하지 않고는 견딜 수가 없기 때문에 내가 나 자신에게 주사를 놓은 것인가? 마취는 법정 안에서만 작용하는 것이 아니었으며 또 마치 한나를 사랑하고 열망한 사람은 내가 아닌 다른 사람이었던 것처럼, 즉 내가 잘 알지만 나 자신은 아닌 그 누구였던 것처럼 그녀를 바라볼 수 있게 해준 것으로 그치지 않았다. 나는 내 인생의 다른 모든 부분에 대해서도 나의 한쪽 옆에 서서 나를 바라보고 있었다. 나는 대학에 다니거나, 부모님이나 다른 형제들과 함께, 그리고 친구들과 함께 생활하는 나의 모습을 보았다. 그렇다고 마음속으로 어떤 동요를 느끼지는 않았다.

잠시 후 나는 나와 비슷한 마비 증세가 다른 사람들에게도 나타나고 있다고 생각했다. 그러나 나름대로의 개인적인 기질이나 정치적인 기질에 따라 재판 내내 변함없이 호통을 치며 자신들의 주장이 옳다고 논증을 하고 현학적인 날카로움을 보이거나 시끄럽고 냉정한 뻔뻔스러움을 보인 변호사들은 예외였다. 그들은 재판으로 지쳐 저녁 무렵이 되면 좀 더 피곤해하거나 좀 더 날카롭게 소리를 질러댔다. 그렇지만 그들은 밤사이에 재충전을 하고 빠진 바람을 다시 집어넣고서 다음 날 아침이 되면 전날 아침과 다름없이 위협적으로 소리를 지르면서 비난의 말을 해댔다. 검사들은 나름대로의 페이스를 유지하려고 애쓰면서 매일매일 똑같은 공격력을 보여주려 했다. 그러나 그들은 그렇게 하지 못했다. 그 이유는 처음에는 재판의 대상과 결과들이 너무나 경악스러웠기 때문이고, 나중에는 그들에게도 마비 증세가 나타나기 시작했기 때문이다. 이러한 마비 증세는 판사들과 참심원들에게서 가장 심하게 나타났다. 그들은 재판이 시작된 첫 몇 주 동안에는 때로는 눈물과 함께, 때로는 힘겨운 목소리로, 때로는 흥분과 당혹함이 배인 말투로 소상히 밝혀지고 있는 끔찍한 사실들을, 누가 봐도 알아차릴 수 있는 놀라움이나 혹은 힘겹게 평정을 유지하려는 얼굴빛으로 경청했다. 시간이 지나면서 그들은 정상적인 얼굴빛을 되찾았고, 미소를 머금은 얼굴로 서로 무슨 말을 속삭이기도 했으며 증인이 증언을 하다가 이야기의 맥락을 놓치면 안타까워하는 기색을 보이기도 했다. 재판 중에 이스라엘로 가서 한 여자 증인의 말을 들어보자는 의견이 나오자, 그들은 여행에 대한 기대감으로 들뜬 표정을 짓기도 했다. 다른 학생들은 늘 새삼스럽게 경악을 금치 못했다. 그들은 일주일에 한 번만 재판을 보러 왔는데, 그때마다 똑같은 일이 벌어졌다. 그것은 바로 그 경악스러움이 그들의 일상 속으로 침투하는 일이었다. 단 하루도 빼놓지 않고 재판에 참석한 나는 그들의 반응을 거리를 두고 관찰할 수 있었다.

그러한 나의 태도는 마치 한 달 한 달 죽지 않고 살아남아 강제수용소 생활에 익숙해져가면서 새로 오는 사람들의 공포심을 무심하게 기록하는 수감자 같았다. 나는 살인과 죽음을 직접 목격했을 때 그런 수감자가 느꼈을 것과 똑같은 마비 상태에 있었다. 살아남은 사람들의 모든 기록은 이러한 마비 상태에 대해서 증언하고 있다. 이러한 마비 상태 속에서 삶의 기능은 최대한도로 축소되고, 사람들의 행동은 다른 사람들에 대해 무관심, 무자비하게 되고, 가스 살포와 화장이 일상적인 일이 되는 것이다. 범행자들의 간헐적인 언급에서도 가스실과 화장용 화덕은 일상적인 주변 환경으로 등장했다. 범행을 저지른 자들의 삶 자체 역시 몇 가지의 기능으로 국한되었고, 그들은 마취되거나 술에 취한 듯한 무자비와 무관심, 불감증을 보였다. 내가 보기에 피고인들은 여전히 이러한 마비 증세에 사로잡혀 있었고 앞으로도 영원히 그럴 것 같아 보였으며 그러한 상태로 거의 화석화되어버린 것 같았다.

　내가 이렇게 널리 번진 마비 상태에 대해서 그리고 이러한 마비가 범행을 저지른 자들과 희생자들뿐만 아니라 우리 모두를, 즉 나중에 판사나 참심원, 검사나 의사록 기록자의 자격으로 이러한 사건들을 다루게 된 우리 모두를 사로잡아버렸다는 사실에 대해서 골똘히 생각하던 당시에, 그리고 내가 동시에 범행자들과 희생자들, 죽은 자들과 산자들, 살아남은 사람들, 그리고 이들의 후손들을 서로 비교하던 당시에, 나는 기분이 좋지 않았다. 그리고 이것을 생각하면 지금도 기분이 좋지 않다. 이들 모두를 이렇게 서로 연결된 관계로 생각해도 되는가? 나는 다른 사람과 대화를 하는 도중 그와 같은 비교를 하게 되면, 늘 그와 같은 비교가 강제수용소에 강제로 끌려갔느냐 아니면 자발적으로 갔느냐, 고통을 당한 입장이냐 아니면 다른 사람에게 고통을 준 입장이냐 하는 차이점을 절대 상대화시킬 수 없으며, 오히려 그러한 차이점이 가장 중요한 것이고 모든 것을 결정하는 중요한 사항이라고 강조했다. 그러나 다음 순간 나는 다른 사람들의 의아함과 분노에 부딪쳤다. 왜냐하면 나는 다른 사람들이 이의를 제기한 데 대한 반발로 그런 말을 한 것이 아니라 다른 사람들이 무슨 이의의 말을 꺼내기도 전에 그런 말을 해댔기 때문이다.

또한 나는 지금도 스스로에게 묻고 있고 이미 당시부터 스스로에게 묻기 시작한 질문을 갖고 있다. 우리 제2세대들은 유대인 박멸과 관련된 끔찍한 정보들을 실제로 어떻게 대해야 했으며 또 어떻게 대해야 하는가? 우리는 이해할 수 없는 것을 이해할 수 있다고 해서도 안 되고, 비교의 대상이 될 수 없는 것을 비교할 수 있다고 생각해서도 안 되며 자꾸만 물어봐서도 안 된다. 왜냐하면 질문자는 그 끔찍한 사건들 자체를 문제로 삼지는 않는다 하더라도 그 앞에 다만 경악과 수치와 죄책감으로 침묵할 수밖에 없는 것들을 의사소통의 대상으로 삼기 때문이다. 우리는 다만 경악과 수치와 죄책감을 느끼면서 그것들 앞에 침묵해야 하는가? 무엇을 위해? 그렇다고 내가 세미나에 임할 때 보였던 탐사와 진상 규명의 열성이 재판이 진행되는 동안 쉽게 식어버렸다는 말은 아니다. 그러나 몇몇 사람이 판결을 받고 형을 살고, 제2세대인 우리들은 경악과 수치감과 죄책감으로 입을 다무는 것, 그것이 지금 할 수 있는 전부인가?

5

두 번째 주에 기소장 낭독이 있었다. 낭독은 하루 반나절이 걸렸고, 반나절 동안 쉬지 않고 이루어졌다. 첫 번째 피고인은 ……했으며, 나아가서 ……했고, 또한 ……했으므로, 피고인은 이러이러한 조항의 범죄사실구성요건을 충족시켰고, 나아가서 피고인은 이러한 범죄사실구성요건과 저러한 범죄사실구성요건을 ……했으며, 피고인은 또한 법에 어긋나게 죄를 범하는 행동을 했다는 등등. 한나는 네 번째 피고인이었다.

기소된 다섯 명의 여자들은 아우슈비츠의 외곽 수용소인, 크라카우 근교의 한 작은 수용소에서 감시인 노릇을 했던 사람들이었다. 그들은 1944년 초에 아우슈비츠에서 그곳으로 배치되었다. 수용소 여성들이 일하던 공장에서 일어난 폭발로 죽거나 다친 여성 감시인들을 대체하여 투입된 것이었다. 기소 사항 중 하나는 아우슈비츠에서의 그들의 행동과 관련된 것이었으나, 그것은 다른 기소 사항들의 뒷전으로 밀려났다. 내용은 이제 더 이상 기억나지 않는다. 그 내용이 한나가 아닌 다른 여자들하고만 관계가 있었기 때문일까? 아니면 다른 기소 사항들과 비교해볼 때 덜 중요했기 때문일까? 아니면 그 자체로서도 중요하지 않았기 때문일까? 아니면 아우슈비츠에서 일한 죄로 체포된 자들을 아우슈비츠에서의 그들의 행동에 의거하여 기소하지 않은 것이 납득할 수 없었기 때문일까?

물론 기소된 다섯 명의 여자가 수용소 전체를 관리한 것은 아니었다. 그곳에는 한 명의 지휘관과 경비대 그리고 그 밖의 또 다른 여자 감시원들이 있었다. 대부분의 경비대원들과 여자 감시원들은 어느 날 밤 수용소 수감자들을 서부로 이송하는 행군에 종지부를 찍은 폭격에서 살아남지 못했다. 그들 중 몇몇은 그날 밤 몰래 도망쳤으며, 서부로의 행군이 시작되었을 때 이미 슬그머니 사라진 지휘관과 마찬가지로 그 후로는 발견되지 않았다.

수용소 수감자들은 한 사람도 그 폭격의 밤에서 살아남을 수 없는 상황이었다. 그러나 그 와중에서도 두 사람의 생존자가 있었다. 한 어머니와 딸이었다. 그 딸은 수용소와 수감자들의 서부 행군에 대한 책을 써서 미국에서 출판했다. 경찰과 검찰은 그사이에 다섯 명의 피고인들뿐만 아니라 수감자들의 서부 행군에 종지부를 찍은 폭격이 있던 당시 그 마을에 살았던 몇 명의 증인들을 찾아냈다. 이 중에서 가장 중요한 증인들은 독일로 온 딸과 이스라엘에 남은 어머니였다. 그 어머니를 신문하기 위해 재판단과 검사들과 변호사들은 이스라엘로 떠날 예정이었다. 이것이 전체 재판 과정 중 내가 직접 자리를 함께하지 못한 유일한 부분이다.

주요 기소 내용 중의 하나는 수용소 내에서 가스실 해당자 선별 작업과 관련된 것이었다. 매달 아우슈비츠에서 대략 60명의 새로운 여성들이 보내져 왔으며, 그사이에 죽은 사람들을 빼고 거의 그와 맞먹는 수의 사람들이 아우슈비츠로 되돌려 보내졌다. 그들이 아우슈비츠에 돌아가면 죽임을 당할 것이라는 사실은 모두에게 명백했다. 아우슈비츠로 후송된 사람들은 공장 작업에 더 이상 배치될 수 없는 여성들이었다. 그 공장은 탄약 공장이었는데, 본래의 탄약 만드는 일은 힘들지 않았으나, 여성들은 그 본래의 일을 거의 할 수 없었고 집 짓는 일을 해야 했다. 왜냐하면 그해 초에 일어난 폭발로 최악의 피해가 발생했기 때문이다.

또 다른 주요 기소 내용은 모든 것을 끝장내버린 그 폭격의 밤에 대한 것이었다. 경비대와 여자 감시원들은 수백 명의 여성 수감자들을 대부분의 주민들이 떠나버린 한 마을의 교회에 감금시키고 문을 잠가놓았다. 그곳에 떨어진 폭탄은 불과 몇 개에 지나지 않았다. 아마도 근처에 있는 철도나 공장 시설물을 겨냥한 것 같았다. 아니면 꽤 큰 도시에 폭격을 가하고서 남은 폭탄들을 그냥 그곳에 떨어뜨린 것인지도 모른다. 그중 하나는 경비대와 여자 감시원들이 자고 있던 목사관을, 다른 하나는 교회의 탑을 명중시켰다. 먼저 탑에 불이 붙었고 그 불이 지붕으로 옮겨 붙었으며, 이윽고 들보가 불에 타면서 교회의 실내로 무너져 내렸고, 의자들에 불이 붙기 시작했다. 육중한 문들은 꿈쩍도 하지 않았다. 피고인들은 마음만 먹었으면 그 문을 열어줄 수 있었다. 그러나 그들은 문을 열어주지 않았고, 교회 안에 갇혀 있던 여자들은 모두 불에 타 죽었다.

6

재판은 한나에게 더 나쁘지 않게 진행될 수도 있었다. 그
녀는 이미 예비 신문 때 재판부에 좋지 않은 인상을 주었
다. 기소장 낭독이 다 끝난 뒤 그녀는 사실과 부합하지 않
는 것이 있다고 용기 있게 말했다. 그러자 재판장은 화가
난 듯한 말투로 그녀에게 이렇게 훈계했다. 재판부가 고발
내용을 조사하고 이의 사항들을 기록할 때까지는 아직 시
간이 있으므로 그녀는 기소장을 충분히 검토하고 나서 이
의를 제기할 수 있으며, 지금은 심리가 진행 중이니, 기소
장의 내용이 맞고 안 맞고는 증거물들이 밝혀줄 것이라고.
증거 조사에 들어가기에 앞서 재판장이, 그 생존한 딸이
쓴 책의 독일어 판본은 이미 독일의 한 출판사에 의해 출판
준비 중에 있고 또 그에 따라 재판에 관계된 모든 사람들이
그 책을 원고 상태로 볼 수 있게 되었기 때문에 낭독하는

일을 그만두겠다고 했을 때, 한나는 재판장의 화난 듯한 시선을 받으며 그녀의 변호사의 설득에 넘어가 그 제안에 동의한다는 뜻을 분명하게 나타내지 않을 수 없었다. 그녀는 그렇게 하고 싶지 않았다. 그녀는 또한 초반에 판사의 신문 때 교회 열쇠를 가지고 있었다고 시인했던 사실마저도 인정하지 않으려고 했다. 그녀는 그 열쇠를 갖고 있지 않았으며, 누구도 그 열쇠를 갖고 있지 않았다, 교회 문을 여는 열쇠는 결코 하나가 아니었다. 오히려 여러 개의 문을 열 수 있는 여러 개의 열쇠들이 있었으며, 그 열쇠들은 바깥에 있는 자물쇠에 꽂혀 있었다 등등. 그러나 그녀가 직접 읽고 서명한 판사의 신문 조서에는 다르게 적혀 있었다. 그리고 왜 자기에게 혐의를 뒤집어씌우려고 하느냐는 그녀의 물음이 상황을 더 좋게 만들지는 못했다. 그녀는 큰 소리로 혹은 득의만만하게 묻지는 않았다. 그러나 그녀의 질문은 집요했다. 그러면서도 내가 보기에 질문하는 그녀의 태도는 눈이나 귀로 분명히 감지할 수 있을 정도로 갈팡질팡했다. 그리고 또 사람들이 자기에게 무언가를 뒤집어씌우려고 한다는 말 역시 그녀는 고의적인 법률 왜곡에 대한 비난의 뜻에서 한 것도 아니었다. 그러나 재판장은 그녀의 말을 그렇게 이해하고 날카로운 반응을 보였다. 한나의 변호사는 자리에서 벌떡 일어나 성급히 말문을 터뜨리다가 그의 소송 의뢰인이 하는 비난의 말을 추인하려는 것이냐는 판사의 질문을 받고는 다시 자리에 주저앉았다.

한나는 모든 것을 곧바로 정정하려고 하였다. 자신이 부당한 취급을 받고 있다는 생각이 들면 반박을 했고, 그녀가 보기에 그녀에 대한 주장과 비난이 옳다고 여겨지면 시인을 했다. 그녀는 마치 시인을 함으로써 그다음에 반박할 권리를 얻거나, 아니면 반박을 함으로써 그녀가 솔직하게 이의를 달 수 없는 어떤 사실을 시인해야 할 의무를 넘겨받는 것처럼 끈질기게 반박을 했고 또 기꺼이 시인을 했다. 그러나 그녀의 끈질긴 태도가 재판장의 심기를 건드리고 있다는 사실은 알아차리지 못했다. 그녀는 이야기의 맥락에 대해서, 게임의 규칙에 대해서, 그녀의 발언과 다른 사람들의 발언을 유죄와 무죄, 유죄판결과 무죄판결의 실마리로 삼을 수 있는 법칙들에 대해서 아는 것이 아무것도 없었다. 그녀의 상황 판단 능력의 결여를 보완하기 위해서 그녀의 변호사는 경험이 더 많거나 더 자신감이 있어야 했다. 아니면 말 그대로 더 뛰어났어야 했다. 아니면 한나가 그 사람의 일을 그렇게 어렵게 만들지 말았어야 했다. 그녀는 드러내놓고 자신의 변호사에게도 불신감을 표시했다. 그런데 사실 그녀의 변호사는 재판장이 주문한 국선 변호인이었다.

가끔 한나는 그녀 나름대로 성과를 거두기도 했다. 나는 수용소 내의 가스실행 해당자 선별 작업과 관련한 그녀에 대한 신문을 기억한다. 다른 피고인들은 그들이 선별 작업과 관련하여 언제 무엇을 했다는 사실을 모두 부인했다.

그녀는 서슴없이 그 일에 관여하였다고 시인했다. 그러나 그녀 혼자서 한 것은 아니고 다른 사람들과 똑같이 했으며 그들과 같이 했다고 말했다. 그러자 재판장은 그녀에게 조금 더 캐물어야겠다는 생각을 하게 되었다.

"해당자 선별 작업은 어떻게 진행되었지요?"

한나는 여자 감시원들이 각각 동일한 규모의 관할구역 여섯 곳에서 같은 수의 수감자를 골라내 이름을 적어내기로 의견의 일치를 보았다고 말했다. 그 수는 각 관할구역에서 열 명씩 총 60명이었는데, 그 숫자는 병든 사람의 수가 어느 관할구역에서는 적고 다른 구역에서는 많을 경우엔 유동적이었으며 그럴 때는 최종적으로 당직 여자 감시원들이 모두 모여 그중에 누구를 후송할 것인지를 판단했다.

"당신들 중 누구도 뒤로 빼지 않고, 모두 함께 행동했습니까?"

"네."

"당신은 당신이 수감자들을 죽음으로 보내고 있다는 사실을 몰랐습니까?"

"알고 있었습니다. 하지만 새로운 사람들이 왔고, 이전 사람들은 새로운 사람들을 위해 자리를 양보해야 했습니다."

"그러니까 당신은 자리를 만들어야 했기 때문에 '당신 그리고 당신 그리고 당신은 후송돼서 죽어야 해'라고 말했나요?"

한나는 재판장이 한 질문의 의도를 이해하지 못했다.

"그러니까 저는…… 제 말은…… 하지만 재판장님 같았으면 어떻게 했겠습니까?" 한나는 진심에서 그렇게 물은 것이었다. 그녀는 자신이 어떻게 달리 행동해야 했는지, 어떻게 달리 행동할 수 있었는지 정말 몰랐다. 그래서 그녀는 모든 걸 다 아는 것 같은 재판장에게 그 같으면 어떻게 행동했겠는지 듣고 싶었던 것이다.

잠시 정적이 감돌았다. 독일의 형사재판에서는 피고인이 재판장에게 질문을 하는 것은 관례가 아니었다. 그러나일단 질문이 제기되었기 때문에 모두들 재판장의 답변을기다렸다. 그는 대답을 해야 했다. 질문을 무시하고 넘어가거나 질타하고 논박하는 듯한 반문으로 질문 자체를 없앨 수 없었다. 그것은 모두에게 명백했으며 그 자신에게도명백했다. 그때 나는 왜 그가 화난 표정을 결정적인 자신의 얼굴 표정으로 택했는지 알게 되었다. 그것은 바로 그의 가면이었다. 그 가면 뒤에 얼굴을 숨기고서 그는 답변을 찾기 위해 잠시 시간을 벌 수 있었다. 그러나 그렇게 긴시간은 불가능했다. 그가 시간을 많이 허비할수록 그만큼더 긴장감과 기대감은 커졌고, 그만큼 더 답변은 훌륭해야했다.

"이 세상에는 우리가 간단하게 응해서는 안 되고, 또 목숨이 걸리지 않은 것이라면, 그로부터 거리를 두어야 하는일들이 있습니다."

만약에 그가 이런 말을 해놓고, 그다음에 한나나 자신에
대한 말로 직접 넘어갔더라면 그것으로 모든 것은 끝났을
것이다. 무엇을 해야 하고, 무엇은 해서는 안 되고 그리고
그 대가가 무엇인지 따위를 이야기하는 것은 한나가 던진
질문의 진지함에 걸맞지 않은 것이었다. 그녀는 그녀 자신
의 특별한 상황에서 자신이 어떻게 행동해야 했는지를 알
고 싶어 한 것이지, 사람이 해서는 안 되는 일들이 있다는
것을 알려고 한 것은 아니었다. 재판장의 답변은 졸렬하고
궁색해 보였다. 모두들 그렇게 느꼈다. 실망에서 나오는
한숨으로 반응하면서 모두들 놀란 표정으로 논쟁에서 얼
마간 승리를 거둔 한나를 쳐다보았다. 그러나 그녀 자신은
생각에 잠겨 잠자코 있었다.

"그러니까 내가…… 내가…… 지멘스에 취직하지 말았
어야 했다는 말인가?"

그것은 재판장을 향해 던진 질문이 아니었다. 큰 소리로
그녀는 그녀 자신에게 그렇게 말한 것이었다. 주저하면서.
그녀가 주저하면서 말한 까닭은 그 질문을 여태껏 자기 자
신에게도 한 적이 없으며, 또 그것이 올바른 질문인지 그
리고 그 답변은 무엇인지 파악할 수 없었기 때문이었다.

7

한나의 끈질긴 반박이 재판장을 화나게 만들었듯이 모든 사실을 거리낌 없이 시인하는 그녀의 태도는 다른 피고인들을 화나게 만들었다. 그들의 변호를 위해, 그리고 또 한나 자신의 변호를 위해 그러한 태도는 치명적인 것이었다.

사실 증거물 자체는 피고인들에게 유리했다. 첫 번째 주요 기소 사항을 위한 유일한 증거물은 사지에서 살아남은 모녀의 증언과 딸이 쓴 책이었다. 유능한 변호사라면 모녀의 진술 내용을 공격하지 않고서도, 피고인들이 실제로 가스실행 인원 선별 작업을 수행했는지 여부에 대해 본격적으로 이의를 제기할 수 있었을 것이다. 이 점에 있어서 목격자들의 증언은 정확하지 않았고 정확할 수도 없었다. 왜냐하면 그곳에는 지휘관 하나와 경비대, 그 밖의 다른 여자 감시원들, 그리고 일련의 임무 및 명령 서열이 존재했으며, 수감자들은 이런 체제를 부분적으로만 접할 수 있었고, 따라서 이런 체제의 존재를 부분적으로만 이해할 수 있었기 때문이다. 두 번째 기소 사항에 대해서도 마찬가지였다. 어머니와 딸은 교회 안에 갇혀 있었으며 건물 바깥에서 무슨 일이 있었는지에 대해서는 진술할 수 없었다. 물론 피고인들이 당시에 그곳에 없었다고 주장할 수는 없었다. 당시 그 마을에 살았던 다른 증인들이 그들과 대면하여 그들의 얼굴을 기억했기 때문이다. 그러나 이들 증인들은 왜 그때 수감자들을 직접 구해내지 않았느냐는 비난의 화살이 자신들에게 쏟아지지 않도록 조심해야 했다. 피고인들만이 당시 그곳에 있었다면, 마을 사람들은 한 줌밖에 되지 않는 이 여자들을 힘으로 제압하고 잠겨 있는 교회의 문들을 직접 열어줄 수도 있지 않았을까? 그들 역시 변호인들의 주장처럼 피고인들과 마찬가지로 모두 어떤 강압에 의해 행동할 수밖에 없던 건 아닌가? 그들은 아직 도망치지 않은, 즉 피고인들의 추정에 따르면 부상자들을 야전병원에 넘겨주고 곧 다시 돌아올 경비대의 강압과 명령에 의해서 행동한 것인가?

다른 피고인들의 변호사들은 그와 같은 전략이 하나의 적극적인 시인으로 인해 좌절되는 것을 목격하고는 전략을 바꾸기로 했다. 그 전략이란 하나의 적극적인 시인을 이용하여 하나에게 죄를 몽땅 뒤집어씌우고 그렇게 해서 다른 피고인들의 무죄를 밝히는 것이었다. 변호사들은 이 일을 전문가답게 거리를 두고서 해냈다. 다른 피고인들은 가끔 격분에 찬 아우성으로 변호사들을 지원했다.

"당신은 당신이 수감자들을 죽음으로 보내고 있다는 사실을 알고 있었다고 말했습니다. 그것은 오직 당신에게만 해당되는 말입니다, 그렇지 않습니까? 당신의 동료들이 무엇을 알고 있었는지 당신은 알지 못합니다. 당신은 그것을 추측만 할 뿐이지 실제로 판단할 수는 없습니다, 그렇지 않습니까?"

한나는 어느 한 피고인의 변호사로부터 이렇게 질문을 받았다.

"하지만 우리는 모두 알고 있었……."

"'우리는', '우리 모두는'이라고 말하는 게 '내가'나 '나 혼자서'라고 말하는 것보다 더 쉽죠, 그렇지 않습니까? 수용소 내에서 당신이, 당신 혼자만이 당신의 특별한 수감자들을, 그러니까 젊은 소녀들을, 일정한 기간 동안은 한 무리의 소녀들을, 그리고 나서 다음엔 다른 무리의 소녀들을 데리고 있었다는 것은 사실입니까?"

한나는 잠시 망설였다. "나 혼자만 그랬던 것이 아니라고 생각합니다. 그렇게 한 여자가……."

"야, 이 뻔뻔스러운 거짓말쟁이야! 너의 그 애인들, 그건 오직 너뿐이야, 너뿐이라고!" 피고인들 중 한 여자가, 암탉처럼 통통하게 생겼으면서도 입이 험악한 거친 여자 하나가 눈에 띄게 흥분하여 말했다.

"기껏해야 추정할 수 있는 대목에서 당신은 '안다'고 말하고, 순전히 꾸며낼 뿐인 대목에선 '그렇게 믿는다'고 말하는 거겠죠?" 그 변호사는 그것을 선뜻 인정하는 그녀의 말에 걱정스럽다는 듯이 고개를 가로저었다. "그리고 당신이 당신의 그 특별한 수감자들에게 싫증을 느끼면 그들을 모두 다음 수송 때 아우슈비츠로 돌려보냈다는 것도 사실입니까?"

한나는 대답하지 않았다.

"그것은 당신 나름의, 그러니까 당신의 개인적인 가스실행 인원 선발이었습니다. 그렇지 않습니까? 당신은 이제 그 사실을 더 이상 인정하려 들지 않습니다. 당신은 그 사실을 모두가 한 일이라고 발뺌하려고 하고 있습니다. 그렇지만……."

"오 하느님!" 자신에 대한 신문이 끝난 뒤 방청석에 앉아 있던 딸이 두 손으로 얼굴을 감쌌다. "내가 어떻게 그것을 잊을 수 있겠어요?" 재판장은 딸에게 자신의 진술을 보충하고 싶은지 물었다. 딸은 앞으로 나오라는 말이 떨어질 때까지 기다리지 않았다. 그녀는 벌떡 일어서더니 방청석에서 그냥 말을 하기 시작했다.

"맞아요, 저 여자는 애인들을 두고 있었어요. 언제나 젊고 연약하고 섬세하게 생긴 여자들이었어요. 저 여자는 그들을 보호해주고, 일을 하지 않아도 되도록 해주고, 잠자리도 좋은 곳을 내주었으며, 필요한 것을 갖다주고, 다른 사람들보다 더 좋은 음식을 주었고, 밤이 되면 그들을 자기 방으로 불렀어요. 그리고 소녀들은 저 여자가 밤마다 자기들과 무슨 일을 하는지 말해서는 안 되었어요. 그래서 우리는 저 여자가 소녀들과 그 짓을 한다고 생각했어요. 왜냐하면 마치 저 여자가 그 아이들을 상대로 재미를 보다가 싫증을 느끼면 그러는 듯이, 그 아이들은 모두 아우슈비츠로 후송되었기 때문이지요. 그러나 사실은 전혀 그렇지 않았어요. 어느 날 한 소녀가 말을 해서 알게 되었어요. 소녀들은 저 여자에게 책을 읽어주었던 거예요, 매일 밤마다, 매일 밤마다 말이에요. 그것은 그 짓을 하는 것보다는 좋은 일이었지요. 집 짓는 공사장에 나가서 죽도록 일하는 것보다 편한 일이었고요. 나는 그것이 다른 일보다 더 좋을 거라고 생각했던 게 틀림없어요. 안 그랬다면, 내가 어찌 그것을 잊지 않고 있었겠어요? 하지만 그게 더 좋은 것이었을까요?" 그녀는 자리에 앉았다.

한나가 등을 돌려 나를 쳐다보았다. 그녀의 시선은 나를 금방 찾아냈다. 나는 그녀가 내가 그곳에 와 있다는 것을 줄곧 알고 있었음을 깨달았다. 그녀는 나를 그냥 물끄러미 바라보았다. 그녀의 얼굴은 무엇을 요구하지도 않았으며, 무엇을 부탁하지도 않았고, 내게 무엇을 확신시키거나 약속하지도 않았다. 그녀의 얼굴은 그저 있는 모습을 그대로 보여줄 뿐이었다. 나는 그녀가 얼마나 긴장하고 있는지 그리고 얼마나 지쳐 있는지 알 수 있었다. 눈 밑에는 그늘이

져 있었고, 두 뺨에는 내가 알지 못하는 주름이 위에서 아래로 양쪽으로 나 있었다. 그 주름들은 아직 그렇게 깊지는 않았으나 그녀의 얼굴을 이미 흉터처럼 장식하고 있었다. 그녀의 시선을 받고서 내가 얼굴을 붉히자 그녀는 등을 돌려 다시 판사석 쪽을 향했다.

재판장은 한나에게 신문을 한 변호사를 향해 피고인에게 질문할 것이 아직 더 있는지 물었다. 그러자 그 변호사는 한나의 변호사에게 묻겠다고 말했다. 그녀한테 물어야 해, 나는 이렇게 생각했다. 그녀가 그 연약한 소녀들을 선발한 것이 그들이 어차피 집 짓는 일을 이겨낼 수 없기 때문이었는지, 그들이 어차피 다음번 수송 때 아우슈비츠로 후송될 수밖에 없기 때문이었는지, 그래서 그들에게 마지막 한 달을 견딜 만하게 해주기 위해서였는지 그녀에게 직접 물어야 해. 한나, 어서 그렇게 말해. 당신이 그 여자들에게 마지막 달을 견딜 수 있게 해주려고 그런 것이라고 말해. 그것이 당신이 연약한 소녀들을 선발한 바로 그 이유라고. 그 밖에 다른 이유는 없었다고, 그리고 있을 수도 없다고.

그러나 그 변호사는 한나에게 묻지 않았고, 한나 역시 자발적으로 말하려 들지 않았다.

8

딸이 강제수용소에서 겪은 시절에 대해 쓴 책의 독일어판
은 재판이 끝나고 나서야 출간되었다. 재판이 진행 중이
던 시기에도 이미 그 책의 원고는 공개되어 있었으나 재판
에 직접 관련이 있는 사람들만 읽을 수 있었다. 나는 그 책
을 영어판으로 읽을 수밖에 없었다. 그것은 당시로서는 익
숙하지 않은 힘든 모험이었다. 그리고 늘 그렇듯이 완전히
장악하지 못한 채 낑낑대며 싸워야 하는 외국어는 먼 거리
감과 가까움의 야릇한 동시적 상황을 만들어냈다. 나는 그
책을 철두철미하게 통독했지만 내 것으로 만들지는 못했
다. 그 책에 적힌 언어가 그렇듯이 그 책은 내게 낯선 것으
로 남아 있다.

  그로부터 몇 년 뒤 나는 그 책을 다시 읽어보고, 그 책 자
체가 거리감을 조성한다는 사실을 알았다. 그 책은 읽는

사람으로 하여금 그 책에 대해 공감을 느끼게 하지 못했으며, 어머니나 딸에 대해서, 그리고 이 두 사람과 더불어 여러 수용소에서 그리고 마지막으로 아우슈비츠 수용소와 크라카우 근교의 수용소에서 운명을 같이했던 사람들 그 어느 누구에 대해서도 동정심을 불러일으키지 못했다. 그 책은 임시수용소의 지휘관들과 여자 감시원들 그리고 제복을 입은 경비대에 대해 독자들이 나름대로의 태도를 취하고 또 그들의 행동에 대해 좋고 나쁨을 판단할 수 있을 정도의 분명한 얼굴과 형체를 부여하지 않았다. 그 책은 앞에서 내가 서술하려고 시도했던 바로 그 마비의 기운을 발산하고 있었다. 그러나 딸은 그러한 마비 상태 속에서도 낱낱이 관찰하고 분석하는 능력을 잃지 않았다. 그리고 그녀는 자기연민이나 자긍심, 즉 그녀가 끝내 살아남아 수용소 세월을 극복했을 뿐만 아니라 그것을 문학적으로 형상화했다는 데서 분명히 느끼고 있는 듯한 그 자긍심으로 인해 평정을 잃지도 않았다. 그녀는 자기 자신에 대해서 그리고 그녀의 사춘기의 조숙하고, 꼭 필요한 경우에 취했던 꾀바른 행동에 대해서도 다른 모든 것을 서술할 때와 같은 냉정함을 가지고 기술했다.

그 책에서 한나의 이름은 직접 거론되지 않았으며 그 밖의 다른 어떤 형태로도 알아보거나 확인할 수 없었다. 가끔 나는 젊고 아름답고 자신에게 주어진 과업을 달성하는 데 무자비한 성실성을 보인 것으로 묘사된 한 여자 감시원이 그녀일지도 모른다고 생각했지만 확신할 수는 없었다. 다른 피고인들의 얼굴을 감안해볼 때, 바로 한나만이 묘사된 그 여자 감시원일 수밖에 없었다. 그러나 수용소에는 다른 여자 감시원들도 있었다. 딸은 어느 수용소에서 그녀가 "암말"이라는 별명을 붙인, 역시 젊고 아름답고 성실한, 그렇지만 잔인하고 자제력이 없는 한 여자 감시원을 경험했다. 그 여자 감시원이 그녀에게 말을 연상시켰던 것이다. 다른 피고인들도 그와 같은 별명을 얻었을까? 한나는 그것을 알고 있었을까? 그녀는 그것을 기억하고 있었을까? 그래서 내가 그녀를 말에다 비유했을 때 흠칫 놀랐던 것인가?

크라카우 근교의 수용소는 모녀에게는 아우슈비츠 다음의 마지막 정거장이었다. 그것은 한 걸음 전진한 것이었다. 노동은 힘들었으나 훨씬 용이했으며, 식사는 더 좋았고, 한 막사에서 백 명이 함께 자지 않고 한 방에서 여자 여섯 명이 자는 것 역시 더 좋았다. 그리고 방도 더 따뜻했다. 여자들은 공장에서 수용소 막사로 돌아오는 길에 나무를 주워 모아 가져올 수 있었기 때문이다. 가스실행 선발에 대한 공포는 물론 그곳에도 있었다. 그러나 그것 역시 아우슈비츠에서처럼 나쁘지는 않았다. 매달 60명의 여자들이 후송되었다. 대략 1,200명에 달하는 인원 중에서 뽑힌 60명이었다. 그렇기 때문에 평균 수준의 체력만 유지한다고 해도 12개월의 생존 가능성은 확보할 수 있었다. 그

154

리고 보통 수준 이상으로 강해질 수 있다는 희망을 품을 수도 있었다. 게다가 전쟁이 12개월 안에 끝나는 것도 기대할 수 있었다.

고통은 수용소가 폐쇄되고 수감자들이 서부를 향해 행군을 하게 되면서부터 시작되었다. 때는 겨울인 데다가 눈까지 내리고 있었다. 그리고 작업장에서 입고 있을 땐 몸이 덜덜 떨렸고 수용소 안에서나 그런대로 견딜 만했던 의복은 그러한 날씨를 견디기에는 전혀 맞지 않았다. 그런데 이보다 더 형편없는 것이 신발이었다. 신발이라고 해봤자 서 있거나 걷거나 할 때 발에서 떨어져 나가지 않게 천 조각이나 신문지를 발에다 동여맨 것이었다. 그런 것이 눈과 빙판 위를 가야 하는 오랜 행군에 배겨날 리 없었다. 게다가 여자들은 그냥 행군을 한 것이 아니었다. 마구 내몰렸기 때문에 뛰어가야 했다. "죽음의 행군?" 딸은 책에서 그렇게 묻고는 이렇게 대답했다. "아니다. 그것은 죽음의 속보, 죽음의 질주였다." 많은 여자들이 도중에 쓰러졌고 다른 사람들은 며칠 밤을 헛간이나 담벼락에 기대서 지낸 후 다시는 일어나지 못했다. 일주일이 지나자 여자들의 절반가량이 죽었다.

교회는 그 여자들이 이전에 지냈던 헛간이나 담벼락보다 훨씬 좋은 숙소였다. 지금까지는 버려진 농가들을 지나다가 그곳에서 밤을 보내게 되면 경비대와 여자 감시원들이 살림집을 숙소로 차지했었다. 여기, 거의 버려진 마을에서는 그들이 목사관을 차지하고 수감자들에게도 헛간이나 담벼락 이상의 것을 넘겨줄 수 있었다. 그들이 그러한 행동을 보였다는 것과 또 수감자들이 그 마을에서 따뜻한 국물까지 얻어먹었다는 사실은 그들에게 고난의 끝을 약속해주는 것처럼 보였다. 그런 상태에서 여자들은 잠이 들었다. 조금 뒤 폭탄이 떨어졌다. 탑에만 불이 붙어 타고 있는 동안에는 교회 안에서는 불타는 소리도 들리지 않았고 불꽃도 보이지 않았다. 탑의 꼭대기 부분이 부러지면서 서까래를 친 뒤 불빛이 보이기까지는 아직도 몇 분 더 걸렸다. 이윽고 불덩이가 뚝뚝 떨어지기 시작했고, 옷에 불이 붙었으며, 활활 불타면서 떨어지는 들보는 교회 안의 의자들과 설교단에 불을 붙였고, 그리고 곧 지붕 전체가 본당 안쪽을 향해 우지끈 무너져 내리면서 온통 불바다를 만들어버렸다.

딸은 만약에 여자들이 즉시 힘을 합쳐 문 하나를 부수었다면 목숨을 구할 수 있었을 것이라고 생각했다. 그러나 그들이 무슨 일이 일어났는지, 앞으로 무슨 일이 벌어질지, 그리고 아무도 잠긴 문을 열어주러 오지 않을 것이라는 사실을 파악했을 땐 이미 때가 너무 늦었다. 그들이 떨어지는 폭탄 소리에 잠을 깼을 때는 캄캄한 한밤중이었다. 한동안 그들의 귀에는 탑 쪽에서 이상하고 불안스러운 소리만이 들려왔다. 그들은 그 소리를 보다 잘 듣고 그게 무슨 소린지 알아내기 위해서 완전히 숨을 죽이고 있었다.

그것이 불이 타오르면서 내는 후두둑 탁탁 소리였다는 것, 창문 너머로 가끔 밝은 빛으로 일렁거린 것이 불빛이었다는 것, 그들의 머리 위에서 난 우지끈하는 소리가 불꽃이 탑에서 지붕으로 옮겨 붙은 것을 의미했다는 것, 이 모든 것을 여자들은 교회의 서까래에 불이 붙은 것을 보고서야 깨달았다. 그들은 그것을 알아차리고는 정신없이 울부짖었다. 그들은 놀라서 소리를 지르며 도와달라고 절규했고 문 쪽으로 몰려가 문을 흔들고 문을 두드리고 몸부림쳤다.

불붙은 지붕이 본당 안으로 무너져 내리자 사방의 벽은 굴뚝이 되어 불길을 더욱 피워 올렸다. 대부분의 여자들은 질식해 죽은 것이 아니라 시끄럽게 소리를 내면서 활활 타오르는 불덩이 속에서 불에 타 죽었다. 끝에 가서는 불길이 쇠를 입힌 문들마저 벌겋게 달구면서 완전히 태워 없애 버렸다. 그러나 그것은 몇 시간이 지난 뒤의 일이었다.

모녀는 어머니가 잘못된 동기에서 옳은 행동을 하는 바람에 살아남을 수 있었다. 여자들이 공포에 휩싸였을 때, 그녀는 그들 속에 함께 있는 것을 더 이상 참을 수 없었다. 그녀는 교회의 위층 골마루로 도망쳤다. 거기서 타오르고 있는 불덩이 쪽으로 더욱 가까이 가는 것 따위는 그녀에겐 문제가 되지 않았다. 그녀는 몸에 불이 붙어 울부짖으면서 몸부림치는 여자들로부터 떨어져 혼자 있고 싶었다. 위층 골마루는 비좁았다. 너무나 비좁았기 때문에 불붙은 들보의 손길이 그곳에는 거의 미치지 않았다. 어머니와 딸은 벽에 몸을 바싹 붙이고 서서 불길의 광란을 눈으로 보고 귀로 들었다. 그들은 다음 날이 되어서도 아래층으로 내려가 바깥으로 나갈 엄두를 내지 못했다. 밤이 오면서 어두워지자 그들은 계단의 발판과 바깥으로 나가는 길을 찾지 못할까 두려웠다. 그다음 날 먼동이 터올 때 교회에서 빠져나온 두 사람은 마을에 사는 몇 명의 주민과 마주쳤다. 마을 사람들은 두 사람을 넋을 잃고 말없이 쳐다보더니 그들에게 옷가지와 먹을 것을 주어 보냈다.

9

"당신은 왜 문을 열어주지 않았습니까?"

　재판장은 피고인들에게 돌아가며 똑같은 질문을 던졌다. 그때마다 그들은 똑같은 대답을 했다. 문을 열 수 없었다. 어째서? 목사관에 폭탄이 떨어졌을 때 나는 부상을 입었다. 혹은 폭탄이 떨어졌을 때 나는 공포에 사로잡혀 있었다. 혹은 폭탄이 떨어진 뒤 나는 부상당한 경비대원들과 다른 여자 감시원들 때문에 정신이 없었다. 그들을 무너진 건물 더미에서 구해내 붕대를 감아주고 돌보아주어야 했다. 교회를 생각할 겨를이 없었다. 나는 교회 근처에 있지 않았다. 나는 교회에 불이 난 것을 보지 못했다. 나는 교회에서 들려오는 비명 소리를 듣지 못했다.

　재판장은 피고인 하나하나에 대하여 똑같은 비난을 했다. 보고서는 다르게 읽힌다. 재판장의 그 말은 상당히 신중을 기한 표현이었다. 친위대의 문서들 속에서 발견된 보고서에는 다르게 적혀 있었다고 말하면 잘못된 표현이었을 것이다. 그러나 보고서가 다르게 읽힌다는 표현은 옳은 것이었다. 보고서에는 목사관에서 누가 죽었고, 누가 부상을 당했으며, 누가 부상자들을 트럭에 태워 야전병원으로 후송했는지 그리고 누가 지프를 타고 후송차를 에스코트했는지 일일이 이름이 열거되어 있었다. 보고서에는 여자 감시원들이 화재가 진정되기를 기다렸으며, 불길이 번지는 것을 막고 수감자들이 화재를 틈타 도망치는 것을 저지하기 위해서 뒤쪽으로 물러나 있었다고 기록되어 있었다. 보고서는 수감자들의 죽음을 언급했다.

피고인들의 이름이 보고서에 열거된 명단에 들어 있지 않았다는 사실은 그들이 뒤에 물러나 있던 여자 감시원들 부류에 속해 있었다는 것을 뜻했다. 여자 감시원들이 수감자들의 도주를 막기 위해 뒤로 물러나 있었다는 사실은 무너진 목사관에서 자기편 부상자들을 구해내 야전병원으로 후송시키는 것으로 모든 게 다 끝난 것이 아님을 의미했다. 뒤에 물러나 있던 여자 감시원들은 교회의 불길이―보고서는 그렇게 읽혔다―광란하도록 내버려두었으며 교회의 문들 역시 잠긴 채로 놔두었다. 뒤에 물러나 있던 여자 감시원들 중에는―보고서는 그렇게 읽혔다―피고인들이 포함되어 있었다.

아닙니다, 피고인마다 하나씩 그렇지 않다고 말했다. 보고서는 거짓이다. 그것은 그 보고서에 뒤에 남은 여자 감시원들이 불길이 번지는 것을 막는 임무를 맡았다고 기록된 것만 보아도 알 수 있다. 자신들이 어떻게 그런 임무를 수행할 수 있었겠는가. 말도 안 되는 소리다. 그리고 수감자들이 화재를 틈타 도망가는 것을 막는다는 다른 임무 역시 말도 안 된다. 도주라고? 그들이 자기편 사람들을 더 이상 돌보지 않아도 되어, 다른 사람들, 즉 수감자들을 돌볼 수 있는 형편이 되었을 때 보니, 도망을 칠 수 있는 사람은 단 한 사람도 없었다. 아니다, 보고서는 그들이 그날 밤에 행하고 수행하고 겪은 일들을 사실과 전혀 다르게 기록하고 있다. 어떻게 그렇게 그릇된 보고서가 작성되었는가? 그것도 모르겠다.

그때 몸이 뚱뚱하고 입이 험악한 그 여자 피고인이 나섰다. 그녀는 그것에 대해 알고 있었다. "저 여자한테 물어보세요!" 그녀는 손가락으로 한나를 가리켰다. "저 여자가 보고서를 썼어요. 저 여자한테 모든 책임이 있어요, 다 저 여자가 한 짓이에요. 그래서 저 여자는 그 보고서로 모든 것을 감추고 우리를 끌고 들어가려 한 거예요."

재판장은 한나에게 물었다. 그러나 보고서와 관련한 이 질문은 그의 마지막 질문이었다. "당신은 왜 문을 열어주지 않았습니까?"

"우리는…… 우리는…….." 한나는 답변을 찾았다. "우리는 달리 할 도리가 없었습니다."

"달리 할 도리가 없었다고요?"

"우리 중 몇 사람은 목숨을 잃었고, 다른 사람들은 도망쳤습니다. 그들은 부상자들을 야전병원에 후송하고 돌아오겠다고 말했지만 자기들이 다시는 돌아오지 않으리라는 것을 알고 있었습니다. 그리고 우리들 역시 그것을 알고 있었습니다. 어쩌면 그들은 처음부터 야전병원으로 가지 않았는지도 모릅니다. 부상자들은 그 정도로 심하게 다치지 않았으니까요. 우리도 함께 타고 가고 싶었습니다. 그러나 그들은 부상자들을 위해 자리가 필요하다고 했습니다. 그리고 어쨌든 그들은 전혀…… 어쨌든 그들은 그렇게 많은 여자들을 함께 데려가고 싶어 하지 않았습니다. 저는 그들이 어디로 갔는지 지금도 알지 못합니다."

"당신은 무슨 일을 했습니까?"

"우리는 무슨 일을 해야 할지 몰랐습니다. 모든 게 너무나 순식간에 일어났습니다. 목사관에도 불이 났고, 교회의 탑에도 불이 났으며, 남자들과 자동차들은 방금까지만 해도 그곳에 있다가 모두 떠나버렸고, 졸지에 우리만이 교회 안의 여자들과 함께 남게 되었습니다. 남자들이 약간의 무기를 남겨두고 갔지만 우리는 무기 다루는 법을 몰랐습니다. 그리고 설사 우리가 무기 다루는 법을 알았다고 해도, 한 줌밖에 안 되는 우리 여자들한테 그게 무슨 소용이 되었겠습니까? 그렇게 많은 여자들을 우리가 어떻게 감시할 수 있었겠습니까? 아무리 바싹 밀착하여 세운다고 해도 그 여자들의 행렬은 아주 길게 늘어설 것이고, 그렇게 긴 행렬을 감시하려면 한 줌밖에 안 되는 우리보다 훨씬 더 많은 수의 인원이 필요합니다." 한나는 잠시 말을 멈추었다. "그때 비명 소리가 들리기 시작했고 그 소리는 갈수록 더욱더 처절해졌습니다. 만약에 우리가 그때 문을 열어주어 그들 모두가 밖으로 뛰쳐나왔다면……."

재판장은 잠시 기다렸다. "당신은 두려웠나요? 수감자들이 당신들을 제압할까봐 두려웠나요?"

"수감자들이 우리를…… 아뇨, 그렇지만 만약 문을 열어주면 어떻게 우리가 다시 질서를 잡을 수 있겠습니까? 그러면 엄청난 혼란이 있었을 것이고, 우리는 그것을 어떻게 해야 할지 몰라 쩔쩔맸을 것입니다. 그리고 또 만약에 그들이 도망치기라도 한다면……."

재판장은 다시 기다렸다. 그러나 한나는 말을 끝까지 마치지 않았다. "당신은 수감자들이 도망칠 경우 체포되어 실형을 언도받고 총살될까봐 두려웠나요?"

"우리는 그들을 그렇게 간단하게 도망치도록 둘 수는 없는 입장이었습니다! 우리는 그들에 대해 책임을 져야 했습니다……. 우리는 그들을 수용소 안에서건 행군할 때건 줄곧 감시해왔습니다. 그게 바로 우리가 그들을 감시해야 하고 또 도망치도록 두어서는 안 되는 이유였습니다. 그래서 우리는 어떻게 해야 할지 몰랐던 것입니다. 우리는 또한 그 여자들 중 앞으로 몇 명이나 살아남을지도 몰랐습니다. 벌써 많은 여자들이 죽었고, 살아 있는 사람들도 이미 몹시 허약한 상태였습니다……."

한나는 지금 하고 있는 말이 그녀에게 전혀 도움이 되지
않으리라는 사실을 깨달았다. 그러나 달리 말할 도리가 없
었다. 그녀는 다만 그녀가 말하고 있는 내용을 좀 더 잘 말
하고, 좀 더 잘 기술하고 설명하려고 애쓰는 수밖에 없었
다. 그러나 그녀가 말을 많이 하면 할수록 상황은 그녀에
게 불리하게 돌아가는 것 같았다. 그녀는 어찌할 바를 몰
랐기 때문에 다시 재판장을 향해서 물었다.

"당신 같으면 어떻게 하셨겠습니까?"

그러나 이번엔 그녀 스스로도 어떤 답변도 듣지 못할 것임
을 알고 있었다. 그녀는 답변을 기대하지 않았다. 그 누구도
답변을 기대하지 않았다. 재판장은 말없이 고개를 흔들었다.

한나가 서술한 혼란스러움과 난감함을 머리에 떠올릴
수 없다는 것은 아니다. 밤, 추위, 눈, 불, 교회 안에서 들려
오는 여자들의 비명 소리, 여자 감시원들에게 명령을 내리
고 그곳까지 그들을 호위했던 남자들의 돌연한 사라짐. 상
황이 어찌 간단할 수 있었겠는가. 그렇지만 상황이 그처럼
어려웠다는 사실에 대한 인식이 피고인들이 행한 일 또는
행하지 않은 일의 끔찍스러움을 상대화시켜줄 수 있는가?
추운 겨울 밤 한적한 도로에서 일어난, 사람이 크게 다치
고 차가 완전히 파손되었지만 어찌할 바를 몰라 쩔쩔매는
자동차 사고처럼? 아니면 우리가 직접 개입하지 않을 수
없는 두 개의 동등한 의무 사이에서의 갈등처럼? 이것이

바로 우리가 한나가 서술한 것을 머릿속에 떠올릴 수는 있지만 그것을 수용할 수는 없는 이유이다.

"당신이 보고서를 썼습니까?"

"우리는 무슨 내용을 쓸지 함께 궁리했습니다. 우리는 우리에게서 도망친 사람들에게 죄를 뒤집어씌우고 싶지는 않았습니다. 그러나 우리가 무엇을 잘못했다고 스스로 책임을 떠맡고 싶지도 않았습니다."

"당신은 그러니까 당신들이 함께 궁리를 했다고 말하고 있습니다. 누가 썼습니까?"

"너잖아!" 앞서 말한 다른 피고인이 손가락으로 다시 한나를 가리켰다.

"아닙니다, 내가 쓰지 않았습니다. 누가 썼느냐 하는 것이 그렇게 중요합니까?"

한 검사가 전문가에게 의뢰해서 보고서에 쓰인 필체와 피고인 슈미츠의 필체를 비교해보자고 제안했다.

"내 필체라고요? 당신들은 내 필체를……."

재판장과 검사 그리고 한나의 변호사는 한 사람의 필체가 15년이 넘도록 그대로 유지되어 그것을 확인할 수 있는지를 놓고 논쟁을 벌였다. 한나는 그들의 말을 듣고 있다가 몇 번이나 무슨 말인가를 하려고 했다. 아니면 무엇인가를 물으려고 했다. 그녀는 갈수록 더욱더 불안스러운 태도를 보였다. 이윽고 그녀가 말했다. "전문가까지 부를 필요 없습니다. 내가 그 보고서를 썼다는 사실을 시인합니다."

10

금요일마다 있었던 세미나 모임은 이제는 더 이상 기억나지 않는다. 재판 장면을 떠올려보아도 우리가 수업 시간에 학문적인 토론을 위해 어떤 주제를 택했었는지 떠오르지 않는다. 우리는 무엇에 대해서 이야기했던가? 우리는 무엇을 알고 싶어 했었나? 그 교수는 우리에게 무엇을 가르쳐주었는가?

그러나 나는 일요일들을 기억한다. 법정에서 보낸 날들은 나에게 자연의 색깔과 냄새를 향한 새로운 열망을 심어주었다. 금요일과 토요일에는 주중에 게을리한 공부를 보충했고, 그리하여 나는 그 과정에 부과된 과제들을 마무리 짓고 학기를 성공적으로 마칠 수 있었다. 그리고 일요일만 되면 집을 나섰다.

하일리겐베르크, 성 미하엘 교회, 비스마르크 탑, 철학자의 길, 강가 등 나는 일요일마다 가는 나의 산책 코스에 큰 변화를 주지 않았다. 일주일이 다르게 짙어가는 신록과 라인 평야를 때로는 뜨거운 열기의 아지랑이 속에서, 때로는 비의 베일 너머로, 때로는 시커먼 비구름 아래에서 바라보면서, 그리고 숲 속에서 햇빛을 듬뿍 받고 있는 산딸기와 꽃향기를 맡으면서, 그리고 비가 내리는 날의 흙냄새와 지난해 떨어진 낙엽이 썩어가는 냄새를 맡으면서 자연의 더없는 다채로움을 느꼈다. 나는 본디 그렇게 많은 다채로움을 필요로 하지도 않고 구하지도 않는 성격이다. 다음번 여행은 지난번보다 조금 더 멀리 가며, 다음번 휴가는 지난번 휴가에서 발견해둔 마음에 드는 곳으로 가곤 한다. 한동안 나는 좀 더 대담해져야겠다고 생각했다. 그래서 실론과 이집트, 브라질 등지로 여행했다. 그러다가 결국 다시 친숙한 고장들을 더 잘 알아보는 쪽으로 방향을 되돌렸다. 나는 거기서 더 많은 것을 발견하곤 한다.

나는 내게 하나의 비밀이 분명하게 떠올랐던 숲 속의 그 장소를 다시 찾았다. 별다르게 특별한 것이 있는 곳은 아니고, 당시에도 특별한 것은 없는 곳이었다. 이상한 모양으로 자란 나무나 바위, 시내와 평원이 바라보이는 독특한 전망이나 놀라운 연상을 불러일으킬 만한 것은 아무것도 없었다. 매주마다 똑같은 산책로를 맴돌면서 한나에 대한 생각을 하다보면 생각 하나가 따로 떨어져 나가 제 나름대로의 길을 좇다가는 결국 제 나름대로의 결론을 이끌어내곤 하였다. 결론이 그렇게 나면 그것으로 끝이었다. 그것은 꼭 그곳이 아닌 다른 곳에서라도 가능했다. 혹은 적어도 주위 환경과 경관의 친숙함이, 외부에서 느닷없이 들이닥친 것이 아니라 내면에서 저절로 자라난 정말로 놀라운 사실을 감지하고 수용할 수 있게 해줄 수 있는 곳이면 어디나 가능했다. 이런 일은 바로 산을 가파르게 타고 올라가 차도를 건너 샘 하나를 지나 일단 늙고 큰 시커먼 나무숲 그늘로 접어들었다가 다음엔 밝은 수풀로 이르는 길에서 일어났다.

한나는 글을 읽지도 쓰지도 못했다.

그 때문에 그녀는 다른 사람들한테 책을 읽어달라고 했던 것이다. 그 때문에 그녀는 우리의 자전거 여행에서 내게 쓰는 일과 읽는 일을 모두 맡겨두었고, 호텔에서 맞이한 그날 아침에 내가 남겨놓은 쪽지를 발견하고는, 그 내용을 그녀가 파악했을 것이라는 나의 기대를 짐작하고는, 자신의 약점이 노출되는 것이 두려워 정신이 나간 사람처럼 행동했던 것이다. 그 때문에 그녀는 승진을 시켜주겠다는 전차 회사에서 도망을 쳤던 것이다. 차장으로 일할 땐 감출 수 있었던 약점이 운전사 교육을 받는 과정에서 드러날 것이었기 때문이다. 그 때문에 그녀는 지멘스에서 승진하는 일도 마다하고 여자 감시원이 되었던 것이다. 그 때문에 그녀는 필적 감정사와의 대면을 피하기 위하여 보고서를 본인이 작성했다고 시인했던 것이다. 그 때문에 그녀는 재판 과정에서 사생결단을 하듯이 진술을 했던 것인가? 그것은 그녀가 그 딸의 책뿐만 아니라 기소장도 제대로 읽지 못해 방어의 기회를 잡지 못했고 이에 따라 제대로 방어 준비를 하지 못했기 때문인가? 그 때문에 그녀는 그녀의 피보호자들을 아우슈비츠로 보낸 것인가? 그들이 무언가를 눈치챘을 경우 그들의 입을 막기 위해서? 그리고 그 때문에 그런 연약한 소녀들을 자신의 피보호자로 삼은 것인가?

그 때문일까? 그녀가 글을 읽지도 쓰지도 못하는 것을 부끄럽게 생각했고 또 그렇기 때문에 자신의 약점을 노출시키기보다는 차라리 나를 놀라게 하는 쪽을 택했다는 사실을 나는 이해했다. 회피하고 방어하고 숨기고 위장하고 또한 남에게 상처를 주는 행동의 근거가 되는 수치심에 대해서 나는 스스로도 잘 알고 있었다. 그러나 글을 읽지도 쓰지도 못한다는 하나의 수치심이 법정과 수용소에서 보여준 그녀의 행동에 대한 충분한 근거가 될 수 있을까? 자신이 문맹이라는 사실이 노출되는 것이 두려워 범죄자의 정체를 드러낸다고? 자신이 문맹이라는 사실이 두려워 범죄를 저지른다고?

나는 당시에 그리고 그 이후로도 이와 똑같은 질문들을 나 스스로에게 얼마나 자주 던졌던가. 하나의 동기가 자신의 정체가 드러나는 것에 대한 두려움이었다면, 왜 그녀는 자신에게 해가 되지 않는 문맹으로서의 정체 노출을 택하지 않고 범죄자로서의 끔찍한 정체 노출을 택했는가? 아니면 그녀는 어느 쪽도 노출시키지 않고 위험을 모면할 수 있다고 생각한 것일까? 그녀는 그렇게 단순할 정도로 바보스러운 여자였나? 자신의 약점이 노출되는 것을 피하기 위하여 범죄자가 될 만큼 그렇게 허영에 차 있고 사악한 여자였나?

그 당시뿐만 아니라 이후로도 나는 늘 이것을 부인해왔다. 아니다, 나는 속으로 말했다. 한나는 범죄 쪽으로 결정을 내린 것이 아니다. 그녀는 지멘스에서 승진하는 것을 포기하고 그냥 여자 감시원이라는 직업을 택했을 뿐이다. 그리고 아니다, 그녀는 연약한 여자들이 그녀에게 책을 읽어주었기 때문에 그들을 아우슈비츠로 후송시킨 것이 아니다. 책을 읽어줄 사람으로 그들을 선발한 것은 어차피 아우슈비츠로 갈 수밖에 없는 그들에게 마지막 한 달 동안 괜찮은 생활을 베풀어주기 위해서였다. 그리고 아니다, 법정에서 한나는 문맹의 정체가 드러나는 것과 범죄자의 정체가 드러나는 것을 두고서 저울질하지 않았다. 그녀는 계산하지도 않았으며 전략을 쓰지도 않았다. 그녀는 해명에 대한 재판부의 요구를 받아들였으며, 단지 그 밖의 정체가 더 노출되는 것만은 원치 않았다. 그녀는 자신의 이익을 좇은 것이 아니라 그녀 자신의 진실과 자신의 정의를 위하여 싸운 것이다. 자신에 대해 늘 약간은 위장하지 않을 수 없었기 때문에 그녀는 완전히 솔직해질 수 없었다. 그리고 완전히 자신을 드러내 보일 수 없었기 때문에, 그것은 안타까운 진실이요 안타까운 정의가 되었다. 그러나 그것은 그녀의 것이었다. 그리고 그것을 위한 싸움이 그녀의 싸움이었다.

그녀는 완전히 탈진 상태였음이 틀림없다. 그녀는 법정에서만 싸운 것이 아니었다. 자신이 무엇을 할 수 있는지를 보여주기 위해서가 아니라 자신이 무엇을 할 수 없는지를 숨기기 위해서 그녀는 늘 싸우고 또 싸워왔다. 실제로는 본격적인 후퇴일 뿐인 전진과 은폐된 패배일 뿐인 승리로 점철된 삶이었다.

한나가 실제로 나의 고향 도시를 떠나게 된 이유와 당시 내가 속으로 생각하고 상상했던 것 사이의 괴리가 내 마음을 이상하게 흔들어놓았다. 나는 내가 그녀를 배반하고 부정했기 때문에 그녀가 내게서 떠나버렸다고 확신하고 있었다. 그런데 사실 그녀는 단지 전차 회사에서 자신의 약점이 노출될까 두려워 도망친 것이었다. 그러나 내가 그녀를 쫓아버린 것은 아니라는 사실이 내가 그녀를 배반했다는 사실을 바꾸어놓지는 못했다. 그렇기 때문에 나는 여전히 유죄였다. 그리고 범죄자를 배반하는 것이 죄가 되지 않으므로 내가 유죄가 아니라고 해도, 나는 범죄자를 사랑한 까닭에 유죄였다.

11

한나가 자신이 보고서를 썼다고 시인하는 바람에 다른 피고인들은 게임을 하기가 한결 쉬워졌다. 그들은 혼자서 하는 행동이 아닐 경우에는 한나가 다른 사람들을 압박하고 위협하고 강요했다고 주장했다. 그녀가 명령권을 쥐고 있었다. 그녀가 서류를 작성했고 발언권을 갖고 있었다. 그녀가 결정을 내렸다고 그들은 말했다.

증인 자격으로 진술한 마을 사람들은 이를 인정할 수도 그렇다고 반박할 수도 없었다. 그들은 불타는 교회를 제복 차림의 여자들 몇 명이 감시하면서 문을 열어주지 않는 것을 보았지만, 직접 가서 문을 열어줄 엄두는 내지 못했다. 그들은 다음 날 아침 마을을 떠나는 그 여자들과 마주쳤다. 그들은 바로 그 여자들이 피고인들임을 확인했다. 그러나 그날 아침에 마주쳤을 때 그들 중 누가 무리를 인솔했는지, 어떤 피고인 하나가 나서서 통솔을 했는지에 대해서는 말을 하지 못했다.

"하지만 당신들은 저 피고인이 결정을 내렸다는 사실을 배제하지는 못하겠지요?" 다른 피고인들의 변호사 중 한 사람이 한나를 가리켰다.

마을 사람들은 속으로는 그러고 싶지 않아도 그 말에 동의하지 않을 수 없었다. 그리고 눈에 띄게 더 늙고 더 피곤해하고 더 겁을 먹고 더 괴로워하는 다른 피고인들의 모습을 보니 변호사의 의견에 그냥 동조하고 싶었다. 다른 피고인들과 비교해볼 때 한나는 통솔자였다. 게다가 그러한 통솔자의 존재는 마을 사람들에게 마음의 부담을 덜어주었다. 그런 엄격한 통솔하에 있는 부대원들을 눈앞에 두고서는 구조 작업을 할 엄두를 내지 못했다고 하는 편이 아우성을 치고 있는 일단의 여자들을 보고서도 아무런 행동도 하지 않았다고 하는 편보다 나아 보였다.

한나는 계속해서 싸웠다. 맞는 말에는 시인을 했고, 맞지 않는 말에 대해서는 부인을 했다. 그녀는 시간이 흐를수록 더욱 결사적인 태도로 더욱 격렬하게 반박했다. 목소리의 톤을 높이지는 않았다. 그러나 그녀 말투의 집요함은 법정을 아연케 했다.

결국 그녀는 포기했다. 그녀는 질문을 받았을 때만 말을 했고, 대답도 짧고 옹색하게 했으며 그리고 가끔씩은 요점에서 빗나갔다. 자신이 포기했다는 것을 보여주기라도 하려는 듯 이제는 진술을 할 때에도 그냥 자리에 앉아 있었다. 재판 초두에 여러 번에 걸쳐 그녀에게 일어설 필요 없으며 앉아서 진술해도 무방하다고 말했던 재판장도 그것을 의아하게 받아들였다. 재판이 끝나갈 즈음에 이르러서는 나는 재판부가 이제는 스스로 할 만큼 했다고 생각하고 있는 것 같은, 즉 전체 사건을 이제는 마무리 지은 것으로 여기고 이미 그 사건을 상대하지 않고 다른 일을 하며 여러 주 동안 보내다가 다시 현재로 돌아와 있는 듯한 느낌을 여러 번 받았다.

나 역시 이제는 질린 상태였다. 그러나 나는 사건이 마무리된 것으로 생각할 수는 없었다. 내게는 재판이 끝난 것이 아니라 이제 비로소 시작된 것이었다. 방청객의 입장이었던 나는 갑자기 참여자가 되었다. 동참자이자 참심원의 하나가 된 것이다. 나는 이 새로운 역할을 구하지도 택하지도 않았다. 그러나 내가 원하든 원하지 않든, 내가 무슨 일을 적극적으로 꾀하든 아니면 완전히 소극적인 태도를 보이든, 그것은 내게 주어진 역할이었다.

무언가를 꾀하는 것, 그것은 단 한 가지뿐이었다. 나는 재판장을 찾아가 한나가 문맹이라는 사실을 말할 수도 있었다. 다른 피고인들이 주장하는 것처럼 그녀가 주역이 아니며 또 주범도 아니다. 법정에서 보인 그녀의 행동은 그녀가 특별히 개선하기 어려운 성격의 소유자이거나 아니면 그녀에게 뉘우치는 빛이 없거나 뻔뻔스러운 태도에서 나온 것이 아니다. 그것은 오히려 기소장이나 책의 원고에 대한 예비지식의 결여에서 그리고 또 어쩌면 전술이나 전략을 전혀 구사할 줄 모르는 데서 나온 결과이다. 그녀는 자신을 방어하는 데 있어서 상당한 불이익을 당했다. 그녀가 유죄임에는 틀림없으나 겉으로 보이는 것처럼 그렇게 중죄는 아니다.

내가 재판장을 설득시키기는 힘들지도 모른다. 그렇지만 나는 그렇게 해서 재판장이 좀 더 생각하고 그 사건에 대해 좀 더 조사해보도록 만들고 싶었다. 그러다보면 결국에 가서 내 말이 옳았다는 사실이 입증될 것이고, 한나는 처벌을 받더라도 좀 더 약한 처벌을 받게 될 것이다. 그녀는 감옥에 가겠지만 조금이라도 더 일찍 석방될 수 있을 것이다. 조금이라도 일찍 자유의 몸이 될 수 있을 것이다. 그녀가 싸워서 쟁취하려는 것이 바로 이것 아니었던가?

그렇다, 그녀는 그것을 위해 싸웠다. 그러나 그녀는 승리를 위해 자신이 문맹이라는 사실이 노출되는 대가를 치르고 싶어 하지 않았다. 또한 내가 그녀의 형량을 몇 년이라도 줄이기 위해서 그녀가 만들어놓은 자신의 이미지를 매도하는 것도 원치 않을 것이다. 그녀는 그와 같은 거래를 직접 할 수 있었다. 그러나 하지 않았다. 그러므로 그녀는 그것을 원치 않은 것이다. 그녀에게는 자신의 이미지가 감옥에서 보낼 세월 이상의 가치가 있는 것이었다.

그러나 정말로 그것이 그만한 가치가 있는가? 그녀를 억

압하고 마비시켜 제대로 몸을 펼 수 없게 만든 이 거짓된 자기 이미지를 통해서 그녀가 얻은 것이 무엇인가? 거짓된 자기 이미지를 지키기 위해서 동원한 열정 정도라면 이미 오래전에 글을 읽고 쓰는 법을 배울 수 있지 않았을까?

나는 당시에 친구들과 그 문제에 대해서 이야기해보려고 시도했었다. 한번 생각해봐, 어떤 사람이 고의로 자신을 망치고 있어. 그런데 네가 그 사람을 구할 수 있는 입장이야. 그러면 넌 그 사람을 구하겠니? 어느 환자가 수술을 받으려고 하는데 말이야, 그 환자가 약물을 복용하는 사람이야. 그런데 그 약물이 마취에 방해가 돼. 그렇지만 환자는 자신이 약물 복용자라는 사실이 부끄러워서 그것을 마취전문의사에게 말하려고 들지 않아. 너는 마취전문의사와 의논하겠니? 한번 생각해봐, 어떤 사람이 재판을 받는데 말이야, 그 사람이 자신이 왼손잡이라는 사실을 밝히지 않으면 처벌을 받을 입장이야. 그 범행은 오른손잡이가 한 것이기 때문에 그는 범행을 저지르지 않은 거야. 그러나 그 사람은 자신이 왼손잡이라는 사실을 부끄러워하고 있어. 넌 무엇이 잘못됐는지 판사에게 말하겠니? 그 사람이 동성애자라고 생각해봐, 그런데 그 범행은 동성애자가 저지를 가능성이 없는 거야. 그렇지만 그는 자신이 동성애자라는 사실을 부끄럽게 생각해. 피고인은 자신이 왼손잡이라든가 동성애자라든가 하는 것을 부끄러워할 계제가 아니야. 그런데도 피고인이 부끄러워하고 있다는 것을 한번 생각해봐.

12

나는 아버지와 의논하기로 결심했다. 우리 사이가 그 정도로 가까웠기 때문은 아니었다. 아버지는 속내를 잘 드러내지 않는 분으로, 자신의 감정을 우리 자식들과 함께 나누지도 않았고 또 우리가 그에게 보이는 감정에 대해서도 그다지 반응을 나타내지 않았다. 한동안 나는 속을 털어놓지 않는 그분의 태도 뒤에는 발굴되지 않은 엄청난 보물들이 숨어 있을 걸로 생각했다. 그러나 나중에는 그 뒤에 정말로 그러한 것이 있기는 한 건지 의아해하곤 했다. 그분도 한때 감정이 풍부한 청년이었겠지만, 감정을 겉으로 표현하지 않다보니 세월이 흐르는 가운데 감정이 말라 죽었는지도 모른다.

하지만 나는 우리들 사이에 놓인 바로 그 거리감 때문에 아버지와 의논해보기로 결정했다. 나는 도덕적인 문제를 많이 연구한 것으로 알고 있는 칸트와 헤겔에 대한 책을 쓴 철학자와 한번 대화를 해보고 싶었다. 그는 또한 내 문제를 추상적으로 언급할 능력을 갖추고 있으며 또 나의 친구들과는 달리 내가 드는 보기들의 결함에 집착하지는 않을 것 같았다.

우리 자식들이 아버지와 의논을 하려고 하면, 아버지는 자신의 학생들에게 하듯이 우리에게도 면담 날짜와 시간을 정해주었다. 아버지는 집에서 연구를 했으며 학교에는 강의나 세미나가 있을 때에만 나갔다. 아버지의 동료들과 학생들은 아버지를 만나려면 집으로 찾아와야 했다. 나는 복도의 벽에 기대어 서서 자신들의 순서가 오기만을 기다리며 줄을 서 있던 학생들의 모습을 기억한다. 어떤 학생들은 책을 읽고 있었고, 다른 학생들은 복도에 걸려 있는 시내 풍경 사진을 물끄러미 바라보았으며, 또 다른 학생들은 허공을 응시하고 있었는데, 모두들 말이 없었다. 그러다가 우리들이 복도를 지나가면서 그들에게 "안녕" 하고 인사를 건네면 당황한 듯이 한마디 인사말을 던지는 것이 고작이었다. 물론 우리는 아버지가 우리에게 면담 시간을 정해주어도 그 학생들처럼 복도에서 기다리지는 않았다. 그러나 우리 역시 정해진 시간에 아버지 서재의 문을 노크했고, 그러면 안에서 들어오라는 소리가 들려왔다.

나는 아버지의 두 서재를 기억한다. 한나가 책들의 등을 손가락으로 문지르며 지나갔던 첫 번째 서재의 창문들

은 도로와 주택들 쪽으로 나 있었고, 두 번째 서재의 창문
들은 라인 평원 쪽으로 나 있었다. 1960년대 초에 이사해
서 우리 자식들이 성장한 뒤에도 부모님이 살았던 그 집
은 시내 건너편 작은 산등성이에 있었다. 두 서재 모두 창
문들은 서재의 공간을 바깥세상을 향하여 활짝 열어주지
못했고 오히려 바깥세상을 틀 속에 넣어 마치 그림처럼 방
안에다 걸어놓은 것 같았다. 아버지의 서재는 책들과 종
이들, 생각들 그리고 파이프 담배 연기와 시가 담배 연기
가 바깥세상과는 다른 나름대로의 힘의 장場을 만들어놓
은 밀폐된 공간이었다. 그 두 방은 내게 친숙하면서도 낯
설었다.

아버지는 내가 나의 문제를 추상적인 형태로 여러 가지
보기와 함께 제시하는 동안 잠자코 듣고 계셨다. "재판과
관련된 일이지, 그렇지?" 그렇게 말하고서 아버지는 머
리를 가로저었다. 그러한 동작은 아버지가 내게서 대답을
기대하지 않고 있으며, 내가 자발적으로 말하고 싶어 하
지 않는 것은 어느 것도 강요하거나 억지로 알고 싶지 않
다는 뜻이었다. 이어 아버지는 자리에 앉았다. 아버지는
머리를 한쪽으로 숙이고 양손으로는 의자의 팔걸이를 꽉
잡고서 생각에 잠겼다. 아버지는 나를 쳐다보지 않았다.
나는 아버지를, 아버지의 하얗게 센 머리카락과 평소와
다름없이 아무렇게나 면도질한 뺨과 두 눈 사이의 깊게 패
인 주름을 그리고 콧방울에서 입 언저리까지를 응시했다.

나는 기다렸다.

아버지는 일단 말을 시작하자 아주 먼 곳까지 소급하여 올라갔다. 아버지는 내게 개인과 자유와 품위에 대하여, 주체로서의 인간에 대하여 그리고 인간을 객체로 보아서는 안 된다는 점 등에 대해서 가르쳐주었다. "네가 어렸을 때 엄마가 네게 무엇이 좋은지 너보다 잘 알고 있으면 네가 마구 화내던 것 생각 안 나니? 어린아이들의 경우에도 그런 이야기를 어느 수준까지 하는 게 좋은 건지 정말 문제겠지. 이것은 철학적인 문제다. 하지만 철학은 어린아이들에게는 관심을 갖지 않아. 철학은 아이들 문제를 교육학에 넘겨주었어. 그런데 교육학이 아이들 문제를 제대로 잘 다루지 못하고 있지. 철학은 아이들을 잊었고." 아버지는 나를 향해 미소를 지어 보였다. "영원히 잊었어. 내가 너희들을 잊듯이 그렇게 가끔씩 잊는 게 아니고 말이야."

"하지만……"

"하지만 어른들의 경우에는 내가 그들에게 좋다고 생각하는 것을 그들 스스로가 좋다고 여기고 있는 것보다 더 우위에 두려고 하면 절대 안 된다."

"나중에 가서 그들 스스로가 그로 인해 행복해질 수 있는 경우에도 말인가요?"

아버지는 고개를 가로저었다. "우리는 지금 행복이 아니라 품위와 자유에 대해서 말하고 있어. 넌 아주 꼬마였을 때부터 그 차이를 잘 알았잖니. 엄마의 말이 늘 옳은 것이

네겐 별로 마음 편치 않았잖아."

요즘 들어 나는 아버지와 나눈 그 대화를 즐겨 회상한다. 아버지가 돌아가신 후 나의 기억의 침전물 속에서 아버지와 가졌던 아름다운 만남과, 함께 나누었던 일들과 경험 따위를 찾기 시작할 때까지 나는 그것을 잊고 있었다. 당시 나는 추상적인 것과 구체적인 것을 섞어서 말하는 아버지의 표현 방식 때문에 처음에는 제대로 갈피를 잡지 못했다. 그러나 끝에 가서 나는 아버지가 한 말을 내 나름대로 이렇게 받아들였다. 즉 판사하고 의논할 필요는 없다, 판사하고 의논해서는 절대 안 된다. 그러자 나는 마음이 홀가분해졌다.

아버지는 그것을 내게서 눈치챘다. "그렇게 철학이 재미있니?"

"글쎄요, 어쨌든 저는 제가 말씀드린 상황에 처했을 경우 행동을 해야 되는 건지 어쩐지 몰랐어요. 그리고 또 행동을 해야 한다는 생각 때문에 저는 실제로 마음이 편치 못했어요. 그런데 절대로 행동을 해서는 안 된다고 하니, 저로서는……." 나는 무슨 말을 해야 할지 몰랐다. 홀가분하다고? 안심이라고? 마음이 편하다고? 이런 표현들 속에는 도덕과 책임의 의미가 들어 있지 않았다. '좋다고 생각해요', 이 표현에는 도덕과 책임이 들어 있는 것 같았다. 그러나 나는 '좋다고 생각해요', '단순히 홀가분한 것 이상이에요'라고 말하지 못했다.

"마음이 편하니?" 아버지가 먼저 물었다.

나는 고개를 끄덕이고 어깨를 으쓱해 보였다.

"아니다, 네 문제는 마음 편하게 풀 수 있는 문제가 아니야. 만약에 네가 서술한 상황이 그 사람에게 어쩌다가 생긴 것이거나 아니면 유전적인 것에 그 원인이 있는 것이라면, 너는 당연히 행동을 해야 한다. 네가 상대방을 위해 무엇이 좋은 건지 알고 있고 그 사람이 그것을 깨닫지 못하고 있는 상황이라면, 너는 당연히 그 사람이 그에 대해 눈을 뜨도록 해주어야 해. 물론 최종 결정은 본인한테 맡겨두고서 말이다. 하지만 그 사람과 이야기를 해야 한다. 그 사람과 직접 말이야. 그 사람 등 뒤에서 다른 사람과 이야기해서는 안 된단다."

한나와 직접 이야기한다고? 그녀에게 내가 무슨 말을 할 수 있나? 그녀가 평생 동안 해온 거짓말을 내가 눈치챘다고? 그녀의 생을 멍청한 거짓말을 위해서 다 바칠 생각이냐고? 그 거짓말은 그만한 희생을 치를 만한 가치가 없다고? 그렇기 때문에 어쩔 수 없는 것 이상의 형량을 살지 않도록 싸워야 한다고? 그 후에도 그녀가 나름대로 인생을 꾸려갈 거리가 많기 때문에? 도대체 무엇이 있는가? 많든 적든 간에 그녀가 무엇으로 그녀의 인생을 꾸려갈 수 있는가? 그녀에게 장래의 삶에 대한 전망을 제시하지도 못하면서 내가 그녀에게서 그녀의 평생 거짓말을 앗아버릴 수 있는가? 나는 그녀를 위한 어떤 장기적인 인생 계획을 알고 있지 못했다. 그리고 또한 그녀와 얼굴을 맞대고서 그녀가 지금까지 행한 행동으로 보아 그녀의 중단기 인생 계획은 형무소가 적당하다는 말을 할 수도 없었다. 나는 어떻게 그녀와 마주하고 또 그녀에게 무슨 말을 해야 할지 몰랐다. 나는 그녀와 어떻게 대면해야 할지 전혀 몰랐다.

나는 아버지한테 물었다. "상대방과 이야기할 수 없으면, 어떻게 되는 건가요?"

아버지는 나를 미심쩍은 눈길로 쳐다보았다. 나는 그 질문이 문제의 핵심에서 벗어나 있음을 물론 알고 있었다. 더 이상 도덕적인 생각을 할 필요는 없었다. 이제 결정만 내리면 그만이었다.

"네게 도움이 되지 못했구나." 아버지가 자리에서 일어났고 나도 따라 일어났다. "아니다, 당장 나갈 필요는 없다. 등이 아프구나." 아버지는 구부정하게 서서 두 손으로 신장 부위를 눌렀다. "너를 도와주지 못해 유감이라고 말하지는 못하겠구나. 네가 도움을 청한 철학자로서 하는 말이다. 아버지로서 말하자면 자식들에게 도움을 줄 수 없어 정말 가슴이 아프구나."

나는 기다렸다. 그러나 아버지는 더 이상 말을 하지 않았다. 나는 아버지가 그 일에 별로 많은 신경을 쓰지 않고 있다고 생각했다. 나는 언제쯤이면 아버지가 우리에게 좀 더 신경을 쓸 수 있을지 그리고 어떤 방식으로 아버지가 우리를 더 많이 도와줄 수 있을지 알고 있었다. 나는 이어서 아버지 역시 그 사실을 알고 있으며 실제로 그에 대해 부담을 느끼고 있다고 생각했다. 그러나 어쨌든 나는 아무 말도 하지 못했다. 나는 당혹스러웠으며, 아버지 역시 당혹해하고 있다는 느낌을 받았다.

"그럼……."

"오고 싶거든 언제든지 오너라." 아버지는 나를 쳐다보았다.

나는 아버지의 말을 믿지 않았으며, 고개만 끄덕였다.

13

6월에 재판부는 2주 예정으로 비행기를 타고 이스라엘로 날아갔다. 그곳에서의 신문은 고작 며칠이면 끝날 일이었지만, 판사들과 검사들은 재판과 관련된 일에 예루살렘과 텔아비브, 네게브, 홍해를 일주하는 관광 코스를 첨가했다. 그것은 업무나 휴가 그리고 비용과 관련된 법률에 비추어 분명히 합법적인 것이었다. 그럼에도 불구하고 내게는 그것이 이상하게 여겨졌다.

나는 그 2주 동안 오직 공부에만 전념하기로 계획을 세웠다. 하지만 일은 내가 생각하고 의도한 대로 되지 않았다. 나는 공부에도, 교수들의 말에도, 책에도 집중을 할 수가 없었다. 나의 생각은 자꾸만 옆길로 빠져, 몇 가지 모습들에 매달렸다.

나는 불타는 교회 옆에 준엄한 얼굴 표정으로 검정 제

복을 입고 말채찍을 손에 든 채 서 있는 한나를 보았다. 그녀는 말채찍으로 하얀 눈에다 동그랗게 원을 그리더니 목이 긴 군화의 몸통을 채찍으로 탁탁 친다. 나는 책 읽어주는 것을 듣고 있는 한나를 보았다. 그녀는 주의 깊게 경청만 할 뿐, 아무런 질문도 아무런 말도 하지 않는다. 낭독이 끝나자 그녀는 책을 읽어주던 여자에게 내일 아우슈비츠로 후송될 것이라고 말한다. 그루터기처럼 짧은 까만 머리카락에 눈까지 근시인 허약한 체구의 그 소녀는 울기 시작한다. 한나가 손으로 벽을 친다. 그러자 두 여자가 들어온다. 그들 역시 줄무늬 옷을 입은 수감자들이다. 그들은 책을 읽어주던 여자를 바깥으로 끌어낸다. 나는 수용소 안의 길을 따라 걸어가는 한나와, 수감자 막사 안으로 들어가는 한나와, 집 짓는 현장을 감독하는 한나를 보았다. 이 모든 행동을 할 때마다 그녀의 준엄한 얼굴 표정과 차가운 눈초리 그리고 꽉 다문 입술 모양새에는 전혀 변함이 없다. 그러면 수감자들은 일을 하느라 머리를 살짝 숙이고 허리를 구부리고 몸을 벽에 바짝 밀착시키고 벽 속으로 숨어버리고 아예 벽 속으로 사라져버리려고 한다. 가끔 많은 수감자들이 한데 모이기도 하고 혹은 이리저리 뛰어다니기도 하고 혹은 줄을 서기도 하고 혹은 행군을 하기도 한다. 그때 한나는 그 가운데 서서 큰 소리로 명령을 하고—그때마다 그녀의 얼굴은 형편없이 일그러진다—채찍으로 재촉한다. 나는 교회의 탑이 교회 지붕을 덮치는 것과 불꽃이 이는 것을 보았고 여자들의 비명 소리를 들었다. 나는 이튿날 아침 완전히 불타버린 교회를 보았다.

이러한 모습들과 함께 나는 다른 모습들도 보았다. 부엌에서 스타킹을 신고 있는 한나, 욕조 앞에서 커다란 타월을 두 손에 받쳐 들고 있는 한나, 치맛자락을 날리며 자전거를 타는 한나, 나의 아버지의 서재에 서 있는 한나, 거울 앞에서 춤을 추고 있는 한나, 수영장에서 나를 쳐다보고 있는 한나, 내 말에 귀를 기울이고 내게 말을 하고 웃으며 나를 바라보고 나와 사랑을 나누는 한나. 고약한 것은 이러한 여러 모습들이 서로 뒤섞일 때였다. 눈을 차갑게 뜨고 입을 굳게 다문 채 나와 사랑을 나누는 한나, 내가 책을 읽어줄 땐 말없이 듣고 있다가 책을 다 읽고 나자 손으로 벽을 치는 한나, 내게 무슨 말을 할 때 얼굴이 온통 일그러지는 한나. 가장 고약한 것은 엄하고 명령조의 잔인한 표정을 한 한나가 나를 성적으로 흥분시키는 꿈들이었다. 나는 그리움과 수치와 분노로 가득 찬 채 그런 꿈에서 깨어나곤 했다. 그리고 도대체 나는 누구인가 하는 불안감으로 가득 찬 채.

나는 내가 상상한 이 모든 모습들이 보잘것없는 진부한 표현들임을 알고 있었다. 그것들은 내가 알았고 또 알고 있는 한나의 모습과는 일치하지 않는 것이었다. 그렇지만 이 모습들은 힘이 강력했다. 이 모습들은 내가 기억하고 있는 실제 한나의 모습들을 갈가리 찢어버리고는 내가 머릿속에 갖고 있는 수용소의 한나의 모습들과 결합되었다.

오늘날 그 당시를 돌이켜보면 당시에는 수용소 안의 생활과 살인 장면을 선명하게 떠올려줄 만한 직접적인 관찰과 사진들이 얼마나 적었던가 하는 것이 생각난다. 우리는 아우슈비츠 수용소를 통해서 구호가 붙어 있는 대문*과 여러 층으로 된 나무 침대와 산더미처럼 쌓인 머리카락과 안경들과 가방들을 알았고, 비르케나우 수용소를 통해서 탑모양의 입구와 커다란 날개문과 기차 전용 출입문을 알게되었으며, 베르겐-벨젠 수용소에서는 연합군이 탈환 시 발견하여 사진으로 찍은 산더미 같은 시체들을 보았다. 우리는 수감자들이 쓴 몇 편의 증언들도 보았다. 그러나 이것들 대부분은 전쟁 직후에 책으로 출간되었다가 1980년대가 되어서야 비로소 재판再版을 찍었다. 그러므로 그사이의 기간 동안 이 책들은 출판사의 목록에서 빠져 있었던 것이다. 오늘날에는 수용소에 대한 책들과 영화들이 많이 나와 있다보니 수용소의 세계가 우리가 공동으로 상상할 수있는 세계의 한 부분이 되었고 또 우리의 보통의 일상 세계를 보완하는 역할까지 하게 되었다. 이제 우리의 상상력은 우리의 일상 세계 속에서 마음껏 나래를 펼칠 수 있게 되었다. 특히 텔레비전 시리즈 〈홀로코스트〉와 영화 〈소피의 선택〉, 특히 〈쉰들러 리스트〉 같은 영화들이 등장한 후로

---

*아우슈비츠 수용소 정문에는 "노동이 자유롭게 한다"는 문구가 붙어 있다.

는 상상력이 우리의 일상 세계 속에서도 마음껏 작동하기 시작했다. 즉 상상력이 현실을 기록하는 데 그치지 않고 현실을 보완하고 장식해준다. 그런데 그 당시에는 상상력이 거의 작동할 수가 없었다. 당시에는 수용소 세계의 충격적인 사실은 상상력의 범위를 넘어서는 것으로 여겨졌다. 그렇기 때문에 연합군이 찍은 사진들과 수감자들의 증언에서 취해 온 몇 가지 이미지들이 계속해서 우리들 마음속에 찍히고 또 찍히다가 마침내는 진부한 표현으로 굳어지기에 이르렀던 것이다.

14

나는 출발하기로 결심했다. 내일이라도 당장 아우슈비츠로 갈 수 있다면 그렇게 했을 것이다. 그러나 비자를 받는 데만 수 주일이 걸렸다. 그래서 나는 엘자스에 있는 슈트로트호프 강제수용소를 향해 출발했다. 그것이 가장 가까운 곳에 있는 강제수용소였다. 나는 강제수용소를 여태껏 한 번도 본 적이 없었다. 나는 판에 박힌 진부한 이미지들을 몰아낼 실제의 것을 원했다.

나는 히치하이크를 해서 갔다. 지금도 나는 병을 바꾸어 가면서 연달아 병맥주를 비우던 운전사가 모는 트럭을 탔던 것과 손에 흰 장갑을 끼고 운전을 하던 메르세데스 운전사를 기억한다. 슈트라스부르크를 지나서도 나는 운이 좋았다. 쉬르메크로 가는 자동차를 만난 것이다. 쉬르메크는 슈트로트호프에서 멀지 않은 곳에 있는 소도시였다.

그 운전사에게 나의 행선지를 정확히 이야기하자, 그는 입을 다물어버렸다. 나는 그 사람 쪽을 넘겨다보았다. 하지만 나는 그의 얼굴에서 왜 지금까지 그렇게 마구 떠들어대던 사람이 말을 뚝 그친 건지 읽을 수가 없었다. 중년 정도 되어 보이는 그는 깡마른 얼굴에 오른쪽 관자놀이에는 암적색의 배냇점 혹은 화상 자국 같은 것이 있었고 검은 머리카락은 정확하게 가르마를 타서 양쪽으로 빗어 내린 모습이었다. 그는 오직 도로에만 신경을 썼다.

우리 앞에는 포게젠 산맥의 작은 언덕들이 보였다. 우리는 포도원들을 가로질러 넓게 트인, 약간의 오르막 경사를 이루고 있는 계곡을 향해 달렸다. 양옆으로는 잡목 숲이 언덕을 따라 올라가며 자라 있었고 가끔 채석장과, 벽돌담을 두른 물결 모양 지붕의 공장 건물과 오래된 요양원, 그리고 키 큰 나무들 사이로 무수히 많은 작은 탑들이 있는 큰 별장이 나타났다. 기차의 철로가 때로는 우리의 왼쪽에서, 때로는 우리의 오른쪽에서 나란히 달렸다.

잠시 후 그가 다시 말을 시작했다. 그는 내게 왜 슈트로트호프를 찾아가는지 물었고, 나는 재판에 대해서 그리고 나의 직접적인 지식의 부족에 대해서 말했다.

"흠, 당신은 사람들이 어떻게 그렇게 끔찍한 일을 저지를 수 있는지 알고 싶어 하는 거군요." 그의 목소리가 약간 비꼬는 투로 들렸다. 그러나 어쩌면 그의 목소리와 말에 사투리가 섞여 있어서 그랬는지도 모른다. 내가 채 대답을 하기도 전에, 그는 이야기를 계속했다. "당신은 도대체 뭘 알고 싶은 거지요? 인간들은 격정이나, 사랑 또는 증오 때문에, 아니면 명예나 복수를 위해서 살인을 한다는 것, 당신은 그것을 알고 있지요?"

나는 고개를 끄덕였다.

"또한 사람들은 부자가 되기 위해서 또는 권력을 위해서 살인을 한다는 것도 알고 있겠지요? 전쟁이나 혁명을 위해서 살인을 한다는 것도요?"

나는 다시 고개를 끄덕였다. "하지만……."

"하지만 수용소에서 죽은 사람들은 자신들을 죽인 사람들에게 아무 짓도 하지 않았다고요? 당신은 그 말을 하려는 거죠? 그들 사이엔 미워할 까닭도 없었고 전쟁도 없었다고 말하려는 거죠?"

나는 이번엔 고개를 끄덕이고 싶지 않았다. 그가 말하는 내용은 맞지만 그의 표현 방식은 옳지 못했기 때문이다.

"당신 말이 맞아요. 그들 사이엔 전쟁도 없었고 서로 미워할 까닭도 없었어요. 그러나 사형집행인 역시 자신이 사형을 집행하는 사람을 미워하지는 않지만 죽이는 겁니다. 명령을 받았기 때문인가요? 그가 명령을 받았기 때문에 그렇게 한다고 생각하나요? 당신은 내가 지금 명령과 복종에 대해서 그리고 수용소의 요원들은 명령을 하달받았고 또 그들은 그 명령에 따를 수밖에 없었다는 사실에 대해서 이야기한다고 생각하나요?" 그는 경멸하는 투로 웃었다. "아니요, 난 지금 명령과 복종에 대해서 말하고 있는 것이 아닙니다. 사형집행인은 누구의 명령에 따라서 그 일을 하는 것이 아닙니다. 그는 자신의 일을 하는 거요. 그는 자신이 사형을 집행하는 사람들을 미워하지 않아요. 그는 그들에게 복수를 하는 것도 아니고 그들이 자신한테 방해가 되거나 그들이 자신을 위협하고 공격하려고 해서 그들을 죽이는 것도 아니지요. 그들은 그에게는 중요하지 않아요. 그렇기 때문에 그에겐 그들을 죽이든지 살리든지 아무런 상관이 없는 거요."

그는 나를 쳐다보았다. "왜 '하지만'이라고 말하지 않지요? 자, 어서, 인간은 다른 사람에 대해서 그렇게 무관심해서는 안 된다고 말해보시지요. 당신은 그것을 학교에서 배우지 않았나요? 인간의 얼굴을 한 모든 존재와의 유대감? 인간의 품위? 생 앞의 경건함?"

나는 화가 치밀어 올랐지만 어떻게 해야 할지 몰랐다. 나는 그가 지금까지 한 말을 모두 지워버리고 그의 말문을 막아버릴 수 있는 한마디 말과 한마디 문장을 찾았다.

"나는 예전에 말이오." 그가 말을 이었다. "러시아에서 유대인들을 총살하는 장면을 담은 사진 한 장을 본 적이 있어요. 그 유대인들은 발가벗은 채 길게 늘어서서 기다리고 있고, 그들 뒤에는 군인들이 총을 들고 서 있다가 그들의 목덜미를 향해 총을 쏘는 것이었지요. 그 일이 벌어진 곳은 채석장이었는데, 유대인들과 군인들 위쪽에는 장교 하나가 암벽의 돌출부에 앉아서 다리를 흔들면서 담배를 피우고 있었어요. 그는 좀 싫증 난 표정이었어요. 아마도 일이 마음먹은 만큼 빨리 진행되지 않기 때문인 것 같았소. 그러면서도 얼굴에는 약간 만족스러운, 어쩌면 아주 흐뭇한 기색이 드러나 보였어요. 그것은 하루 일과가 그런대로 끝나가고 곧 하루를 마감할 시간이 다가오고 있기 때문이었던 것 같았소. 그는 유대인들을 미워한 게 아니었소. 그는……."

"당신이 바로 그 사람이었습니까? 당신이 그 암벽의 돌출부에 앉아서……."

그는 차를 세웠다. 그의 얼굴은 새파랗게 질렸고, 그의 관자놀이의 반점은 반짝였다. "당장 차에서 내려!"

나는 차에서 내렸다. 그가 급커브를 트는 바람에 나는 엉겁결에 옆으로 펄쩍 뛰지 않을 수 없었다. 나는 그가 그다음에도 몇 번 더 커브를 강하게 트는 소리를 들었다. 그러다 이윽고 조용해졌다.

나는 산 위쪽으로 난 도로를 따라 걸었다. 나를 추월하는 자동차도 없었고, 마주 오는 자동차도 없었다. 나는 새소리와 나무들 사이로 부는 바람 소리와 그리고 가끔 졸졸대는 시냇물 소리도 들었다. 나는 위기에서 벗어난 듯 크게 심호흡을 했다. 십오 분가량 걸은 끝에 나는 그 강제수용소에 도착했다.

15

나는 얼마 전에 다시 한 번 그 강제수용소를 찾아갔다. 어느 맑고 추운 겨울날이었다. 쉬르메크 뒤의 숲에는 하얗게 눈이 내렸다. 나무들은 하얀 가루를 뒤집어썼고 땅에도 하얗게 눈이 쌓였다. 포게젠 산맥의 탁 트인 약간 경사진 지대에 길게 자리 잡은 강제수용소 구역은 화창한 햇살 아래 하얀 빛깔로 놓여 있었다. 2층과 3층으로 된 감시탑들과 단층 막사들의 회청색 칠을 한 목재는 하얀 눈과 다정한 대조를 이루었다. 물론 그곳에는 "나츠바일러-슈트루트호프 강제수용소"라는 팻말이 붙은 가시철조망을 두른 대문과 수용소 주변을 두 겹으로 에워싸고 있는 가시철조망 담장이 있었다. 그러나 예전엔 막사들이 빽빽하게 들어차 있었겠지만 이제는 얼마 남지 않은 막사들 사이의 땅바닥은 반짝이는 눈에 덮여 수용소의 다른 흔적들을 드러내지 않았다. 그 땅바닥은 겨울방학을 맞아 포근해 보이는 많은 칸막이 창들이 달린 다정한 막사에서 지내며 어서 들어와 케이크하고 뜨거운 초콜릿을 먹으라는 소리에 우르르 안으로 달려 들어가는 아이들을 위한 눈썰매장으로나 쓰였으면 안성맞춤일 것 같았다.

수용소 문은 닫혀 있었다. 나는 수용소 주변을 따라 발이 흠뻑 젖도록 눈 위를 터벅터벅 걸었다. 나는 수용소 구역 전체를 잘 볼 수 있었다. 그리고 지난번 첫 번째 방문 때 헐린 막사들의 토대들 사이로 경사지게 이어진 계단을 따라 내려가면서 수용소 모습을 살펴보던 것을 기억했다. 나는 당시에 어느 한 막사에 전시되어 있던 화장火葬용 화덕들도 기억해냈다. 그리고 또 다른 막사에는 독방들이 있던 것을 기억했다. 나는 수감자들과 감시원들 그리고 고통으로 가득 찼던 수용소의 모습을 세세하게 머릿속에 떠올려보려던 당시의 나의 헛된 시도를 기억했다. 나는 그것을 정말로 시도했다. 한 막사를 응시한 뒤 눈을 감고서 막사들을 줄지어 배치했다. 그러고는 한 막사의 치수를 측정한 다음, 안내책자에 의거하여 막사 안의 빽빽한 주거 밀도를 계산하고서 그 비좁은 형상을 상상해보았다. 나는 막사들 사이의 계단이 동시에 점호대로 사용되었음을 알아내고 수용소를 아래쪽에서 위쪽 끝까지 올려다보면서 그 계단들을 줄지어 뒤로 돌아서 있는 수감자들의 등으로 채워보았다. 그러나 그 모든 것은 헛수고였다. 나는 그것이 제대로 되지 않아 비참하고 부끄러운 느낌만을 느꼈다. 돌아오는 길에 언덕바지의 아래쪽 발치에서 어느 레스토랑 맞은편에 위치한 조그만 건물을 하나 발견했다. 가스실이었다. 그 건물은 흰색 칠이 되어 있었고 문과 창문들은 사석으로 된 벽 틈에 짜 맞추어져 있었다. 헛간이나 창고 혹은 머슴들이 묵는 집으로 쓰면 적당할 것 같았다. 이 건물 역시 문이 굳게 닫혀 있었다. 지난번에 왔을 때 그 건물 안에 들어 갔었는지는 기억이 나지 않았다. 나는 차에서 내리지 않았다. 자동차 시동을 켜놓은 채 차 안에 앉아 구경했다. 그런다음 다시 차를 몰았다.

처음에 나는 집으로 돌아오는 길에 점심 식사를 할 마땅한 곳을 찾기 위해 엘자스 지방의 마을들을 누비는 것에 대해 좀 망설였다. 그러나 그 망설임은 나의 가슴속에서 우러난 느낌 때문이 아니라, 강제수용소를 구경한 후 어떠한 감정을 가져야 하는가에 대해 의식적으로 생각한 데서 나온 것이었다. 나는 스스로 그것을 알아차리고 어깨를 으쓱했으며 포게젠 산맥 언덕에 자리한 한 마을에서 '꼬마'라는 상호를 단 레스토랑을 발견했다. 내가 앉은 테이블에서 평원이 아주 잘 보였다. '꼬마'는 한나가 나를 부를 때 쓰던 말이었다.

지난번에 왔을 때 나는 수용소 문이 닫힐 때까지 수용소 구역 주변을 빠른 걸음으로 빙빙 돌았었다. 그런 다음 수용소 위쪽에 위치한 기념비 아래 앉아 수용소 구역 전체를 내려다보았다. 내 안에 엄청난 공허가 느껴졌다. 마치 뭔가 손에 잡힐 만한 모습을 바깥세상이 아닌 내 안에서 찾으려다가 아무것도 찾을 수 없다는 것을 깨달았을 때의 느낌이었다.

그러던 중 날이 어두워졌다. 나는 한 시간을 기다려 지붕이 없는 조그만 트럭의 화물칸에 앉아 가장 가까운 마을까지 갈 수 있었다. 그날 안으로 다시 히치하이크를 해서 집으로 돌아가려던 생각은 포기했다. 나는 마을 여관에서 숙박비가 싼 방을 하나 찾아내고 식당에서 감자튀김과 완두콩을 곁들인 빈약한 스테이크를 먹었다.

내 옆 테이블에서는 남자들 네 명이 시끄럽게 카드놀이를 하고 있었다. 그때 문이 열리더니, 키가 자그마한 노인하나가 인사도 없이 들어왔다. 그는 짧은 바지 차림에 목발을 짚고 있었다. 노인은 카운터 쪽으로 가더니 맥주를 달라고 말했다. 그런 다음 이웃 테이블을 향해 등과 비정상적으로 큰 대머리를 돌리고 앉았다. 카드놀이를 하던 남자들은 카드를 손에서 놓더니 재떨이를 뒤져 담배꽁초를 찾아 그의 뒤통수를 겨냥해 던져 명중시켰다. 카운터에 앉아 있던 그 남자는 마치 파리 떼를 쫓듯 두 손으로 뒤통수를 자꾸만 털어댔다. 주인이 그에게 맥주를 내놓았다. 그 누구도 무슨 말을 꺼내지 않았다.

나는 더 이상 참을 수가 없어 자리에서 벌떡 일어나 옆테이블로 다가갔다. "그만둬요!" 나는 분을 이기지 못해

몸이 부르르 떨렸다. 그 순간 노인이 절뚝거리며 테이블 쪽으로 불쑥 다가와 자기 다리를 어루만지더니 갑자기 두 손으로 목발을 집어 들고 테이블을 꽝하고 내리쳤다. 그 바람에 술잔들과 재떨이가 춤을 추었다. 다음 순간 그는 빈 의자에 털썩 주저앉으며 이가 다 빠진 입으로 껄껄껄 웃기 시작했다. 그러자 다른 사람들도 따라 웃었다. 술자리의 통쾌한 웃음소리들이었다. "그만둬요." 그들은 웃으면서 나를 가리켰다. "그만둬요."

밤에는 여관 주위로 바람이 세차게 불었다. 방은 춥지 않았고, 윙윙대는 바람 소리와 창문 앞에 서 있는 나뭇가지가 딱딱거리는 소리 그리고 가끔씩 덧문이 덜컹거리는 소리가 들리기는 했지만 잠을 못 이룰 정도는 아니었다. 그러나 나는 마음속으로 자꾸만 불안해졌다. 그러다 결국 온몸이 떨리기 시작했다. 나는 두려웠다. 무슨 나쁜 일이 일어날 것 같은 조짐 때문이 아니었다. 나의 몸이 그렇게 반응하는 게 걱정되었다. 나는 누워서 바람 소리에 귀를 기울이다가 바람이 조금 약해지고 고요해지면 한시름 놓았고, 그러다가 바람 소리가 다시 커지면 다음 날 아침에 어떻게 일어나 히치하이크를 하여 집으로 돌아가 공부를 계속하여 언젠가 직업과 아내와 아이들을 갖게 될 수 있을지 막막한 느낌이 들었다.

나는 한나의 범죄를 이해하고 싶었고 동시에 그에 대해 유죄판결을 내리고 싶었다. 그러나 그렇게 하는 것이 너무나 두려웠다. 내가 그녀의 범죄를 이해하려고 할 때마다, 나는 그녀의 범죄에 대해 당연히 내려야 할 합당한 유죄판결을 결코 내리지 못할 것 같은 느낌을 받았다. 그리고 그녀의 범죄에 합당한 유죄판결을 내리려고 하면, 그녀의 범죄를 이해할 수 있는 한 뼘의 공간도 남지 않았다. 그러나 나는 한나를 이해하고 싶었다. 왜냐하면 그녀를 이해하지 못한다는 것은 또다시 그녀를 배반하는 것을 의미하기 때문이었다. 나는 그 두 가지 문제를 해결할 수 없었다. 나는 이해와 유죄판결, 이 두 가지에 대해 나름대로 입장을 취해보려고 하였다. 그러나 그 두 가지를 동시에 할 수는 없었다.

그다음 날은 또다시 눈이 부시도록 화창한 여름날이었다. 히치하이크는 쉽게 이루어졌고, 나는 몇 시간 만에 다시 집으로 돌아왔다. 마치 오랫동안 객지에 나가 있다가 온 것처럼 나는 시내를 활보하며 걸었다. 도로와 집들 그리고 사람들 모두가 내게는 낯설어 보였다. 그러나 그렇다고 해서 강제수용소의 낯선 세계가 내게 그만큼 가까이 다가온 것은 아니었다. 슈트루트호프 수용소에서 받은 나의 인상들은 내가 전부터 갖고 있던 아우슈비츠와 비르케나우, 베르겐-벨젠 강제수용소의 몇 개 안 되는 이미지들에 덧붙여져 이것들과 함께 굳어버렸다.

16

결국 나는 재판장을 찾아갔다. 나는 한나를 찾아가는 일은 해내지 못했다. 그렇지만 아무 일도 하지 않고 가만히 앉아 있는 것 또한 참을 수가 없었다.

나는 왜 한나와 만나 이야기하지 못했는가? 그녀는 내게서 떠났고, 나를 속였고, 내가 평소 알고 있었던 또는 내가 상상했던 여자가 아니었다. 그렇다면 나는 그녀에게 무엇이었나? 그녀에게 이용만 당한, 책 읽어주는 어린 소년이었던가? 아니면 그녀가 자신의 욕망을 채우기 위해 이용한 나이 어린 잠자리 상대였나? 만약에 그녀가 내게서 떠날 수는 없지만 나를 제거하고 싶었다면, 그녀는 나 역시 가스실로 보냈을까?

왜 나는 가만히 보고만 있지 못했을까? 나는 잘못된 판결이 내려지는 것을 막아야 한다고 생각했다. 한나의 평생

거짓말과는 상관없이 정의가 이루어지도록 해야 한다. 그
것은 말하자면 한나를 위한 정의이면서 또 한나의 뜻에 반
대되는 정의였다. 그러나 나는 사실은 정의에 관심을 가진
것이 아니었다. 나는 한나를 과거의 모습대로 혹은 그녀가
원하는 모습대로 내버려둘 수 없었다. 나는 그녀에게 간섭
하지 않을 수 없었다. 직접적으로 안 된다면 간접적으로라
도 그녀에게 어떠한 식으로든 영향을 끼치고 싶었다.

　재판장은 우리 세미나 그룹에 대해서 알고 있었으며, 어
느 날 재판이 끝난 후 나와 면담 시간을 갖겠다고 흔쾌히
약속했다. 나는 그의 방문을 노크했고, 이어서 들어오라는
소리가 들렸다. 그는 나를 반갑게 맞이하고는 그의 책상
앞에 있는 의자에 앉으라고 권했다. 그는 셔츠만 걸친 채
의자에 앉아 있었다. 그의 법관복은 의자의 등받이와 팔걸
이 부분에 걸려 있었다. 입고 있다가 벗어놓은 게 분명했
다. 그는 긴장이 풀린 듯이 보였다. 하루의 일과를 성공적
으로 마치고서 흐뭇해하는 사람의 표정이었다. 재판을 할
때 자신을 감추려고 짓던 화난 듯한 표정이라고는 찾아볼
수 없는, 친절하고 지적이며 전혀 무해한 공무원의 얼굴을
하고 있었다. 그는 내게 이것저것 물으면서 주저 없이 잡
담을 시작했다. 우리 세미나 그룹은 이번 재판에 대해 어
떻게 생각하느냐, 우리의 담당 교수는 이번에 작성된 의사
록을 가지고 무엇을 할 것이냐, 우리는 몇 학기 학생들이
냐, 나는 몇 학기 학생이냐, 왜 법학을 공부하느냐 그리고

시험은 언제 칠 것이냐, 시험을 절대 너무 늦게 치르지 않도록 해야 한다 등등.

나는 그의 모든 질문에 대답했다. 그러고 나자 그는 내게 자신이 경험한 공부 이야기와 시험 이야기를 들려주었고, 나는 그의 말에 귀를 기울였다. 그는 모든 일을 제대로 해냈다. 제때에 성공적으로 강의와 세미나를 마쳤으며, 마지막으로 졸업시험에 합격했다. 그는 법률가이자 판사인 자신의 신분에 지극히 만족하며, 지금까지 자신이 한 일을 모두 다시 한 번 해야 한다고 해도 전과 똑같이 할 것이라고 말했다.

창문이 열려 있었다. 주차장에서 자동차 문이 쾅 닫히고 시동 거는 소리가 들려왔다. 나는 그 자동차 소리를 뒤좇았다. 그 소리는 이윽고 번잡한 도로의 소음에 의해 삼켜지고 말았다. 그러고 나자 텅 빈 주차장에서 아이들이 놀면서 질러대는 시끄러운 소리들이 들려왔다. 가끔 말소리가 한마디씩 뚜렷이 들려왔다. 이름, 욕설, 누군가를 부르는 소리.

재판장은 자리에서 일어나 나와 작별 인사를 했다. 그는 내게 의문 나는 게 있으면 아무 때나 찾아와도 좋으며, 공부와 관련해서 묻고 싶은 게 있어도 마찬가지이며, 그리고 우리 세미나 그룹이 이번 재판을 어떻게 활용하고 평가하는지 알려주었으면 좋겠다고 말했다.

나는 텅 빈 주차장을 가로질러 걸었다. 제법 나이가 있어

보이는 한 아이에게 기차역으로 가는 길을 물어보았다. 나를 법원까지 태워다주었던 일행은 재판이 끝나자 곧장 돌아갔기 때문에 기차를 이용하는 수밖에 없었다. 퇴근 시간의 완행열차여서 기차는 역마다 섰고, 사람들이 차에 오르고 내렸으며, 나는 계속해서 바뀌는 승객들과 그들의 대화와 냄새에 둘러싸인 채 창가에 앉아 있었다. 차창 밖으로는 건물들과 도로들, 자동차들, 나무들 그리고 멀리 산들, 성들, 채석장들이 지나갔다. 나는 그 모든 것을 바라보면서도 아무런 감정도 느끼지 않았다. 나는 한나에 의해 버림을 받고, 속임을 당하고 그리고 이용당했다는 사실로 인해 더 이상 마음이 흔들리지 않았다. 이제 나는 더 이상 그녀의 일에 간섭할 필요를 느끼지 못했다. 재판 내내 끔찍한 일을 접할 때마다 따라다녔던 그 마비 증세가 지난 이삼주 동안 겪은 느낌과 생각들 위로 덮쳐오는 것을 느꼈다. 이것에 대해 내가 기뻐했다고 말하면 지나친 말이 될지도 모른다. 그러나 나는 그것이 옳다고 느꼈다. 그것은 내가 일상으로 돌아가 그 일상 속에서 계속해 살 수 있도록 해주었다.

17

6월 말에 판결이 내려졌다. 한나는 종신형을 선고받았다. 다른 피고인들은 한시적인 금고형을 선고받았다.

법정은 처음 재판이 시작되었을 때와 마찬가지로 만원이었다. 법원 관계자들, 우리 대학과 현지 대학의 학생들, 어느 고등학교의 한 반 학생들, 내외신 기자들 그리고 늘 법정에 나와 있는 사람들. 장내는 매우 소란스러웠다. 피고인들이 법정 안으로 들어설 때에도 처음엔 아무도 그들에게 주의를 기울이지 않았다. 그러나 이윽고 방청객들은 조용해졌다. 가장 먼저 말을 멈춘 사람들은 법정의 앞쪽 피고인들 가까운 곳에 앉아 있던 사람들이었다. 그들은 옆 사람을 쿡쿡 찌르면서 그들 뒤쪽에 앉은 사람들에게 몸을 돌렸다. "저기 좀 봐요." 그들은 그렇게 속삭였고, 그쪽을 본 사람들 역시 떠들던 입을 다물고는 그들 뒤쪽에 앉은 사람들을 향해 "저기 좀 봐요"라고 속삭였다. 그리하여 법정 안은 마침내 아주 조용해졌다.

한나가 자신의 옷차림에 대해 알고 있었는지, 아니면 일부러 그런 차림을 했는지 나는 지금도 알지 못한다. 그녀는 검은색 정장에 흰 블라우스를 입고 있었는데, 정장의 모양새와 블라우스에 맨 넥타이는 마치 제복을 입고 있는 것처럼 보이게 했다. 나는 친위대를 위해 일했던 여자들의 제복을 한 번도 본 적이 없다. 하지만 나뿐만 아니라 모든 방청객들은 바로 그 제복을, 그리고 그 제복을 입고 친위대를 위해서 일했던 여자를, 그리고 기소된 내용의 모든 것을 행한 여자를 눈앞에 보고 있다고 생각했다.

방청객들은 다시 수군대기 시작했다. 많은 사람들이 귀에 들릴 정도로 격분했다. 그들은 한나가 법정과 판결을 그리고 판결을 들으러 법정을 찾은 그들 자신을 조롱하고 있다고 느꼈다. 그들은 목소리를 더욱 높였고, 그들 중 몇몇은 한나를 향해 그녀에 대한 그들의 생각을 큰 소리로 외쳐댔다. 판사들이 법정 안으로 들어오고, 재판장이 한나를 약간 화난 듯한 눈길로 쳐다본 후 판결을 내릴 때까지. 한나는 꼿꼿한 자세로 미동도 없이 선 채 판결을 들었다. 판사가 판결 이유문을 읽을 때, 그녀는 자리에 앉았다. 나는 그녀의 머리와 목덜미에서 시선을 떼지 않았다.

판결 이유문의 낭독은 몇 시간 동안 계속되었다. 재판이 끝나고 피고인들이 끌려 나갈 때, 나는 혹시 한나가 나를 처다보지 않을까 기다렸다. 나는 내가 늘 앉던 자리에 앉아 있었다. 그러나 그녀는 모든 것을 꿰뚫을 듯이 앞만 바라보았다. 그것은 거만하고, 상처받고, 길 잃은, 한없이 피곤한 시선이었다. 그것은 아무도 그리고 아무것도 보지 않으려는 시선이었다.

3부

Bernhard
Schlink
Der Vorleser

1

나는 재판이 끝난 뒤 여름 내내 대학 도서관의 열람실에 파
묻혀 살았다. 열람실 문이 열리는 시간이면 나갔다가 열람
실 문이 닫힐 때에야 돌아왔다. 주말에는 집에서 공부했
다. 다른 것에는 전혀 신경을 쓰지 않고 마치 신들린 듯 공
부만 했기 때문에 재판으로 인해 마비된 나의 감정과 생각
들은 여전히 마취 상태에 있었다. 나는 사람들과의 접촉을
일절 피했다. 나는 집에서 나와 방을 하나 세 들었다. 열람
실이나 내가 가끔 가는 영화관에서 이따금 아는 사람들이
말을 걸어 와도 나는 전혀 상대하지 않았다.

거울 학기 동안에도 나의 생활 방식에는 거의 변화가 없
었다. 그럼에도 나는 다른 몇 명의 학생들로부터 성탄절
연휴 동안 스키를 타러 가지 않겠느냐는 제안을 받았다.
놀랍게도 나는 그 제안에 응했다.

나는 원래 스키를 잘 타지 못했다. 그러나 나는 적극적으로 스키를 탔으며 스키를 잘 타는 동료들과 보조를 맞추면서 빨리 달렸다. 가끔은 넘어지는 것과 다리 부러지는 것을 각오하고 내 능력을 넘어서는 활강 코스를 내리달았다. 의식적으로 그렇게 했다. 나는 다른 모험에도 도전하여 끝내 그것을 해냈지만, 위험하다고는 전혀 느끼지 못했다.

나는 전혀 추위를 느끼지 않았다. 다른 학생들은 스웨터와 점퍼를 입고 스키를 탔지만, 나는 셔츠 바람으로 탔다. 그들은 그런 나를 보고 머리를 설레설레 흔들면서 왜 그러는 거냐고 놀려댔다. 그러나 그들의 걱정스러운 경고 역시 심각하게 받아들이지 않았다. 나는 그 당시만큼은 추위를 느끼지 않았다. 기침이 나기 시작했을 때는 그것을 오스트리아산 담배 탓으로 돌렸다. 열이 나기 시작하자 나는 그 상태를 즐겼다. 나는 허약했으며 또 몸무게도 많이 빠져 있었다. 그리고 나의 모든 감각은 기분 좋게 몽롱하면서 솜처럼 푹신푹신했다. 나는 공중에 떠 있는 것 같았다.

그러다가 나는 고열에 시달리기 시작했고 급기야 병원으로 옮겨졌다. 퇴원하고 나자 나의 모든 마취 상태는 사라졌다. 재판이 진행되는 동안에 생겨났다가 금방 마취 상태에 빠졌던 모든 의문들과 불안들, 비난들과 자책들, 모든 경악과 모든 고통들이 다시 돌아와 그 자리에 그대로 있었다. 추위를 타는 것이 당연한데도 추위를 타지 않을 때 의사들이 이 상태에 대해 어떤 진단을 내리는지 나는 모른다. 나 자신의 진단으로는 내 몸 전체가 마취 상태에 빠져 있었기 때문인 것 같다. 그러다가 마취 기운이 몸에서 빠져나가면서 그 상태에서 벗어날 수 있게 된 것 같다.

내가 공부를 마치고 사법관 시보 근무를 시작하던 그해 여름에 학생운동이 일어났다. 나는 역사학과 사회학에 관심이 있었으며 사법관 시보 일을 하면서도 무슨 일이 일어나고 있는지 알아보기 위해 대학에 자주 드나들었다. 그러나 무슨 일이 벌어지는지 알아보는 것이 꼭 그 일에 동참하는 것을 의미하지는 않았다. 대학과 대학 개혁은 베트콩이나 미국과 마찬가지로 내겐 관심의 대상이 아니었다. 학생운동의 세 번째이자 본질적인 테마인 나치 과거와의 대결에 대해서도 나는 다른 학생들과 많은 거리감을 느꼈기 때문에 그들의 선동 및 시위 대열에 동참할 생각은 없었다.

나는 지금도 가끔 나치 과거와의 대결은 이들 학생운동의 근본적인 동기가 아니었으며 학생운동의 기본적인 추진력을 형성한 세대 간의 갈등의 한 표현에 지나지 않았다고 생각한다. 모든 세대에게 중압감만을 줄 뿐인 부모들의 기대는 이 부모들이 제3제국 치하에서 또는 늦어도 제3제국이 망하고 난 뒤에 그들이 마땅히 해야 할 일을 하지 않았다는 사실 때문에 그 정당성을 잃고 말았다. 나치 범죄를 저질렀거나 수수방관했거나 그로부터 눈을 돌렸거나 1945년 이후 그 범죄자들이 자신들과 함께 사는 것을 묵인해주었거나 심지어 그것을 수용한 사람들이 어떻게 그들의 아이들에게 무슨 말을 할 수 있겠는가. 그러나 다른 한편으로 나치 과거는 자신들의 부모들에 대해 아무런 비난거리도 없거나 비난하기를 원치 않은 젊은이들에게도 하나의 테마였다. 이들에게 나치 과거와의 대결은 세대 간의 갈등의 모습을 띠지 않았으며 그 자체로서 하나의 문제였다.

연대책임이라는 것이 도덕적으로 그리고 법률적으로 타당성을 인정받든 인정받지 못하든 간에, 우리 학생 세대들에게 그것은 하나의 경험적 현실이었다. 이러한 연대책임은 제3제국 당시에 일어났던 일에만 적용되지 않았다. 유대인들의 묘석에 철십자 훈장을 그려 넣은 사실, 그토록 많은 수의 옛 나치주의자들이 법원과 행정부 그리고 대학에서 출세를 한 사실, 독일연방공화국이 오랫동안 이스라엘을 국가로 인정하지 않은 사실, 전통적으로 망명과 저항이 순응하는 삶보다 덜 전승되었다는 사실, 이 모든 사실은 비록 우리가 손가락으로 죄를 저지른 당사자들을 가리킬 수 있다고 해도 우리 가슴속을 수치심으로 가득 채웠다. 죄를 지은 사람들을 손가락으로 가리킨다고 해서 우리가 수치심으로부터 벗어날 수는 없었다. 그렇지만 우리는 손가락질을 함으로써 적어도 수치심으로 인한 고통을 극복할 수 있었다. 손가락질은 수치심의 수동적인 고통을 에너지와 행동과 공격 심리로 전환해주었다. 그리고 죄를 저지른 우리의 부모들과의 대결에는 엄청난 에너지가 소모

되었다.

나는 그 누구에게도 손가락질을 할 수 없었다. 나의 부모는 더더욱 아니었다. 왜냐하면 나의 부모는 비난받을 것이 아무것도 없었기 때문이다. 내가 강제수용소 세미나에 참석할 당시 나의 아버지에게도 수치심이라는 유죄를 선고하면서 모든 것을 들추어내려던 열정은 이미 내게서 사라지고 없었다. 오히려 그것을 생각하면 나는 당혹스러웠다. 그러나 나의 주변 사람들이 저질렀고 또 그로 인해 비난을 받은 행동들은 한나가 저지른 행동에 비하면 훨씬 덜 나쁜 것이었다. 그러므로 나는 사실 한나에게 손가락질을 해야 했다. 그러나 한나에게 한 손가락질은 다시 내게로 돌아왔다. 나는 그녀를 사랑했던 것이다. 나는 그녀를 사랑했을 뿐만 아니라 그녀를 선택했다. 나는 스스로에게 내가 그녀를 선택할 당시에는 그녀가 과거에 무슨 일을 했는지 전혀 몰랐다고 말하려고 해보았다. 나는 그렇게 해서 아이들이 자신들의 부모를 사랑할 때의 그 순진무구한 상태 속으로 나를 위치시켜보려고 하였다. 그러나 부모에 대한 사랑은 우리가 책임을 지지 않아도 되는 유일한 사랑이다.

그리고 어쩌면 우리는 우리의 부모에게 느끼는 사랑에 대해서도 책임을 져야 할지도 모른다. 당시에 나는 자신들의 부모뿐만 아니라 범행을 저지르고 또 범행을 수수방관하고 외면하고 묵인하고 수용한 모든 세대로부터 자신들을 분리시켜 수치심 자체는 아니더라도 적어도 수치심으로 인한 고통을 극복한 다른 학생들을 부러워했었다. 하지만 내가 이들 학생들에게서 자주 발견했던 그 의기양양한 독선은 어디에서 온 것인가? 어떻게 사람이 죄의식과 수치심을 느끼면서 동시에 그렇게 독선을 과시할 수 있는가? 부모로부터의 그러한 분리는, 부모에 대한 사랑으로 인해 결국 부모가 저지른 죄 속으로 어쩔 수 없이 연루될 수밖에 없다는 사실을 감추기 위한 단순한 수사요 잡음이요 소음에 지나지 않았던가?

이러한 생각들은 나중에 떠오른 것들이다. 이런 생각들은 나중에도 아무런 위안을 주지 못했다. 한나에 대한 사랑 때문에 겪은 나의 고통이 어느 면에서는 나의 세대의 운명이고 독일의 운명이라는 사실, 그리고 그 때문에 나는 다른 사람들보다 그 운명에서 더욱 빠져나오기 힘들고 또한 다른 사람들보다 슬쩍 넘어가기도 힘든 것이라는 사실이 어떻게 위안이 될 수 있는가? 그럼에도 불구하고 만약에 내가 당시에 나의 세대에 대해서 공속감을 느낄 수 있었다면, 내게 훨씬 좋았을지도 모른다.

216

2

나는 사법관 시보로 일할 때 결혼했다. 게르트루트와 나는 스키장에서 알게 되었다. 다른 학생들은 휴가가 끝나 다 돌아갔지만, 그녀는 내가 병원에서 퇴원할 때까지 그곳에 남아 있다가 나를 집까지 데려다주었다. 그녀 역시 법학도였다. 우리는 함께 공부했고 또 국가고시에도 함께 합격하였으며 동시에 사법관 시보가 되었다. 우리는 게르트루트가 배 속에 아이를 가졌을 때 결혼식을 올렸다.

나는 그녀에게 한나에 대한 이야기는 한마디도 하지 않았다. 나는 그 자신이 성취의 주인공이 아닌 상황에서 상대방의 옛사랑 이야기를 누가 듣고 싶어 하겠느냐고 생각했다. 게르트루트는 영리하고 유능하고 성실했다. 그렇기 때문에 만약에 우리 두 사람의 삶이 많은 하인들과 하녀들 그리고 많은 아이들을 거느리고 서로 생각할 시간도 없이 바쁘게 일하면서 꾸려나가야 하는 농가에서의 삶이었다면, 우리의 삶은 성취와 성공을 일구어냈을 것이다. 하지만 우리의 삶은 시외의 한 신축 건물의 방 세 개짜리 아파트와 우리의 딸 율리아와 사법관 시보인 게르트루트와 나의 일이 전부였다. 나는 게르트루트와 함께 지내는 것과 예전에 한나와 함께 지내던 것을 비교하는 일을 도무지 그만둘 수가 없었다. 그리고 나는 게르트루트와 포옹할 때마다 이게 아닌데 하는 느낌을 받았다. 그녀의 손길이나 감촉, 그녀의 냄새와 그녀의 맛, 그것은 내가 찾던 것이 아니었다. 나는 그런 것도 시간이 지나면 극복될 수 있으리라고 생각했다. 나는 그런 것이 사라지기를 바랐다. 나는 한나에게서 벗어나고 싶었다. 그러나 이게 아닌데 하는 느낌은 결코 사라지지 않았다.

율리아가 다섯 살 나던 해에 우리는 이혼했다. 우리 두 사람은 결혼 생활을 더 이상 계속할 수 없었다. 우리는 아픔을 느끼지 않고 헤어졌으며 서로 존중하는 관계로 남았다. 율리아가 그렇게도 간절히 소망하던 가정의 포근함을 우리가 거부했다는 사실이 나를 괴롭혔다. 게르트루트와 내가 서로에게 마음을 열고 서로를 사랑으로 감쌀 때면, 율리아는 그 안에서 한 마리 물고기처럼 헤엄을 쳤다. 율리아는 마치 자기의 원래 고향에 와 있는 것 같았다. 우리 사이의 갈등을 눈치챌 때면, 그 아이는 두 사람 사이를 오가면서 우리 둘은 서로 사랑하며 또 자기도 우리를 사랑한다고 확신시켜주었다. 율리아는 남동생이 하나 있었으면 좋겠다고 말했다. 여동생이라도 몇 명 더 있었으면 그 아이는 행복해했을 것이다. 율리아는 오랫동안 이혼이 무엇인지 몰랐다. 그래서 내가 율리아를 찾아가면 그 아이는 내가 계속 머물러 있기를 바랐고, 그 아이가 나를 찾아올 때면 게르트루트에게도 함께 가자고 졸랐다. 내가 율리아에게 들렀다가 나올 때 창문에 서서 나를 바라보는 그 아이의 모습을 볼 때면, 그 아이의 슬픈 눈길을 느끼면서 자동차에 오를 때면, 나의 가슴은 찢어지는 것 같았다. 그리고 그때마다 나는 우리가 그 아이의 소망뿐만이 아니라 소망할 권리마저도 거부했다는 느낌을 받곤 했다. 우리는 이혼을 함으로써 그 아이의 권리를 앗아버린 것이다. 그리고 우리가 합의해서 이혼을 했다는 사실이 그 죄책감을 반분시키지는 못했다.

나는 그 이후의 관계들을 좀 더 잘 맺어보려고 노력했다. 나는 스스로에게 우리의 관계가 제대로 이루어지려면 여자는 약간은 한나 같은 손길과 감촉을, 약간은 한나와 같은 향내와 맛을 가져야 한다고 고백했다. 그래서 나는 여자들에게 한나에 대해서 이야기해주었다. 나는 또 이 다른 여자들에게는 게르트루트에게 했던 것보다 더 많이 나에 대한 이야기를 해주었다. 그러면 그들은 좀 의아하게 보일수도 있는 나의 행동과 기분을 이해하려고 노력해야 했다. 하지만 여자들은 내 이야기를 그렇게 많이 들으려 하지 않왔다. 나는 헬렌이라는 여자를 기억한다. 그녀는 미국의 문예학자였다. 그녀는 내가 이야기를 하는 동안 말없이 나의 등을 달래듯이 쓰다듬어주었고, 내가 이야기를 멈추었을 때에도 마찬가지로 말없이 계속해서 쓰다듬었다. 정신분석학자인 게지나는 내가 어머니와의 관계를 다시 정립해야 한다고 말했다. 그녀는 내게 내 이야기들 속에는 어머니에 대한 이야기가 거의 등장하지 않는다는 사실을 간파하지 못했느냐고 물었다. 치과의사인 힐케는 만나기로 약속해놓고서도 자꾸만 시간을 물어왔고 내가 한 이야기는 무엇이든 다 잊어먹었다. 그래서 나는 이야기하는 일을 다시 포기했다. 우리가 말하는 것이 진실인가 아닌가 여부는 우리의 행동에 달려 있기 때문에 굳이 말로 표현할 필요는 없는 것이다.

3

내가 두 번째 국가고시를 치르던 기간에 강제수용소 세미나를 주관했던 그 교수가 세상을 떴다. 게르트루트가 신문을 보다가 부고를 발견했다. 장례식은 베르크프리트호프 묘지에서 있을 예정이었다. 그녀는 내게 장례식에 가지 않느냐고 물었다.

나는 가고 싶지 않았다. 장례식 날짜는 목요일 오후였다. 게다가 목요일과 금요일 오전에 나는 필답고사를 치러야 했다. 또한 그 교수와 나는 그렇게 특별히 가까운 사이도 아니었다. 그리고 나는 장례식장에 가는 것을 싫어했다. 나는 그 재판에 대한 기억을 되살리고 싶지도 않았다.

그러나 그러기에는 이미 너무 늦었다. 기억은 이미 깨어났으며, 목요일에 필답고사를 마치고 나왔을 때, 나는 늦어서는 안 될 과거와의 약속이 있는 것 같은 느낌을 받았다.

나는 평소에 하지 않던 행동을 했다. 전차를 타고 출발한 것이다. 이미 그것 자체가 과거와의 만남이었다. 그것은 옛날에 잘 알던, 하지만 이제는 얼굴 모습이 바뀐 장소로 돌아가는 것과 같았다. 한나가 차장으로 일하던 당시에는 전차에 두세 개의 객차가 딸려 있었고 각 객차의 앞쪽과 뒤쪽에 승강대가 있었으며 승강대에는 발판이 붙어 있어서 전차가 이미 출발한 상태에서도 사람들이 뛰어오르거나 뛰어내리기도 했으며 차장이 운전사에게 전차의 출발을 알릴 때 쓰는 줄이 전차 안에 길게 연결되어 있었다. 여름에는 전차들이 승강대를 열어놓은 상태로 달렸다. 차장은 차표를 팔고, 차표에 구멍을 내서 검표를 하였으며, 정거장 이름을 외쳐댔고, 출발 신호를 했으며, 승강대 쪽으로 몰려드는 아이들을 주시해야 했고, 뛰어오르거나 뛰어내리는 승객들에게 욕설을 했으며, 차가 만원이면 더 이상 승차를 시키지 말아야 했다. 차장들 중에는 유쾌한 사람, 재치 있는 사람, 진지한 사람, 퉁명스러운 사람, 거친 사람 등 여러 종류가 있었다. 그리고 또한 차장의 성격이나 기분에 따라 객차의 분위기도 많이 달라졌다. 슈베칭엔행 전차를 타고서 한나를 놀래주려던 계획이 실패로 돌아간 후 내가 차장 일을 하고 있는 한나를 적절한 기회에 직접 보고 체험할 생각을 포기한 것은 정말 어리석은 짓이었다.

나는 차장이 없는 전차를 타고서 베르크프리트호프 묘지로 갔다. 차가운 가을날이었고 하늘에 구름은 없었으나 약간 흐렸고 태양은 노란 빛이어서 열기가 없었고 그 때문에 고통을 느끼지 않고서 태양을 직접 눈으로 바라볼 수 있었다. 나는 장례식이 거행되고 있는 무덤을 찾기까지 한동안 헤매야 했다. 나는 키가 크고 앙상한 나무들 아래쪽 오래된 비석들 사이를 누볐다. 가끔 공동묘지 관리인이나, 물뿌리개와 전정가위를 손에 든 노파와 마주쳤다. 사위는 아주 고요했다. 그리고 내 귀에는 벌써 멀리서 찬송가 소리가 들려왔다. 그 교수의 무덤 앞에서 부르는 찬송가 소리였다.

나는 좀 떨어진 곳에 서서 그 얼마 안 되는 조문객들을 훑어보았다. 그들 중 몇몇은 괴짜나 기인임이 분명했다. 그 교수의 생애와 업적에 대한 조사弔詞 속에는 그 역시 사회의 구속을 싫어하였으며 그러는 가운데 사회와의 접촉을 상실하여 결국 혼자 사는 신세가 되었고 그리하여 괴짜 인물이 되었다는 암시가 있었다.

그곳에서 나는 강제수용소 세미나를 같이 들었던 한 친구를 만났다. 그는 나보다 일찍 국가고시를 치르고 처음에는 변호사 일을 하다가 이제는 술집을 운영하고 있었다. 그는 기장이 긴 붉은 코트를 입고 있었다. 그는 모든 장례식 절차가 끝나 공동묘지 입구 쪽으로 돌아가는 길에 내게 말을 걸어왔다. "우리 옛날에 같이 세미나 들은 적 있지? 기억하지 못하나?"

"물론 기억하지." 우리는 악수를 나누었다.

"나는 항상 수요일에 법원에 갔는데, 가끔 자네를 자동차로 태워다주었지." 그가 웃었다. "자네는 매일 갔지. 매일 그리고 매주 말이야. 왜 그랬는지, 이젠 말해줄 수 있겠나?" 그는 나를 쳐다보았다. 선량하면서도 무언가를 숨긴 듯한 눈빛으로. 나는 당시 세미나 시간에도 이미 이 눈빛이 나의 눈에 띄었던 것을 기억했다.

"그 재판이 특히 재미있어서 그랬어."

"그 재판이 특히 재미있었다고?" 그는 다시 웃었다. "그 재판이 그랬다는 거야, 아니면 자네가 눈길을 떼지 못했던 그 여자 피고인이 그랬다는 거야? 상당히 그럴듯해 보이던 그 여자 말이야. 우리 모두는 그 여자와 자네 사이에 무슨 일이 있는 건지 무척 궁금해했지. 하지만 그 누구도 자네한테 직접 물어볼 엄두를 내지 못했어. 우리는 그 당시에 무서울 정도로 민감했고 또 신중했거든. 자네 기억하나……." 그는 그 세미나에 참석했던 어느 학생 이야기를 꺼냈다. 그 학생은 더듬거리는, 아니 속삭이는 어투로 지겹게도 길고 멍청한 이야기를 늘어놓았는데, 우리는 그의 말이 황금이라도 되는 것처럼 귀를 기울여 들었다. 그는 또 그 밖의 다른 학생들 이야기도 꺼내서 당시에 그들이 어땠는지 그리고 지금은 무엇을 하고 있는지 떠들어댔다. 그는 이야기하고 또 이야기했다. 그러나 나는 그가 결국에 가서는 다시 한 번 이렇게 물을 것임을 알고 있었다. "그건 그렇고, 자네하고 그 여자 피고인하고는 어떤 관계였지?"

그런데 나는 무슨 대답을 해야 할지, 어떻게 부인하고 어떻게 자백하고 어떻게 회피해야 할지 몰랐다.

그러던 중 우리는 공동묘지의 입구에 이르렀고, 그는 정말로 그 질문을 던졌다. 정거장에는 때마침 전차가 출발하고 있었다. 나는 "안녕"이라고 소리치고는 마치 승강대 발판 위로 뛰어오르기라도 할 것처럼 힘껏 달렸다. 나는 전차와 나란히 달리면서 손바닥으로 문을 탁탁 두드렸다. 그때 전혀 생각지도 않았고 또 전혀 기대하지도 않았던 일이 벌어졌다. 전차가 다시 한 번 정차했고, 문이 열렸고, 그리고 나는 올라탔다.

4

사법관 시보 기간이 끝나자 나는 법과 관계된 직업 가운데 어느 한 가지 일을 택해야 했다. 나는 약간의 시간적 여유를 갖기로 했다. 곧바로 판사 일을 시작한 게르트루트는 정신없이 바빴다. 우리는 내가 집에 있으면서 율리아를 돌볼 수 있어 다행이라고 생각했다. 그러나 일단 게르트루트가 초반의 모든 어려움들을 이겨내고 율리아도 유치원에 다니게 되자 나는 결정을 내리지 않을 수 없었다.

결정을 내리는 일은 힘들었다. 나는 한나의 재판 때 직접 본 법률가들의 역할 중 그 어느 것도 나한테 맞지 않는다고 생각했다. 기소하는 일은 변호하는 일과 마찬가지로 엄청난 단순화처럼 여겨졌다. 그리고 판결을 내리는 일은 이 모든 것 중에서 가장 지독한 단순화였다. 그렇다고 행정 관리 쪽 일도 그렇게 썩 마음이 내키지 않았다. 내가 사법관 시보로 군청에서 일할 때 그곳의 방들과 복도와 냄새 그리고 공무원들에 대해서 받은 느낌은 잿빛과 삭막함과 황량함이 전부였다.

그렇기 때문에 법과 관련된 직업을 택한다는 것은 더 이상 생각할 여지가 없었다. 만약에 법제사를 전공하는 한 교수가 내게 함께 일해보자는 제안을 해 오지 않았더라면 나는 무슨 일을 했을지 모르겠다. 게르트루트는 그것은 도피라고, 생의 도전과 책임으로부터의 도피라고 말했다. 그녀의 말이 맞았다. 나는 도피했으며 도피할 수 있어서 다행이었다. 그 일을 영원히 하려는 것은 아니라고 그녀와 나 스스로에게 말했다. 나는 아직 젊기 때문에 법제사 연구 일을 몇 년 정도 하고 나서도 나중에 가서 얼마든지 탄탄한 법률가 직업을 잡을 수 있다고 말했다. 그러나 그것은 '영원히'가 되었다. 첫 번째 도피 다음엔 두 번째 도피가 이어졌다. 나는 대학에서 한 연구소로 직장을 옮겼으며, 그곳에서 나의 관심사인 법제사 연구를 계속할 수 있고 누구의 도움도 필요 없고 다른 누구에게도 방해가 되지 않는 안락한 장소를 구했고 또 발견했다.

이제 도피는 멀리 다른 곳으로 도망치는 것만을 의미하지 않았으며 그 어디엔가 안착한다는 의미도 갖게 되었다. 그리고 내가 법제사 연구학자로서 도착한 과거는 현재만큼이나 생동감에 차 있었다. 또 바깥에 있는 사람이 생각하듯이 법제사 연구학자는 실제로는 현재의 삶에 참여하면서 과거의 삶의 모습을 그저 관찰하는 것에 지나지 않는 다는 생각은 잘못된 것이다. 역사를 연구한다는 것은 과거와 현재 사이에 다리를 놓고 양쪽 강가를 모두 관찰하고 그리고 양쪽에 다 관여하는 것을 의미한다. 내가 연구하는 분야 중의 하나는 제3제국의 법률이었는데, 여기에서는 과거와 현재가 하나의 삶의 현실로 합치되는 모습이 특히 눈에 두드러졌다. 여기서 도피는 과거에 종사하는 것이 아니라, 우리의 모습을 각인시켜주고 또 우리가 더불어 살아갈 수밖에 없는 과거의 유산에 대해서 잘 모르고 있는 현재와 미래를 위한 결연한 정신 집중을 의미한다.

그렇다고 해서 내가 현재를 위해 의미가 별로 크지 않은 과거 속으로 침잠하면서 느꼈던 만족감을 감추려 하는 것은 아니다. 나는 그런 만족감을 계몽주의 시대의 법전들과 법 초안들에 대한 작업을 하면서 처음으로 느꼈다. 그 법률들은, 이 세상에는 하나의 훌륭한 질서가 내재되어 있으며 그렇기 때문에 이 세상을 하나의 훌륭한 질서 속에 위치시킬 수 있다는 믿음에 기반하고 있었다. 이러한 믿음을 바탕으로 훌륭한 질서의 엄숙한 감시자로서 하나씩 하나씩 법조항을 만들고 또 이것들을 그 자체로서 아름답고 또 그 아름다움으로 진리를 증거하는 법률들 속에 첨가하는 것을 보는 것은 너무나 행복한 일이었다. 나는 오랫동안 법률의 역사에는 진보가, 즉 가끔씩의 엄청난 퇴보와 후퇴에도 불구하고 더 많은 아름다움과 진리, 합리성과 인간성을 향한 발전이 있다고 믿었다. 이러한 믿음이 망상에 지나지 않는다는 것을 확연하게 느낀 후로 나는 법률의 역사가 취하는, 지금까지 생각했던 것과는 다른 행보 형태를 떠올리기 시작했다. 물론 여기서도 법률 역사의 행보는 뚜렷이 목표점을 의식하고 있다. 그러나 수많은 충격과 혼란 그리고 미혹 끝에 도달하는 곳은 원래 출발했던 그 장소이다. 법률의 역사는 그곳에 도착하자마자 다시 출발해야 하는 것이다.

나는 당시에 《오디세이아》를 다시 읽었다. 나는 《오디세이아》를 학교 다닐 때 처음으로 읽었으며 그것을 하나의 귀향 이야기로 기억하고 있었다. 그러나 그것은 귀향을 다룬 이야기가 아니다. 인간은 똑같은 강물에 결코 발을 두 번 담글 수 없다는 사실을 알고 있는 그리스인들이 귀향을 믿겠는가. 오디세우스는 머물기 위해서가 아니라 다시 출발하기 위해서 귀향하는 것이다. 《오디세이아》는 목표점이 확실하면서도 목표점이 없는, 성공적이면서도 헛된 운동의 이야기이다. 법률의 역사 또한 이와 다를 것이 무엇이 있겠는가!

5

나는 《오디세이아》를 읽기 시작했다. 나는 그 책을 게르트
루트와 헤어진 후에 읽었다. 그 당시 나는 밤마다 잠을 몇
시간밖에 자지 못했다. 나는 깨어 있는 채로 누워 있곤 했
다. 그래서 불을 켜고 책을 손에 잡으면 눈이 저절로 감겼
지만, 책을 치우고 불을 끄면 다시 정신이 말짱해졌다. 그
래서 나는 큰 소리로 책을 읽기 시작했다. 그렇게 하면 눈
이 감기지 않았다. 그리고 나의 결혼과 나의 딸 그리고 나
의 인생에 대한 기억과 꿈으로 점철된 분위기 속에서 반쯤
깬 상태로 갈피를 잡지 못하고 고통스럽게 자꾸만 생각 속
에 빠지다보면 나중에 남는 것은 늘 한나의 모습이었기 때
문에 나는 한나를 위해서 책을 읽기 시작했다. 나는 한나
를 위해 카세트테이프에 녹음을 하면서 읽었다.

　내가 그 카세트테이프들을 그녀에게 발송하기까지는 몇

달이 걸렸다. 처음에 나는 《오디세이아》를 일부만 보내고 싶지 않아서 전체를 다 녹음할 때까지 기다렸다. 그러나 녹음을 다 하고 났을 때 한나가 《오디세이아》를 재미있어할까 하는 의구심이 들었다. 그래서 나는 《오디세이아》 다음에 읽은 슈니츨러와 체호프의 단편들도 녹음했다. 한나에게 판결을 내린 법원에 전화를 걸어 그녀가 어디서 형을 살고 있는지 알아내는 일은 일단 뒤로 미루어놓았다. 마침내 나는 한나의 교도소 주소 — 그 교도소는 한나에 대한 재판과 판결이 있었던 도시에서 멀지 않은 곳에 있었다 — 와 카세트 녹음기 한 대 그리고 체호프에서 슈니츨러와 호메로스에 이르기까지 일련번호를 기입한 카세트테이프 등 모든 것을 갖추게 되었다. 그리하여 나는 마침내 카세트 녹음기와 카세트테이프들이 들어 있는 소포를 발송했다.

최근에 나는 내가 몇 년 동안 한나를 위해서 녹음한 테이프들의 제목을 기입한 노트를 발견했다. 처음 열두 개의 제목들은 한꺼번에 기입되었음이 분명했다. 처음에는 마구 읽기만 하다가 나중에 가서 비로소 내가 무엇을 읽었는지 메모해두지 않으면 무엇을 읽고 무엇을 안 읽었는지 기억하지 못하게 된다는 사실을 깨달은 것 같다. 일련의 제목 옆에는 어떤 곳에는 날짜가 적혀 있기도 했고 어떤 곳에는 날짜가 적혀 있지 않기도 했다. 그러나 날짜가 없어도 나는 내가 한나에게 첫 번째 소포는 그녀가 형을 산 지 8년째 되던 해에 그리고 마지막 소포는 18년째 되던 해에 부쳤다는 사실을 잘 알고 있다. 왜냐하면 18년째 되던 해에 그녀의 사면원이 받아들여졌기 때문이다.

대체로 나는 그때그때 내가 읽고 싶은 것을 한나를 위해 낭독했다. 《오디세이아》를 읽을 때 처음엔 큰 소리로 녹음하는 것이 나 혼자서 조용히 읽을 때만큼 집중이 잘 되지 않았다. 그러나 그것도 시간이 흐르면서 바뀌었다. 물론 소리를 내서 읽는 것의 단점인 시간이 많이 걸린다는 사실은 어쩔 수 없었다. 그러나 그 대신 소리를 내서 읽은 책들의 내용은 기억이 훨씬 오래갔다. 지금도 나는 그것들 중 많은 부분을 아주 뚜렷이 기억할 수 있다.

나는 또한 내가 예전부터 알고 있었고 또 좋아하는 작품들을 낭독했다. 그렇게 해서 한나는 켈러와 폰타네, 그리고 하이네와 뫼리케의 작품을 많이 듣게 되었다. 나는 오랫동안 시를 낭독할 엄두는 내지 못했다. 그러나 나중에 해보니 그것도 굉장히 재미가 있었다. 그리고 나는 낭독한 시들을 모조리 다 외워버렸다. 나는 그것들을 지금도 암송할 수 있다.

전체적으로 보아, 노트에 적힌 제목들은 시민적 교양에 대한 엄청난 신뢰를 보여주는 것들이다. 또한 당시에 카프카, 프리슈, 욘존, 바흐만, 렌츠 등의 작가들을 넘어서서 실험문학도 낭독해야 하는지 나 스스로에게 물었던 기억은 없다. 실험문학 작품을 보면 그 이야기가 도대체 무슨 소린지도 모르겠고 또 거기에 나오는 주인공들도 한결 같이 마음에 들지 않았다. 나에게 실험문학은 독자를 실험하는 것으로 여겨졌다. 그런 것은 한나에게도 필요 없었고 내게도 필요하지 않았다.

내가 직접 글을 쓰기 시작했을 때, 나는 나의 글도 몇 편 한나에게 읽어주었다. 나는 내가 손으로 직접 쓴 원고를 다른 사람에게 불러주어 타자로 치게 하여 그것을 다시 한 번 수정한 후 이젠 제대로 마무리가 되었다는 느낌이 들 때까지 기다렸다. 소리를 내서 읽어보면, 그때의 느낌이 맞았는지 틀렸는지 알 수 있었다. 만약에 그 느낌이 잘못된 것이라면, 나는 모든 것을 다시 한 번 수정하여 먼젓번에 한 녹음을 지우고 그 위에다 새롭게 녹음할 수 있었다. 하지만 나는 이렇게 하는 것을 좋아하지 않았다. 나는 한 번의 낭독으로 끝내고 싶었다. 한나는 다시 한 번 나에게 있어서 나의 모든 힘과 나의 모든 창의력과 나의 모든 비판적인 상상력을 묶어서 바치는 재판관이 되었다. 그런 후에 나는 나의 원고를 출판사에 보낼 수 있었다.

나는 카세트테이프에다 어떤 사적인 말도 결코 담지 않았고, 한나의 안부를 묻지도 않았으며, 나 자신에 대한 그 어떤 말도 하지 않았다. 나는 제목과 작가 이름과 텍스트만을 읽었다. 텍스트가 끝나면 잠시 기다렸다가 소리가 나게 책을 탁 덮고 스톱 단추를 눌렀다.

6

우리 두 사람 사이의 말이 많으면서도 말없는 접촉이 시작된 지 4년째 되던 해에 내게 한마디 인사말이 날아왔다. "꼬마야, 지난번 이야기는 정말 멋졌어. 고마워. 한나가."

편지지는 줄이 쳐진 종이였는데 노트에서 찢어내 가장자리를 반듯하게 자른 것이었다. 인사말은 종이의 맨 위쪽에 적혀 있었으며 세 줄을 채우고 있었다. 오래 사용하여 글씨가 번지는 파란색 볼펜으로 적혀 있었다. 한나는 펜에 힘을 잔뜩 주어 쓴 것 같았다. 종이 뒷면에까지 글씨 자국이 났기 때문이다. 내 주소 역시 그녀는 힘을 잔뜩 주어 썼다. 한가운데를 접은 편지지의 아래쪽 면과 위쪽 면에 박힌 글씨 자국을 읽을 수 있을 정도였다.

얼핏 보면 그것은 어린아이가 쓴 글씨라고 생각할 수도 있었다. 그러나 어린아이의 글씨체에서 서툴고 어색하게 보이는 부분이 여기서는 듬뿍 힘이 들어가 있었다. 선들을 모아 글자를 만들고, 글자들을 모아 낱말을 만들기 위해 한나가 극복해야 했던 어려움이 눈에 들어왔다. 어린아이의 손은 이리저리 마구 헤매기 때문에 글씨가 나아가는 길의 안쪽에다 손을 붙잡아두어야 한다. 반면 한나의 손은 그 어디로도 가려고 하지 않기 때문에 앞으로 가도록 몰아대야 했다. 글자들을 형성하고 있는 선들은 획을 올려 그을 때나 내려 그을 때나, 곡선을 그리거나 고리 모양을 그리기 전에나 모두 그때마다 늘 새로 시작되었다. 그리고 각각의 글자는 새로이 창출해냈다고 할 정도로 그 기울기나 경사의 방향이 새로웠으며 높이와 너비가 잘못된 경우가 많았다.

나는 그녀의 인사말을 읽고서 기쁨과 환희로 넘쳤다. "그녀가 글씨를 쓸 줄 안다, 그녀가 글씨를 쓸 줄 안다고!" 나는 그동안 문맹자와 관련된 글들을 구할 수 있는 한 다 구해서 읽었다. 나는 그들이 일상생활을 하면서 겪는, 즉 길이나 주소를 찾을 때 또는 레스토랑에서 음식을 고를 때 겪는 당혹스러움에 대해서, 미리 주어진 생활의 틀과 낯익은 행로를 더듬더듬 따라가면서 여기서 벗어나면 어쩌나 하며 느끼는 불안감에 대해서, 글씨를 읽고 쓸 줄 모른다는 사실을 감추기 위해 소모하는 정력에 대해서 그리고 그로 인해 실제 삶에 있어서의 에너지 상실에 대해서 알고 있었다. 문맹은 미성년 상태를 의미한다. 한나는 읽고 쓰기를

배우겠다는 용기를 발휘함으로써 미성년에서 성년으로 가
는 첫걸음을, 깨우침을 향한 첫걸음을 내디딘 것이었다.

　나는 한나의 글씨체를 들여다보면서 그것을 쓰느라고
그녀가 얼마나 많은 힘을 소모하였으며 또 얼마나 투쟁을
해야 했을지 짐작이 갔다. 나는 그녀가 자랑스러웠다. 동
시에 나는 그녀가 불쌍했다. 너무나 지연되고 실패한 그녀
의 인생이 불쌍했고, 그녀 인생 전체의 지연과 실패가 가
엾게 여겨졌다. 어느 누가 제때를 놓쳤을 경우, 어느 누가
무엇을 너무 오랫동안 거부했을 경우, 또 어느 누구에게
무엇이 너무나 오랫동안 거부되었을 경우, 그것이 나중에
가서 설사 힘차게 시작되고 또 환희에 찬 영접을 받는다고
해도, 나는 그것은 이미 때가 너무 늦은 것이라고 생각했
다. 아니면 '너무 늦은'이라는 것은 없고 '늦은'이라는 것만
있는 것인가, '늦은' 것이 '결코 없는' 것보다는 훨씬 나은
것인가? 나는 모르겠다.

　첫 번째 인사말이 오고 난 뒤로 그다음 편지글들이 계속
해서 줄을 이었다. 그것은 늘 몇 줄 안 되는 글로서 나에 대
한 감사나, 어떤 작가에 대한 것을 더 듣고 싶다거나 아니
면 더 이상 듣고 싶지 않다는 소망을, 또는 어느 작가나 시
또는 이야기 또는 소설 속의 인물에 대한 평을, 그리고 감
옥에서 바라본 풍경 등을 담고 있었다. "뜰에는 벌써 개나
리가 피고 있어." 혹은 "올 여름엔 소나기가 많이 쏟아져
서 기분이 좋아." 혹은 "창밖으로 남쪽으로 날아가려고 새

들이 떼를 짓는 모습이 보여." 나는 한나의 소식을 받고서
야 개나리나 여름 소나기 혹은 새 떼를 깨닫는 경우가 많
았다. 문학에 대한 그녀의 평은 대개 놀라우리만큼 정곡
을 찔렀다. "슈니츨러는 멍멍멍 짓고 있지만, 슈테판 츠바
이크는 죽은 개야." 혹은 "켈러에겐 여자가 필요해." 혹은
"괴테의 시는 예쁜 틀에 끼워놓은 조그만 그림 같아." "렌
츠는 보나마나 타자기로 글을 쓸 거야." 작가들에 대해 아
는 것이 없는 까닭에 그녀는 겉으로 드러난 분명한 사실로
인해 불가능한 경우를 빼고는 그들을 모두 동시대 사람들
로 생각했다. 나는 꽤 오래된 문학 작품들이 실제로 오늘
날의 작품처럼 읽힐 수 있다는 사실에 놀라움을 금치 못했
다. 역사에 대해서 문외한인 사람은 바로 그 때문에 옛날
의 생활방식을 쉽사리 동시대 먼 지방의 생활방식으로 여
길 수 있는 것이다.

나는 단 한 번도 한나에게 편지를 쓰지 않았다. 그러나
그녀를 위해 책을 낭독하는 일은 계속했다. 1년 동안 미국
에 가 있을 때에도 그녀에게 그곳에서 카세트테이프를 보
냈다. 내가 휴가여행을 떠나거나 할 일이 특별히 많을 때에
는 다음에 보낼 카세트테이프를 완성하기까지 꽤 오랜 시
간이 걸리기도 했다. 나는 특별히 기간을 정해놓지는 않았
다. 어떤 때에는 카세트테이프를 일주일이나 보름마다 부
쳤으며, 어떤 때에는 3주나 4주 만에 부치는 경우도 있었
다. 한나가 이제 혼자서 글을 읽는 법을 익혔으므로 내가

보내는 카세트테이프가 더 이상 필요 없을 거라는 우려 따
위는 전혀 하지 않았다. 그녀가 이것 외에도 책을 읽으면
그만이었다. 내가 책을 읽어주는 것은 그녀에게 이야기하
는 그리고 그녀와 이야기하는 내 나름의 방식이었다.

　나는 그녀가 보내온 편지들을 모두 모아두었다. 그녀의
글씨체는 바뀌었다. 처음에 그녀는 글씨들을 모두 똑같은
방향으로 비스듬하게 쓰면서 글자의 높이와 폭을 맞추려
고 애를 썼다. 이것에 어느 정도 숙달된 다음에는 좀 더 편
하고 안정되게 글씨를 쓸 수 있었다. 그녀는 결코 유려하
게 쓰기까지는 못했다. 그러나 살아가면서 글씨를 별로 많
이 써보지 않은 노인들의 필체에서 볼 수 있는 엄격한 아름
다움 같은 것을 그녀는 갖추게 되었다.

7

나는 그 당시 한나가 어느 날 석방되리라고는 전혀 생각하지 않았다. 그녀의 안부 편지와 나의 카세트테이프 교환은 너무나 자연스럽고 친숙하게 이루어졌고 또 한나가 내게 전혀 마음에 부담이 되지 않게끔 가깝고도 멀리 있었기 때문에, 나는 그 상태가 영원히 지속될 걸로 생각했다. 그것이 자기 편의주의적이고 이기적인 것임을 나는 안다.

그러던 중 교도소의 여소장에게서 편지가 날아왔다.

당신은 몇 년 전부터 슈미츠 부인과 서신 교환을 하고 있습니다. 그것이 슈미츠 부인이 외부와 맺고 있는 유일한 접촉입니다. 그래서 저는 두 분이 얼마나 친밀한 사이인지 또 당신이 슈미츠 부인의 친척인지 아니면 친구인지도 모르면서 이렇게 펜을 들게 되었습니다.

슈미츠 부인은 내년에 다시 사면원을 제출할 예정입니다. 저는 사면위원회가 사면원을 받아들여주는 것을 전제로 하여 말씀드리고자 합니다. 사면원이 받아들여지면 그녀는 곧 석방됩니다. 18년 동안의 교도소 생활을 마치고서 말입니다. 물론 저희들도 그녀를 위해 집과 일자리를 구해줄 수 있으며 또 그렇게 해볼 생각입니다. 그러나 그녀가 지금도 아주 건강하고 또 이곳에서 재봉일 같은 것에서 훌륭한 솜씨를 보이고 있지만 그 나이에 일을 한다는 것은 쉬운 일이 아닙니다. 그렇기 때문에 저희들이 하는 것보다는 친척들이나 친구들이 나서서 그 문제를 해결하고 또 갓 석방된 그녀를 곁에 두고서 어디든 같이 가주고 뒷바라지를 해주는 것이 좋을 것 같다고 생각합니다. 당신은 18년 동안이나 형무소 생활을 하고서 바깥세상에 나온 사람이 그 얼마나 고독감과 무기력감을 느끼는지 상상하지 못할 것입니다.

슈미츠 부인은 스스로를 잘 돌볼 수 있고 또한 모든 일을 혼자 힘으로 해나갈 수 있습니다. 당신이 그녀를 위해 조그만 아파트와 일자리를 알아봐주고, 첫 몇 주를 비롯해서 몇 달 동안 가끔씩 찾아가주고 또 당신 집에 초대하고, 지역 교회나 사회교육원, 가정교육진흥단체 등에서 주관하는 프로그램을 접할 수 있도록 배려해주는 걸로 충분할 겁니다. 덧붙여 말씀드리자면, 18년 만에 처음으로 시내에 나가서 물건을 사고 주민등록 관청에 신고를 하고 레스토랑에 들어가고 하는 것은 전혀 쉬운 일이 아닙니다. 하지만 함께 동반해주는 사람이 있으면 훨씬 쉬울 것입니다.

저는 당신이 슈미츠 부인을 방문하지 않는다는 사실을 알고 있습니다. 만약에 당신이 그녀를 방문하셨더라면, 저는 아마 당신한테 편지를 쓰지 않고 당신이 방문하셨을 때 잠깐의 대화를 부탁드렸을 것입니다. 이제 당신은 그녀가 석방되기 전에 한번 방문하셔야 될 것 같습니다. 방문하시게 되면 그때 저한테 꼭 한번 들러주시기 바랍니다.

편지는 진심 어린 인사말로 끝을 맺었다. 그러나 나는 그 인사말을 나와 연관 짓지 않고 그 교도소장이 한나의 문제에 대해서 진심으로 관심을 가지고 있다는 쪽으로 해석했다. 나는 진작부터 그 교도소장에 대해서 들어온 터였다. 그녀가 소장으로 있는 그 교도소는 다른 교도소들과는 다르다는 평이 나 있었다. 그리고 그녀의 목소리는 형 집행 개혁 문제 쪽에 무게를 두고 있었다. 나는 그녀의 편지가 마음에 들었다.

하지만 나를 향해 다가오고 있는 일들은 마음에 들지 않았다. 나는 물론 한나의 일자리와 집을 물색해야 했으며 실제로 그것을 해결했다. 자신들 집에 딸린 곁채를 사용하지 않거나 세를 놓지 않은 친구들은 아주 적은 세를 받고 그것을 한나에게 기꺼이 빌려주겠다고 했다. 가끔 내가 옷 수선을 맡기는 그리스인 양복점 주인은 한나를 고용하겠다고 나섰다. 그와 함께 양복점을 운영해온 여동생이 그리스로 돌아가고 싶어 하기 때문이었다. 그리고 한나가 직접 참여하기에 앞서 나는 이미 오래전에 교회와 일반 사회단체에서 주관하는 사회봉사와 교육 프로그램에 대해서 알아봐두었다. 그러나 나는 한나를 방문하는 일은 일단 뒤로 미루었다.

그녀는 나를 위해 그토록 마음 편하게 가깝고도 멀리 있었기 때문에, 나는 그녀를 찾아가고 싶지 않았다. 나는 실제의 거리를 유지하는 가운데에서만 그녀가 과거에 지녔던 모습을 간직할 수 있다는 느낌이 들었다. 나는 실제의 근접성을 견디기에는 그녀의 안부 편지와 나의 카세트테이프의 작고 가볍고 안전한 세계가 너무 인위적이고 다치기 쉽지 않은가 하는 두려움을 느꼈다. 우리 사이에 벌어진 그 모든 것을 떠올리지 않고서 우리가 어떻게 서로 얼굴을 맞댈 수 있단 말인가.

내가 교도소를 찾지 않은 채 그해는 그렇게 지나갔다. 교도소의 여소장에게서도 한동안 아무 소식도 오지 않았다. 한나가 기대하고 있을 아파트 및 일자리 문제에 대해서 쓴 내 편지에 대해서도 답장이 없었다. 그녀는 내가 교도소를 방문하면 그때 일을 논의하려는 계산을 가지고 있었는지도 모른다. 그녀는 내가 방문을 미루고 있을 뿐만 아니라 회피하고 있다는 사실을 알 리가 없었다. 그러나 마침내 한나에 대한 사면과 석방 결정이 내려졌고, 여소장은 내게 전화를 했다. 지금 올 수 없느냐, 한나가 일주일 있으면 나온다는 내용이었다.

8

다음 날 나는 한나를 찾아갔다. 나로서는 첫 교도소 방문이었다. 나는 출입구에서 검문을 받았다. 그리고 걸어가는 동안 문들이 여러 개 열렸다가 닫혔다. 그러나 건물은 새로 지어서 분위기가 밝았다. 좀 더 안쪽의 문들은 열려 있었으며 그곳에서는 여자들이 자유롭게 움직이고 있었다. 복도 끝에 이르자 야외로 나가는 문이 나타났다. 그곳엔 나무들과 벤치들이 있는 싱그러운 작은 초원이 펼쳐져 있었다. 나는 주위를 두리번거리며 둘러보았다. 나를 그곳까지 안내해준 여자 간수는 마로니에 나무 그늘 아래 있는 가까운 곳의 벤치를 가리켰다.

한나인가? 벤치에 앉아 있는 여자가 한나인가? 하얗게 센 머리카락, 이마와 뺨과 입 주위에 깊은 세로 주름이 간 얼굴 그리고 무거운 몸. 그녀는 너무 몸에 꽉 끼어서 가슴과 배 그리고 허벅지 쪽이 팽팽해진 담청색 원피스를 입고 있었다. 두 손은 무릎 위에 놓여 있었으며, 손에는 책이 한 권 들려 있었다. 책을 들여다보고 있지는 않았다. 그녀는 독서용 안경테 너머로 몇 마리 참새들을 향해 빵의 속살을 조금씩 떼어내 던져주고 있는 한 여자를 쳐다보고 있었다. 이윽고 누군가가 자신을 쳐다보고 있음을 알아차리고는 내 쪽으로 얼굴을 돌렸다.

나는 그녀의 얼굴에서 기대감을 보았으며, 나를 알아보는 순간 그녀의 얼굴이 기쁨으로 환하게 빛나는 것을 보았고, 내가 다가가자 나의 얼굴을 어루만지는 그녀의 두 눈을 보았고, 무언가를 찾고 묻는 두 눈에 불안과 아픔의 빛이 서리는 것을 보았으며, 그리고 그녀의 얼굴빛이 꺼지는 것을 보았다. 내가 그녀 옆으로 다가서자 그녀는 다정하면서 피곤에 젖은 미소를 지었다. "꼬마야, 너 무척 컸구나." 나는 그녀 옆에 앉았고, 그녀는 내 손을 잡았다.

나는 예전에 그녀의 냄새를 특히 좋아했었다. 그녀는 늘 신선한 냄새를 풍겼다. 몸을 갓 씻고 났을 때의 냄새 또는 갓 세탁한 빨래 냄새 또는 신선한 땀 냄새 또는 막 사랑을 나누고 난 뒤의 냄새 등등. 그녀는 가끔 향수를 사용했다. 나는 그 향수가 어떤 것이었는지 모른다. 그러나 그 향수 냄새 역시 다른 어떤 향수보다 신선한 냄새를 풍겼다. 이러한 냄새들 사이에 무겁고 어둡고 떫은 또 다른 냄새가 끼어 있었다. 수시로 나는 호기심에 찬 짐승처럼 킁킁대며 그녀의 냄새를 맡곤 했다. 나는 갓 씻고 났을 때 목과 어깨에서 풍기는 냄새로부터 시작하여, 겨드랑이에서 나는 다른 냄새와 섞인 젖가슴 사이의 신선한 땀 냄새를 들이마셨고, 허리와 배 주변과 나를 흥분시킨 두 다리 사이의 과일 같은 색깔 부분에서 나는 그 무겁고 어두운 냄새를 거의 순수한 상태로 마셨으며, 그녀의 두 발과 두 다리의 냄새뿐만 아니라 그 무거운 냄새가 나지 않는 허벅지와 신선한 땀냄새가 다시 조금 나는 오금 부분과, 비누나 가죽 또는 피곤의 냄새를 풍기는 발 냄새를 킁킁거리며 맡았다. 그녀의 등과 두 팔은 특별한 냄새를 풍기지 않았다. 독특한 냄새를 풍기지는 않았지만 등과 팔 역시 그녀의 체취가 났다. 그리고 그녀의 손바닥에는 그날 하루의 시간과 노동의 향기가 배어 있었다. 차표의 인쇄 잉크 냄새, 개찰기의 금속 냄새, 양파 냄새나 생선 냄새 또는 불에 튀긴 기름 냄새, 세탁비누 냄새 또는 다리미의 열기 냄새 등등. 그녀가 손을 씻고 나면, 손에서는 처음엔 이런 냄새들 중 어느 한 가지 냄새도 나지 않았다. 그러나 비누는 이 냄새들을 잠시 덮어놓을 뿐이었다. 잠시 후 이런 냄새들은 하루 일과와 노동의 독특한 향기, 하루 일과와 노동의 종결의 향기 그리고 저녁과 귀가와 집에서 맞는 안온함의 향기 등과 뒤섞여 은은하게 다시 돌아왔다.

나는 한나 옆에 앉아서 노파에게서 나는 냄새를 맡았다. 할머니들과 늙은 아주머니들에게서 나는, 양로원의 방과 복도마다 마치 저주처럼 드리워져 있는 이 냄새가 무슨 냄새인지 나는 알지 못한다. 한나는 그런 냄새를 풍기기에는 아직 젊었다.

나는 그녀에게 바짝 다가앉았다. 내가 전에 그녀를 실망시켰음을 알아차렸고, 또 그것을 좀 더 잘해서 만회하고 싶었기 때문이다.

"당신이 나오게 돼서 기뻐요."

"그래?"

"그럼요. 그리고 당신이 내 곁에 있을 수 있게 돼서 기분이 좋아요." 나는 그녀에게 내가 그녀를 위해 마련한 집과 일자리에 대해서, 그 지역에서 이용할 수 있는 문화 프로그램과 사회 프로그램에 대해서 그리고 시립 도서관에 대해서 이야기해주었다. "책 많이 읽어요?"

"조금. 네가 읽어주는 걸 듣는 게 훨씬 좋아." 그녀는 나를 쳐다보았다. "그것도 이제 끝이야. 그렇지?"

"왜 끝이에요?" 그러나 나는 그녀를 위해 카세트테이프에다 낭독을 하는 나의 모습도, 그녀를 만나 책을 읽어주는 나의 모습도 떠올릴 수가 없었다. "당신이 글을 읽는 법을 배운 것을 알고서 너무 기뻤고 또 당신에게 감탄했어요. 그리고 당신이 내게 보낸 편지도 정말 멋졌어요!" 그것은 사실이었다. 실제로 나는 그녀가 글 읽는 법을 배워 내게 편지까지 썼을 때 정말로 감탄했고 또 기뻐했다. 그러나 나의 감탄과 기쁨은 한나가 글을 읽고 쓰기 위해 바쳐야 했던 그 엄청난 희생에 비해 얼마나 보잘것없었던가, 그녀가 글을 읽고 쓰게 된 것을 알고도 그녀에게 답장을 쓰거나 그녀를 찾아가 이야기를 나눌 생각조차 하지 않은 걸로 보아 나의 감탄과 기쁨이 얼마나 궁색했던가 하는 사실을 나는 느꼈다. 나는 한나에게, 내가 생각하기에 소중했던 벽감 하나를, 내게 무언가를 주었으며 나 또한 그것을 위해 무언가를 행한 조그만 벽감 하나를 내주었을 뿐 나의 인생의 어떤 자리도 내주지 않았던 것이다.

하지만 왜 내가 그녀에게 내 인생의 한 자리를 내주었어야 한단 말인가? 나는 그녀를 하나의 벽감으로 격하시켰다는 생각으로 인해 느낀 양심의 가책에 스스로 화가 나서 반발했다. "당신은 재판 과정에서 언급된 사실들에 대해서 재판 전에는 한 번도 생각해본 적이 없었어요? 내 말뜻은 우리가 함께 있었던 당시에는, 내가 당신한테 책을 읽어주던 그 당시에는 그 일에 대해서 한 번도 생각해본 적이 없었느냐는 거예요."

"그게 그렇게도 마음에 걸리니?" 그러나 그녀는 나의 대답을 기다리지 않았다. "나는 그 누구도 나를 이해하지 못하고, 그 누구도 내가 누구인지 그리고 그 무엇이 나로 하여금 이 일 또는 저 일을 하게 만들었는지 알지 못한다는 느낌을 가졌어. 그리고 넌 알 거야. 그 누구도 너를 이해하지 못하면, 그 누구도 너한테 해명을 요구할 수 없다는 사실을 말이야. 그렇기 때문에 법정 역시 나한테 해명을 요구할 수 없었어. 그러나 죽은 사람들은 내게 그것을 요구할 수 있어. 그들은 나를 이해하거든. 그렇다고 해서 그들이 법정에 있을 수는 없었지. 그러나 그들이 그곳에 있었으면, 그들은 나를 특히 잘 이해했을 거야. 이곳 교도소에서 그들은 나하고 자주 같이 있었어. 그들은 내가 원하든 원치 않든 매일 밤 나를 찾아왔지. 재판을 받기 전에는 그들이 나한테 오려고 하면 쫓아버릴 수 있었어."

그녀는 내가 무슨 말인가를 해주기를 기다렸다. 그러나 아무 생각도 떠오르지 않았다. 처음엔 나는, 나는 그 무엇도 쫓아버릴 수 없다고 말하고 싶었다. 그러나 그것은 사실이 아니었다. 왜냐하면 누군가를 하나의 벽감 속에다 넣어두는 것 역시 그 사람을 쫓아버리는 것이기 때문이다.

"결혼은 했어?"

"했었지요. 게르트루트하고 나는 몇 년 전에 이혼했고, 딸애는 지금 기숙사 학교에 다니고 있어요. 나는 그 아이가 마지막 몇 학년은 그곳에서 지내지 말고 나한테 와서 지내주었으면 좋겠어요." 이번에는 내가 그것에 대해 그녀가 무슨 말을 하거나 질문을 해주기를 기다렸다. 그러나 그녀는 잠자코 있었다. "당신을 다음 주에 데리러 올게요, 괜찮겠지요?"

"그래 좋아."

"아주 조용하게 할까요, 아니면 좀 시끌벅적하게 할까요?"

"아주 조용하게."

"좋아요, 그러면 아주 조용하게, 음악이나 샴페인 같은 것 없이 데리러 올게요." 나는 자리에서 일어섰다. 그녀도 따라 일어섰다. 우리는 서로 바라보았다. 이미 벨이 두 번이나 울린 상태였다. 다른 여자들은 벌써 건물 안으로 들어가고 없었다. 그녀의 두 눈은 다시 나의 얼굴을 어루만졌다. 나는 그녀를 두 팔로 안았다. 그러나 그녀의 감촉을 제대로 느낄 수 없었다.

"잘 가, 꼬마야."

"당신도 잘 있어요."

그렇게 우리는 작별의 인사를 나누었다. 우리가 건물 안으로 들어가 정말로 헤어지기 전에.

9

그다음 주는 특히 바빴다. 당시에 준비 중이던 강연 때문에 시간에 쫓겼던 것인지 아니면 일과 성공을 위해 스스로를 재촉했기 때문에 바빴던 것인지 이제 나는 기억하지 못한다.

강연 준비 작업을 시작하면서 가졌던 나의 아이디어는 아무런 쓸모도 없었다. 막상 그것에 대한 검토를 시작하고 보니 나름대로 의미와 규칙성이 있을 걸로 예상했던 부분에 가서 자꾸만 우연성과 마주쳤다. 나는 이것을 수용하지 않고, 또 다른 모색 작업을 계속했다. 나는 지치고 괴로워하고 현실에 대한 나의 생각과 함께 이 현실 자체가 잘못되지 않을까 초조해했다. 그래서 나는 발견한 사실들을 왜곡하고, 과장하거나 또는 격하시켰다. 나는 이상야릇한 불안 상태에 빠졌으며, 밤늦게 잠자리에 들어 잠이 들어도 몇 시간 지나지 않아 번쩍 눈이 뜨이곤 했다. 그러면 하는 수 없이 잠자리에서 일어나 계속해서 책을 읽거나 글을 쓰는 수밖에 없었다.

나는 한나의 석방을 위해 준비해야 할 일들도 처리했다. 한나의 아파트에 이케아 회사에서 만든 가구들과 몇 개의 중고 가구들을 들여놓았으며 그리스인 양복점 주인에게는 한나가 곧 나올 거라고 통고를 했고 사회 프로그램과 교양 프로그램과 관련된 최신의 정보를 확보해놓았다. 여러 가지 식료잡화품들을 구입했고, 서가에는 책들을 꽂아놓았으며 벽에는 그림들을 걸어놓았다. 또 정원사를 불러서 거실 앞의 테라스를 에워싸고 있는 조그만 정원을 손보도록 하였다. 나는 이 일들 역시 지치고 힘겨워하면서 했다. 그 모든 것이 내게는 힘에 부쳤다.

그러나 그로 인해 한나를 찾아갔던 일을 거의 생각하지 않아도 된 것으로 보상은 충분했다. 다만, 자동차를 몰 때나, 책상 앞에 지쳐서 앉아 있을 때나, 깨어 있는 채로 침대에 누워 있을 때나, 한나의 아파트에 있을 땐 가끔 그 생각이 걷잡을 수 없이 커져 기억의 방아쇠를 당겼다. 나는 두 눈을 내게 고정시킨 채 벤치에 앉아 있는 그녀의 모습을 보았으며, 내 쪽으로 얼굴을 돌리고서 수영장에 서 있는 그녀의 모습을 보았다. 그때마다 나는 자꾸만 내가 그녀를 배반하였으며 그녀에게 죄를 지었다는 느낌을 갖게 되었다. 그리고 나는 그때마다 그런 느낌에 대해서 분연히 저

항하면서 그녀를 비난하고 또 자신이 저지른 죄에서 빠져나오는 그녀의 방식을 너무 천박하고 너무 단순하다고 생각했다. 죽은 자들에게만 해명을 요구할 권리를 주고, 죄와 속죄를 단순하게 불면증과 악몽에 떠맡긴다면, 살아 있는 자들의 자리는 어디인가? 그러나 내가 여기서 염두에 둔 것은 살아 있는 자들이 아니라 바로 나였다. 나 역시 그녀에게 해명을 요구할 권리가 있지 않은가? 나는 어떻게 해야 하는가?

그녀를 데리러 가기로 한 전날 오후에 나는 교도소로 전화를 걸었다. 먼저 그 여자 교도소장과 이야기했다.

"저는 약간 걱정이 됩니다. 소장님께서도 잘 아시겠지만 형을 그처럼 오래 산 사람들은 석방되기 전에 미리 몇 시간이나 하루 정도 바깥에 나왔다가 석방되는 것이 보통입니다. 슈미츠 부인은 그것을 거부했습니다. 그렇기 때문에 그녀가 내일 좀 힘들어하지 않을까 걱정입니다."

나는 한나와 연결되었다.

"내일 우리가 어떻게 하면 좋을지 한번 생각해봐요. 곧장 집으로 갈 건지, 아니면 숲이나 강가로 갈 건지 말이에요."

"생각해볼게. 넌 여전히 엄청나게 계획을 잘 꾸미는구나, 그렇지 않니?"

그 말에 나는 화가 났다. 내 여자친구들이 가끔 나더러, 기분 내키는 대로 한다거나 몸으로 보여주지 못하고 너무 머리만 사용한다는 말을 할 때처럼 화가 났다.

그녀는 나의 침묵에서 내가 화가 났음을 알아차리고는 웃었다. "꼬마야, 언짢게 생각하지 마. 나쁜 뜻으로 그런 게 아냐."

나는 한나를 벤치에서 늙은 여자의 모습으로 다시 만났었다. 그녀는 정말 늙은 여자처럼 보였었고 또 늙은 여자처럼 말했었다. 그러나 나는 그녀의 목소리에는 전혀 주의를 기울이지 않았던 것이다. 그녀의 목소리는 여전히 아주젊었다.

10

다음 날 아침 한나는 죽었다. 그녀는 동틀 녘에 목을 맸다.

교도소에 도착하자 나는 여자 교도소장에게로 안내되었다. 나는 그녀를 처음으로 보았다. 짙은 금발에 안경을 낀 조그맣고 마른 체구의 여자였다. 말을 시작하기 전까지는 별다를 것 없는 평범한 여자처럼 보였다. 그러나 그녀는 힘차면서도 따뜻한 어투로, 단호한 눈빛으로 그리고 손과 팔을 마음껏 휘저으면서 말을 했다. 그녀는 내게 지난번 전화 통화 내용과 일주일 전의 만남에 대해서 물었다. 또 무언가 직감되거나 우려할 만한 것이 있었는지 물었다. 나는 그렇지 않다고 말했다. 실제로 내가 무시해버린 예감이나 우려할 만한 일은 없었다.

"당신들 두 사람은 어떻게 알게 되었지요?"

"우리는 시내의 같은 구역에 살았습니다." 그녀는 나를 뜯어보는 눈길로 쳐다보았다. 그때 나는 무슨 말을 더 덧붙이지 않을 수 없음을 알아차렸다. "이웃에 살면서 알게 되었고 친구 사이가 되었지요. 그러다가 내가 대학생이었을 때 그녀가 선고를 받은 재판을 보게 되었습니다."

"당신은 왜 슈미츠 부인에게 카세트테이프를 보냈지요?"

나는 아무 말도 하지 않았다.

"당신은 그 여자가 글을 읽을 줄 모른다는 사실을 알고 있었지요, 그렇죠? 당신은 어디서 그 사실을 알았죠?"

나는 어깨를 으쓱해 보였다. 나는 한나와 나의 이야기가 그녀와 무슨 상관이 있는지 알 수 없었다. 나의 가슴과 목구멍에 눈물이 고여왔으며 목이 메어 말을 하지 못할까봐 두려웠다. 나는 그 여자 앞에서 울고 싶지 않았다.

그녀는 분명히 내 기분을 알아차렸을 것이다. "같이 가실까요, 슈미츠 부인의 감방을 보여드리겠습니다." 그녀는 앞서서 걸어가면서 나한테 무언가 알려주거나 설명하기 위해서 자꾸만 뒤를 돌아다보았다. 이곳에서 테러리스트들의 테러가 있었다, 이곳이 한나가 일하던 재단 공장이다, 이곳에서 한나가 도서관 운영비용 감축안이 철회될 때까지 단식 투쟁을 했다, 이 길을 따라가면 도서관이 나온다 등등. "슈미츠 부인은 물건을 챙겨놓지 않았어요. 지금 보시는 것이 그녀가 살던 모습 그대로입니다."

침대, 옷장, 책상과 의자, 책상 위쪽 벽에 달린 책꽂이 그리고 출입구 뒤쪽 구석의 세면대와 화장실. 창문을 대신한 유리벽돌. 책상에는 아무것도 없었다. 책꽂이에는 책들, 자명종, 곰 인형, 잔 두 개, 분말 커피, 차 깡통, 카세트 녹음기 그리고 맨 아래쪽 칸에는 내가 낭독해서 보낸 카세트 테이프들이 있었다.

"저게 전부는 아닙니다." 교도소장은 나의 시선을 좇고 있었던 것이다. "슈미츠 부인은 늘 카세트테이프들 중에서 몇 개는 맹인 수감자들을 위한 봉사단체에 빌려주었거든요."

나는 책꽂이 앞으로 다가갔다. 프리모 레비, 엘리 비젤, 타데우시 보로프스키, 장 아메리* 등 희생자들이 쓴 글과, 그 옆에는 루돌프 회스**가 쓴 자서전적인 글들, 예루살렘의 아이히만***에 대한 한나 아렌트의 보고서 그리고 강제 수용소에 대한 학술적인 글들이 있었다.

"한나가 이것들을 다 읽었나요?"

"그녀는 적어도 이 책들을 신중하게 주문했어요. 나는 여러 해 전에 그녀를 위해서 강제수용소를 다룬 서적들의 총목록을 구해주어야 했어요. 그리고 작년인가 재작년에

*프리모 레비부터 장 아메리까지 모두 아우슈비츠를 비롯한 여러 강제수용소를 경험하고 살아남았던 유대계 작가들이다.
**아우슈비츠 강제수용소의 사령관을 지낸 인물로, 전쟁이 끝난 뒤 외국으로 도망을 갔지만 결국 체포되어 사형을 받았다.
***2차 세계대전 중 유럽 각지에 있는 유대인의 체포, 강제 이주를 계획하고 지휘한 나치스의 친위대 중령으로, 1961년 예루살렘의 법정에서 사형을 선고받았다.

는 강제수용소의 여자들, 즉 여자 수감자들과 여자 간수들을 다룬 책들을 알려달라고 부탁했어요. 나는 시대사 연구소에 편지를 써서 그녀의 요구에 맞는 특별 문헌목록을 우송받았지요. 슈미츠 부인은 읽는 법을 배운 뒤로 곧장 강제수용소에 대한 책들을 읽기 시작했어요."

침대 위에는 조그만 사진들과 쪽지들이 옹기종기 걸려 있었다. 나는 침대 위에 무릎을 꿇고 쪽지들을 읽어보았다. 거기엔 책에서 인용한 구절들, 시들, 짧은 기사들뿐만 아니라 요리법까지도 있었는데, 그것들은 한나가 직접 손으로 적거나 아니면 작은 사진들과 마찬가지로 신문이나 잡지에서 오려낸 것들이었다. "봄은 제 푸른 리본을 대기 중에 다시 휘날린다", "구름의 그림자가 들판 위로 도망친다" 같은 시들은 모두 자연의 기쁨과 자연에의 동경으로 가득 차 있는 것들이었으며, 작은 사진들은 봄빛이 환한 숲과 꽃들이 화사하게 흐드러진 초원, 가을의 나뭇잎들과 몇 그루의 나무들, 시냇물가의 버드나무, 빨간 버찌가 무르익은 한 그루 벚나무, 가을빛으로 노랗게 그리고 오렌지 색깔로 타오르는 한 그루 밤나무 등을 보여주었다. 신문에서 오려낸 한 사진은 검은 양복을 입고 악수를 나누고 있는 한 중년 신사와 소년의 모습을 보여주었다. 나는 중년 신사에게 인사를 하고 있는 소년이 바로 나 자신임을 알아차렸다. 나는 고등학교 졸업반 학생으로 졸업식장에서 학교장으로부터 상장을 받고 있는 중이었다. 그것은 한나가 그 도시를 떠난 지 오랜 뒤의 일이었다. 글을 읽을 줄 모르는 그녀가 그 사진이 실린 지역 신문을 당시에 정기구독하고 있었던 것인가? 어쨌든 그녀는 사진 내용에 대해서 알아내고 또 그것을 입수하기 위해 어느 정도 어려움을 겪었을 것임이 틀림없었다. 그녀는 재판이 열리던 중에도 그 사진을 몸에 지니고 있었을까? 나는 다시 가슴과 목구멍에 눈물이 고여오는 것을 느꼈다.

"그녀는 당신과 더불어 글 읽기를 배웠어요. 도서관에 가서 당신이 카세트에 녹음한 책들을 빌려 와 귀로 들은 내용을 낱말 하나하나, 문장 하나하나 그대로 좇았어요. 카세트 녹음기는 켜기와 끄기, 앞으로 감기와 되감기를 계속하는 바람에 오래 견디지 못하고 자꾸만 고장이 났지요. 그때마다 수리를 맡겨야 했어요. 수리를 하려면 저의 허락이 있어야 했기 때문에 마침내 저도 슈미츠 부인이 무엇을 하는지 알게 되었어요. 처음엔 그것에 대해서 말하려고 하지 않았어요. 그러나 쓰는 법을 익히기 시작하고 또 저한테 쓰기 연습 노트를 구해달라고 할 즈음에는 그녀도 더 이상 숨기려 들지 않았어요. 그녀는 또한 그 일을 해냈다는 사실에 스스로 자부심을 느꼈고 그 기쁨을 다른 사람과 나누고 싶어 했어요."

그녀가 말을 하는 동안 나는 계속해서 무릎을 꿇고서 두 눈을 사진들과 쪽지들에 고정시킨 채 눈물을 꾹꾹 참고 있었다. 내가 몸을 돌려 침대에 앉았을 때, 여자 교도소장은 이렇게 말했다. "그녀는 당신이 편지를 써주기를 정말로 고대했어요. 그녀는 오직 당신에게서만 우편물을 받았어요. 우편물을 나누어줄 때면, 그녀는 '나한테 온 편지는 없어요?'라고 물었지요. 카세트테이프가 들어 있는 소포 이야기를 하는 게 아니었어요. 당신은 왜 한 번도 편지를 쓰지 않았나요?"

나는 다시 침묵했다. 말을 하려고 했어도 할 수 없었을 것이다. 내가 할 수 있는 일이란 기껏해야 더듬거리면서 흐느끼는 일뿐이었을 테니까.

그녀는 책꽂이 쪽으로 가서 차 깡통을 집어 들고 내 옆에 와 앉더니 옷 주머니에서 접은 종이를 한 장 꺼냈다. "그녀는 내게 편지를 한 통 남겼어요. 일종의 유서인 셈이지요. 당신과 관련된 대목을 읽어드리겠어요." 그녀는 종이를 펼쳤다. "연보랏빛 차 깡통 속에 돈이 좀 들어 있습니다. 그것을 미하엘 베르크에게 주세요. 그 돈을 은행의 제 예금 통장에 들어 있는 7천 마르크와 합쳐, 어머니와 함께 교회의 화재에서 살아남은 딸에게 전해주라고 하세요. 그 돈을 어떻게 할 것인지는 그 딸이 결정할 일입니다. 그리고 그에게는 제가 안부 전하더라고 말해주세요."

그러니까 그녀는 나한테는 어떤 말도 남기지 않은 것이었다. 나의 마음을 상하게 하고 싶어서 그랬을까? 나를 벌하고 싶어서 그랬을까? 아니면 그녀의 영혼이 너무 지쳐서 꼭 필요한 것만 말하고 쓸 수밖에 없었던 것일까? "지난

오랜 세월을 이곳에서 지내는 동안 그녀는 어땠나요?" 나
는 다시 말을 이을 수 있을 때까지 기다렸다. "그리고 지난
며칠 동안은 어땠나요?"

"아주 오랫동안 그녀는 이곳에서 마치 수도원 생활을 하
듯이 살았어요. 마치 자발적으로 이곳에 들어온 것처럼 이
곳의 규율에 적극적으로 따랐고, 좀 단조로운 일과도 일종
의 명상으로 여기는 듯했지요. 그녀가 다정하게 대해주면
서도 일정한 거리를 유지한 다른 여자들로부터 엄청난 존
경을 받았어요. 게다가 그녀는 권위를 지녔기 때문에 문제
가 발생하면 사람들은 그녀에게서 조언을 구했고, 그녀가
논쟁에 개입하면 그녀가 내린 결정이 그대로 받아들여졌
어요. 그녀가 몇 년 전에 스스로를 포기하기 전까지는 말
이에요. 그녀는 늘 자기 몸에 각별히 신경을 썼어요. 탄탄
하게 생긴 체구였음에도 날씬했으며 결벽에 가까울 정도
로 청결을 유지하려고 애썼어요. 요즘 들어 많이 먹고 목
욕도 드물게 해서 살이 찌고 냄새를 풍기기 시작했지요.
그렇지만 불행하거나 불만족스러워 보이지는 않았어요.
그녀는 실제로, 수도원 안에 은둔하는 것으로도 이제는 더
이상 충분하지 못한 것처럼, 수도원 안도 이제는 너무 사
교적이고 수다스럽게 되어가고 있는 것처럼, 그래서 이제
는 더욱 깊숙한 곳으로, 즉 누구의 시선도 신경 쓰지 않아
도 되고 외모와 의복과 냄새가 더 이상 중요치 않은 고독한
승방 속으로 칩거해 들어가려는 것처럼 보였어요. 아니에

요, 그녀가 스스로를 포기했다는 것은 잘못 말한 거예요. 그녀는 자신의 위치를 새롭게 정의한 거예요. 그 방식이 그녀 자신에게는 맞지만 다른 여자들의 주목은 끌지 못한 것이지요."

"그리고 마지막 며칠 동안은요?"

"다른 때와 별다르지 않았어요."

"그녀를 볼 수 있을까요?"

교도소장은 고개를 끄덕여놓고는, 그 자리에 그대로 앉아 있었다. "고독 속에서 많은 세월을 지낸 사람에게는 세상이 그토록 견딜 수 없는 것으로 여겨질까요? 수도원으로부터, 은둔 생활로부터 세상으로 돌아가느니 차라리 자살을 하는 편이 나을까요?" 그녀는 내 쪽으로 몸을 돌렸다. "슈미츠 부인은 자살하는 이유에 대해서는 쓰지 않았어요. 그리고 당신은 당신들 두 사람 사이에 무슨 일이 있었는지 그리고 무슨 일로 인해 슈미츠 부인이 당신이 데리러 오기로 한 날 새벽에 자살을 했는지에 대해서 말씀하지 않고 있어요." 그녀는 종이를 접어서 주머니에 넣더니 자리에서 일어나 구겨진 스커트를 손으로 문질러 폈다. "그녀의 죽음은 저한테는 충격이었어요. 아시겠어요? 그리고 저는 지금 무척 화가 나 있어요. 슈미츠 부인과 당신한테 말이에요. 어쨌든 갑시다."

그녀는 다시 앞장섰다. 그러나 이번엔 아무 말도 하지 않았다. 한나는 한 병동의 조그만 방에 누워 있었다. 우리는 벽과 들것 사이로 간신히 들어설 수 있었다. 교도소장은 천을 뒤로 젖혔다.

한나의 머리에는 시신이 완전히 굳을 때까지 턱을 들어 올려놓기 위해 천이 동여매어져 있었다. 그녀의 얼굴은 특별히 평화스럽지도 특별히 고통스럽지도 않았다. 그저 굳어 있었으며 죽은 듯이 보였다. 오랫동안 들여다보고 있자니 죽은 얼굴에서 살아 있는 얼굴이 떠올랐다. 늙은 얼굴에서 젊은 얼굴이 말이다. 늙은 부부들에게도 이와 같은 일이 생길 것이라고 나는 생각했다. 여자에게는 늙은 남자의 모습 속에 젊은 남자의 모습이 보존되어 있을 것이고, 남자에게는 늙은 여자의 모습 속에 젊은 여자의 아름다움과 우아함이 신선하게 보존되어 있을 것이다. 왜 나는 일주일 전에 이러한 모습을 보지 못했던 것인가?

나는 울어서는 안 되었다. 교도소장이 묻는 듯한 표정으로 잠시 나를 쳐다보았을 때, 나는 고개를 끄덕였다. 그러자 그녀는 한나의 얼굴 위에 다시 천을 씌웠다.

11

그해 가을이 되어서야 나는 한나의 부탁을 실천에 옮길 수 있었다. 그 딸은 뉴욕에 살고 있었다. 그래서 나는 보스턴에서 열리는 한 학술회의에 참가하는 길에 그녀에게 돈을 전해주기로 했다. 그것은 예금통장의 액수에 해당하는 수표 한 장과 현금이 들어 있는 차 깡통이었다. 나는 이미 그녀에게 편지를 띄워 법제사를 연구하는 학자로 나를 소개했고 또 그 재판에 대해서도 언급한 상태였다. 나는 그녀와 만나서 이야기할 수 있으면 정말 고맙게 생각하겠다는 말도 적었다. 그녀는 만나서 차나 한잔 같이 하자면서 나를 초대했다.

나는 보스턴에서 뉴욕까지 기차를 타고 갔다. 숲들은 갈색, 노란색, 오렌지색, 적갈색, 갈적색으로 그리고 단풍나무의 불타는 듯 반짝이는 붉은색으로 화려함을 마음껏 뽐

냈다. 나의 머리에는 한나의 감방에 걸려 있던 가을 풍경 사진들이 떠올랐다. 기차 바퀴들이 덜컹대는 소리와 객차의 흔들림으로 인해 피곤해진 상태에서 나는 기차가 통과하고 있는, 가을빛으로 다채롭게 물든 작은 산들 사이의 한 집에 살고 있는 한나와 나에 대한 꿈을 꾸었다. 한나는 내가 그녀를 처음 만났을 때보다는 좀 나이가 들었지만, 지난번에 재회했을 때보다는 훨씬 젊은 모습이었다. 그녀는 나보다 나이가 많았고, 예전보다 더 아름다웠으며, 나이가 들어 몸의 움직임이 더욱 침착해지고 자기 몸을 더욱더 자기 뜻대로 다룰 줄 알았다. 나는 그녀가 자동차에서 내려서 물건을 산 봉지들을 양팔로 드는 모습을 보았고, 그녀가 정원을 가로질러 집 안으로 들어가는 모습을 보았으며, 그녀가 물건 봉지들을 내려놓고 나보다 앞장서서 계단을 올라가는 모습을 보았다. 한나를 향한 그리움이 너무나 강렬했기 때문에 나는 가슴이 아려왔다. 나는 그리움을 이기려고 애쓰면서, 그것은 한나와 나의 실제 상황과 전혀 다르며, 우리의 나이와 우리의 주변 환경과도 전혀 일치하지 않는다고 이의를 제기했다. 영어를 할 줄 모르는 한나가 어떻게 미국에 살 수 있단 말인가? 그리고 또 그녀는 자동차를 운전할 줄도 몰랐다.

　나는 눈을 떴다. 그리고 다시, 나는 한나가 죽었음을 깨달았다. 나는 또한 나의 그리움이 그녀하고는 상관없는 형태로 그녀에게 고정되었음도 깨달았다. 그것은 고향을 향한 그리움이었다.

딸은 뉴욕 센트럴파크 근처의 한 작은 거리에 살고 있었다. 거리의 양쪽에는 검은 사석으로 지은 오래된 연립주택들이 늘어서 있었으며, 건물마다 같은 종류의 검은 사석으로 된 계단들이 1층의 현관문까지 연결되어 있었다. 그것은 엄격한 광경을 만들어냈다. 정면부가 거의 똑같이 생긴 집 뒤의 또 다른 집들, 계단 뒤의 또 다른 계단들, 앙상한 가지마다 노란 잎을 몇 개씩 달고 있는, 불과 얼마 전에 일정한 간격으로 심긴 가로수들.

딸은 건물 뒤뜰의 작은 정원 쪽으로 시야가 트인 커다란 창문 곁에서 내게 차를 대접했다. 정원은 어느 곳은 푸르고 다채로웠으나, 어느 부분은 그저 잡동사니를 모아놓은 것 같았다. 우리가 자리에 앉자, 찻잔에 차가 부어졌고 우리는 설탕을 넣고 스푼으로 차를 저었다. 그때 그녀는 내게 처음 인사를 할 때 썼던 영어에서 독일어로 말을 바꾸었다. "무슨 일로 저를 찾아오셨습니까?" 친절하지도 불친절하지도 않은 어투였다. 그녀의 음조는 정말로 사무적이었다. 태도, 몸짓, 의상 등 모든 것이 사무적으로 느껴졌다. 그녀의 얼굴에서는 이상하게도 나이가 느껴지지 않았다. 꼭 주름살 제거 수술을 받은 얼굴 같았다. 그러나 어쩌면 그녀의 얼굴은 어릴 때 받은 고통으로 인해 그대로 굳어졌는지도 몰랐다. 나는 재판이 열리던 당시의 그녀의 얼굴을 기억해보려고 하였으나 실패했다.

나는 한나의 죽음과 그녀가 남긴 부탁에 대해서 이야기
했다.

"왜 나지요?"

"제 생각으로는 당신이 유일한 생존자이기 때문인 것 같
습니다."

"제가 그걸 어떻게 써야 되지요?"

"당신이 뜻있다고 생각하는 일이면 뭐든지 괜찮습니다."

"그러면 그걸로 슈미츠 부인의 죄를 면해주는 것이 되나
요?"

처음에 나는 그 말에 대해 반박하려고 했다. 그러나 사실
한나가 요구했던 것은 그 이상이었다. 형무소에서 보낸 세
월은 그녀에게 있어서 단순히 죄의 대가로 부과된 형량에
불과한 것만은 아니었다. 한나는 그 세월에 대해 그녀 나
름의 의미를 부여하고자 하였다. 그리고 그녀는 이러한 의
미 부여를 통해서 다른 사람들로부터 인정을 받고 싶어 했
다. 나는 그것에 대해서 이야기했다.

그녀는 고개를 가로저었다. 나는 그것이 나의 해석을 받
아들일 수 없다는 뜻인지 아니면 한나를 인정할 수 없다는
뜻인지 알 수 없었다.

"사면은 안 되더라도 그녀를 인정할 수는 없겠습니까?"

그녀는 웃었다. "당신은 그녀를 좋아하죠, 그렇죠? 당신
들 두 사람은 어떤 관계였나요?"

나는 잠시 머뭇거렸다. "나는 그녀를 위해 책을 읽어주

는 사람이었습니다. 그것은 내 나이 열다섯이던 해에 시작
되었지요. 그리고 그녀가 교도소에 있을 때에도 계속되었
습니다."

"당신은 어떻게……."

"나는 그녀에게 카세트테이프를 부쳐주었습니다. 슈미
츠 부인은 거의 평생 동안 글을 읽을 줄 몰랐어요. 그녀는
교도소에 있을 때 비로소 읽고 쓰는 법을 배웠습니다."

"당신은 왜 그 모든 일을 했지요?"

"내가 열다섯이던 해에 우리는 관계를 가졌습니다."

"그 말은, 그녀와 동침을 했다는 건가요?"

"그렇습니다."

"그 여자 정말 야수나 다름없었군요. 당신은 극복했나
요. 열다섯 살 난 당신을 그 여자가……. 아니군요, 당신은
그 여자가 교도소에 있을 때 그 여자한테 책 읽어주는 일을
다시 시작했다고 당신 입으로 직접 말했지요. 당신은 그때
결혼한 상태였나요?"

나는 고개를 끄덕였다.

"그러면 당신의 결혼은 짧고 불행했겠고, 그리고 당신은
그 이후로 다시 결혼하지 않았을 거고, 그리고 만약에 아
이가 있다면, 그 아이는 기숙사 학교에 가 있겠군요."

"그것은 누구에게나 해당되는 말입니다. 거기에 꼭 슈미
츠 부인 같은 사람이 낄 필요는 없습니다."

"지난 몇 년 동안 당신이 그 여자하고 접촉을 가졌다면,

당신은 그때 그 여자가 당신한테 저지른 일에 대해서 그 여자 스스로 알고 있다는 느낌을 받은 적이 있나요?"

나는 어깨를 으쓱해 보였다. "어쨌든, 슈미츠 부인은 자신이 수용소에서 그리고 행군 시에 다른 사람들에게 저지른 일에 대해서 알고 있었어요. 그녀는 그 일에 대해서 내게 말을 해주었을 뿐만 아니라 교도소에서 보낸 마지막 몇 년 동안 오로지 그 일들만 생각하며 지냈습니다." 나는 교도소의 여소장이 내게 해준 이야기들을 그녀에게 들려주었다.

그녀는 자리에서 일어나 큰 걸음으로 방 안을 이리저리 서성였다. "돈의 액수가 얼마나 되죠?"

나는 내 가방을 놓아둔 옷장 쪽으로 가서 수표와 차 깡통을 들고 돌아왔다. "여기 있습니다."

그녀는 수표를 들여다본 뒤 그것을 테이블에다 내려놓았다. 그녀는 깡통을 열어 내용물을 비운 뒤 뚜껑을 다시 닫고는 그것을 손에 들고 시선을 그곳에 철석같이 고정시켰다. "내가 소녀였을 때 나는 내 보물들을 넣어두는 차 깡통을 하나 갖고 있었어요. 당시에도 여기 있는 이런 종류의 차 깡통이 없는 것은 아니었지만, 이렇게 생긴 것은 아니었고 내 것에는 키릴 문자가 쓰여 있었어요. 뚜껑도 눌러서 여닫는 것이 아니라 찰칵 소리가 나게 여닫는 것이었고요. 나는 그것을 수용소에까지 가져갔는데, 그곳에서 어느 날 도난당했어요."

"그 안에 뭐가 들어 있었습니까?"

"누구나 생각할 수 있는 것들이지요. 우리 집 푸들 강아지의 터럭 몇 개, 아버지와 같이 갔던 오페라 입장권 몇 장, 어디서 얻었든지 아니면 어느 상자에서 찾아낸 반지 한 개가 들어 있었어요. 그러니까 내용물 때문에 그 깡통을 훔쳐간 것은 아니었어요. 수용소 안에서는 깡통 자체뿐만 아니라 깡통으로 할 수 있는 일의 가치가 엄청나거든요." 그녀는 깡통을 수표 위에 올려놓았다. "이 돈을 어떻게 쓰면 좋을지 내게 제안을 하나 해주시겠어요? 이 돈을 홀로코스트와 관련된 곳에 쓰는 것은 정말로 내가 해줄 수도 없고 또 해주고 싶지도 않은 사면과 같다는 생각이 들거든요."

"글을 읽고 쓰는 법을 배우고 싶어 하는 문맹자들을 위해서 쓰면 어떨까요. 그 돈을 전달할 수 있는 비영리 재단이나 연맹 혹은 단체가 분명히 있을 겁니다."

"그런 단체들은 분명히 있을 거예요." 그녀는 생각에 잠겼다.

"이와 관련된 유대인 단체도 있을까요?"

"무슨 연맹이 있으면 그에 해당하는 유대인 연맹도 있기 마련이지요. 문맹은 물론 유대인의 문제만은 아니지만요."

그녀는 내게 수표와 돈을 내밀었다.

"우리 이렇게 하기로 해요. 이곳이나 아니면 독일에 해당 유대인 단체가 있는지 한번 잘 살펴보시고, 그런 단체들이 있으면, 당신이 보기에 가장 신뢰가 가는 단체에다

이 돈을 입금시키세요." 그녀는 웃었다. "그래요, 인정받
는 게 그렇게 중요하다면, 그 돈을 한나 슈미츠의 이름으
로 입금하셔도 좋아요."

그녀는 그 깡통을 다시 손에 쥐었다. "이 깡통은 제가 갖
겠습니다."

12

그러는 사이에 이 모든 것을 뒤로하고서 10년의 세월이 흘렀다. 한나가 죽은 뒤 첫 몇 년 동안 나는 혹시 내가 그녀를 부인하고 배반한 것은 아닌지, 혹시 내가 그녀에게 무언가 빚진 것은 아닌지, 혹시 그녀를 사랑한 까닭에 내가 죄를 지은 것은 아닌지, 혹시 내가 진작 그녀와의 관계를 청산했어야 했던 것은 아닌지, 그 방법은 어떠해야 했었는지 하는 해묵은 질문들로 인해 괴로워했다. 가끔 나는 그녀의 죽음에 대해 내게 책임이 있는 것은 아닌지 스스로에게 묻곤 하였다. 그리고 가끔 그녀에 대해서 그리고 그녀가 내게 한 행동에 대해서 화가 나기도 했다. 마침내 분노의 물결이 물러가고 그러한 여러 가지 질문들이 더 이상 문제가 되지 않을 때까지. 내가 한 행동과 하지 않은 행동 그리고 그녀가 내게 한 행동, 그것은 이제는 바로 나의 인생이 되었다.

그녀가 죽은 지 얼마 되지 않았을 때, 나는 한나와 나의 이야기를 글로 쓰기로 마음을 굳혔다. 그 이후로 우리의 이야기는 나의 머릿속에서 여러 번에 걸쳐 쓰였다. 그때마다 이야기는 약간씩 다르게 쓰였다. 즉 매번 이미지들도 달랐고, 줄거리와 생각의 가닥도 다르게 전개되었다. 그렇기 때문에 원래 우리의 이야기는 내가 완성시킨 판본 외에도 다른 많은 판본들이 존재한다. 내가 완성한 판본이 정본이라는 보증은 내가 이 판본은 글로 썼지만 다른 판본들은 글로 쓰지 않았다는 사실에 근거한다. 내가 글로 쓴 판본은 글로 적히기를 원했으나, 다른 많은 판본들은 그렇지 않았다.

애당초 내가 우리의 이야기를 글로 쓰려고 한 까닭은 이 이야기로부터 벗어나고 싶었기 때문이었다. 그러나 막상 글로 쓰려고 하니까 기억들이 제대로 떠오르지 않았다. 그러던 중 나는 우리의 이야기가 내게서 빠져나가고 있음을 깨달았다. 그래서 나는 그것들을 어떻게든 글을 통해서 붙잡아두고 싶었다. 그러나 글쓰기 역시 나의 기억들을 되살리지는 못했다. 나는 몇 년 전부터 우리의 이야기를 건드리지 않고 그냥 내버려두었다. 나는 우리의 이야기와 화해했다. 그러자 우리의 이야기는 되돌아왔다. 세세한 부분에 이르기까지 그리고 내게 더 이상 슬픔을 주지 않을 정도로 둥글고 완결되고 나름대로의 방향을 지닌 모습으로. 나는 지난 오랜 세월 우리의 이야기가 정말로 슬픈 이야기라고 생각했었다. 그렇다고 해서 내가 지금 우리의 이야기가 행복한 이야기라고 생각한다는 뜻은 아니다. 그러나 나는 우리의 이야기가 진실되다고 생각하며, 바로 그런 까닭에 그것이 슬픈 이야기냐 아니면 행복한 이야기냐 하는 물음은 아무런 의미가 없다고 생각한다.

어쨌든, 나는 우리의 이야기를 생각할 때면 이 사실만을 생각한다. 그렇지만 내가 무언가로 인해 마음에 상처를 입을 때면, 당시에 겪었던 마음의 상처들이 떠오르고, 내가 죄책감을 느낄 때면, 당시의 죄책감이 다시 돌아온다. 그리고 내가 오늘날 무언가를 그리워하거나 향수를 느낄 때면 당시의 그리움과 향수가 되살아나곤 한다. 우리의 인생의 층위들은 서로 밀집하여 차곡차곡 쌓여 있기 때문에 우리는 나중의 것에서 늘 이전의 것을 만나게 된다. 이전의 것은 이미 떨어져 나가거나 제쳐둔 것이 아니며 늘 현재적인 것으로서 생동감 있게 다가오는 것이다. 나는 이 사실을 이해한다. 그럼에도 불구하고 나는 가끔 그것이 정말로 참기 어렵다고 느낀다. 어쩌면 나는 우리의 이야기를 비록 그것으로부터 완전히 벗어날 수는 없지만 그래도 벗어나고 싶었기 때문에 썼는지도 모른다.

나는 뉴욕에서 돌아오자마자 곧장 한나의 돈을 그녀의 이름으로 '문맹퇴치를 위한 유대인 연맹' 앞으로 송금했다. 나는 얼마 뒤 한나 슈미츠 부인 앞으로 그 유대인 연맹이 보낸, 기부에 감사하는 내용을 담은 컴퓨터로 쓴 짤막한 서한을 받았다. 나는 그 편지를 주머니에 넣고서 하나의 무덤이 있는 공동묘지를 향해 차를 몰았다. 내가 그녀의 무덤 앞에 선 것은 그것이 처음이자 마지막이었다.

사랑은 어떻게
시대사와 엮이는가

베른하르트 슐링크는 1944년 7월 6일 독일 빌레펠트에서 태어나 법학을 전공한 교수로서 1987년부터 추리소설을 발표하기 시작한 독일의 중견 작가이다. 그전에 이미 독일 문학계에서 추리작가로서 탄탄한 자리를 차지한 바 있다. 특히 그는 법학 교수로서 법적인 문제를 추리소설의 형태로 풀어가는 방식을 취하고 있어 독일 문단에서 특이한 존재라고 할 수 있다.

가계상으로 그의 집안은 전형적인 학자 집안이다. 아버지 에드문트 슐링크는 하이델베르크 대학의 신학 교수였으며 할아버지 빌헬름 슐링크는 공학 교수였다. 또한 그의 형 역시 은퇴할 때까지 프라이부르크 대학에서 예술사 교수로 봉직했다. 작가 베른하르트 슐링크는 유년기와 청년기를 하이델베르크와 만하임에서 보냈으며 뒤에는 하이델

베르크 대학과 베를린에서 법학을 공부했다. 1975년에는 법학박사 학위를 취득하고 1981년에 베를린 훔볼트 대학에서 교수자격논문이 통과되어 교수로 임용되었다. 이후 그의 활동은 법학자로서의 그것과 소설가로서의 그것으로 나뉜다.

그가 소설을 쓰게 된 동기는 상당히 흥미롭다. 슐링크는 1987년에 엑상프로방스 대학에 초빙을 받았는데, 그때 그곳에 정착한 친구인 발터 포프의 집에 묵게 되었다. 두 사람 다 범죄소설을 즐겨 읽었는데, 어느 날 둘은 직접 그런 소설을 써보기로 결심한다. 그렇게 해서 예순여덟 살의 사설탐정 게르하르트 젤프를 주인공으로 한 공동의 소설《젤프의 법》이 탄생하게 된다. 젤프 역시 청년 시절엔 검사로 일한 바 있다. 이렇게 그의 소설의 주인공들 대부분은 법과 관련된 일을 하거나 법과 관련된 환경에 있는 사람들이다. 때문에 그가 다루는 테마 역시 죄와 책임의 문제에 집중되어 있고 그것을 푸는 방식은 재판 과정에서 나타나는 것과 같은 추리나 추론의 방식이다. 이른바 법적 사고 방식이 근간을 이룬다. 법적인 사고에 근간을 두다보니 그의 문체는 자연스럽게 정확하고 간결한 쪽을 지향한다. 이것은 그가 노르트라인베스팔렌의 헌법재판소 판사로 일한 경력과도 부합한다. 이렇게 시작된 그의 글쓰기 작업은 이같은 근간을 유지한다.

사랑의 시작과 종말

《책 읽어주는 남자》의 무대는 2차 세계대전이 끝난 지 그리 오래되지 않은 시점인 1950년대 말에서 60년대 초 독일의 어느 한 도시이다. 병에 걸려 허약해진 한 소년이 학교에서 돌아오는 도중에 구토를 한다. 그것을 본 한 여인이 소년을 도와준다. 그러나 그것은 하나의 우연한 도움으로 끝나지 않고 두 사람의 미래를 결정짓는 운명의 순간이 된다. 그녀와의 관계는 그 소년의 인생에서 이후의 모든 여자관계뿐만 아니라 나아가서 모든 인간관계를 결정짓는 중요한 잣대가 됨으로써 운명적으로 피할 수 없는 무게를 지니게 된다. 소년은 그녀를 만나 그해 폭풍과 같은 봄을 보낸다. 그렇기 때문에 총 3부로 된 이 소설을 읽는 사람은 처음에는 열다섯 살짜리 소년과 서른여섯 살의 성숙한 여인 사이의 정상적이라고 할 수 없는 애정 관계를 묘사한 흥미 본위의 가벼운 소설이라는 인상을 받을 수 있다. 그러나 독자의 마음을 한껏 빨아들이는 속도감 있는 진행과 함께 단순하고 가벼운 듯 보이는 두 사람의 관계 속에 우리는 얽히고설킨 복잡하고 무거운 사건의 수수께끼들이 감추어져 있음을 감지하게 된다. 그것은 이 소설의 일인칭 화자로 등장하는 미하엘 베르크가 아니라 그 상대역인 한나 슈미츠라는 여인이 가슴 깊이 묻어둔 사연들에서 연유하는 수수께끼들이다. 그녀는 소년과의 성적인 관계에도 불구하고 전혀 자신의 가족이나 과거에 대해서 밝히지 않는다. 그녀의 비밀은 소설 속에 등장하는 몇 가지 대표적인 사건에 의해서 암시된다. 즉 그녀는 소년과 함께 떠난 자전거 여행에서 소년의 입장에서 볼 때 전혀 엉뚱한 사건을 벌여 두 사람 사이에 극단적인 갈등을 야기한다. 그것은 새벽에 소년이 잠자리에서 먼저 일어나 그녀에게 잠깐 산책을 다녀오겠다는 쪽지를 남기고 나감으로써 생긴 일이었다. 그가 다시 돌아왔을 때 쪽지의 행방은 묘연했고 그녀는 그에게 전혀 예기치 못한 과격한 행동을 보인다. 그것 역시 소년으로서는 알지 못할 수수께끼였다. 그러나 그녀가 감추고 있는 수수께끼는 그녀와 관계를 갖고 있는 소년에게도 마음속에 수수께끼를 던진다. 그것은 그가 그녀와의 관계에 대해서 끊임없이 의심함으로써 생긴 수수께끼들이다. 실제로 책 읽어주는 것을 좋아하는 것도 전차 차장인 그녀에게는 좀 어울리지 않는 수수께끼 같은 대목이다. 두 사람은 매일같이 만나 먼저 책을 읽고 그다음 샤워를 하고 나서 사랑을 하고 그다음 같이 조금 누워 있다가 헤어지는 일정하게 규정된 의식을 계속한다. 그러나 그것은 그녀가 어느 날 수수께끼처럼 훌쩍 사라짐으로써 끝난다.

그녀가 떠난 뒤 대학에 들어가 법학을 전공하던 미하엘 베르크는 우연한 기회에 그녀를 다시 만나게 된다. 그것은 세미나 관계로 일주일에 한 번씩 방문하게 된 법정에서였다. 그녀는 2차 세계대전 당시 강제수용소에서 수많은 유대인들을 사지로 보낸 혐의로 기소된 전직 강제수용소 여자 감시원이었던 것이다. 이렇게 2부는 한나 슈미츠의 과거에 대한 이야기로 계속된다. 이때부터 하나씩 그녀의 과거가 드러나기 시작한다. 그녀가 나치 수용소에서 저지른 가장 큰 죄목은 수용소에 수감된 유대인 여자들을 이송 중에 한 교회에 가두어 모두 불에 타 죽도록 한 혐의이다. 이와 맞물리면서 주인공 베르크에게 끊임없이 하나의 문제로 대두되는 것은 자신이 나치 범죄자와 사랑을 나누었다는 죄책감이었다. 그러나 이러한 개인적인 감정을 차치하고 사실 이 소설에서 가장 큰 포인트는 지멘스에서 승진이 보장된 것도 꺼려하고 나치 친위대로 들어가 수용소에서 감시원이 된 한나의 행동과 또 전차 회사에서 운전사로 정식 채용하겠다는 보장도 거절하고 다른 곳으로 도망친 한나의 행동에서 보이는 이해할 수 없는 수수께끼 같은 행동들이다. 그러나 여기서 일인칭 화자에게는 그녀의 잔혹함보다는 본원적인 약점이 문제가 된다. 그것은 바로 그녀가 글을 읽지도 쓰지도 못하는 문맹이라는 것이었다. 이 문맹의 문제가 실제적으로 그녀의 인생을 좌우하는 중요한 포인트로 작용한다. 어떤 이유에서 글을 배우지 못했는지 모르지만 그녀는 자신이 글을 읽지도 쓰지도 못한다는 데 대해 걷잡을 수 없는 수치감을 갖고 있다. 이것이 그녀의 생에서 결정적인 순간마다 메피스토의 얼굴을 하고 나타난다. 한나는 법정에서 기소된 다른 여자 감시원들이 그녀가 보고서를 작성했다고 모든 책임을 뒤집어씌울 때에도 자신이 문맹이라는 것이 노출되는 것이 두려워 필적 감정을 거부하고 보고서 작성을 자신이 했다고 시인하고 모든 벌을 떠맡는다.

작품의 줄거리가 긴박하게 전개되면서 시점이 현재 쪽으로 점점 다가온다. 현재에서 그리 멀지 않은 지점에서 벌어지는 일들이 이 작품의 3부를 형성한다. 한나는 교도소에 수감되어 있고, 현실 생활에 제대로 적응하지 못하는 미하엘 베르크가 그녀를 그리워하면서 그녀를 위해 녹음기에 자신이 읽은 책을 큰 소리로 녹음하여 보내주는 일이 하나의 큰 사건을 형성한다. 물론 주인공 베르크는 현재 법제사 전공 학자로서 외적으로는 성공을 한 상태이다. 그러나 그의 내면세계는 온통 한나와의 관계에 대한 기억들로 얼룩져 있다. 그는 현실적인 것 쪽으로 아무리 내달려도 그의 등에 와서 매달리는 과거의 흔적들을 떨쳐버리지 못한다. 결혼하여 딸까지 낳은 후 이혼한 그는 결국에 가서 한나와의 사랑이 그와 그녀의 인생에서 결정적으로 영향을 끼쳤음을 깨닫는다. 한나가 수감된 지 8년이 지난 시점부터 시작된 문학 작품의 녹음은 뜻밖에도 그녀가 석방될 때까지 10년간 계속된다. 그러나 그는 그동안 한 번도 한나를 찾아갈 생각도 하지 않고 또한 녹음테이프에 문학 작품 이외에는 아무런 사신도 담지 않는다. 베르크는 한나를 자신으로부터 멀리 있게 함으로써 그녀를 과거 속에 묶어놓고 이상화된 모습으로 그녀를 사랑하려 한다. 이것은 바로 현실로부터의 도피요 그녀에 대한 부인이요 배반인 것이다. 이러한 태도를 가지고 그녀가 석방되기 며칠 전에 교도소를 찾은 그의 태도에서 한나가 긍정적인 느낌을 받았을 리는 만무하다. 결국 한나는 석방 예정일 새벽에 교도소에서 목을 매달아 자살한다. 그녀가 남긴 여러 가지 유품들 중에서 자신이 고등학교 졸업식장에서 학교장으로부터 상장을 받는 사진이 있는 것을 본 베르크는 눈물을 삼킨다. 그녀는 그와의 첫 만남 후로 한 번도 그에 대한 사랑을 가슴에서 내쫓지도 손에서 놓지도 않았던 것이다.

사랑 속에 배어 있는 슬픈 역사

사랑과 나치의 시대사, 그리고 이 모든 것의 밑바닥에 자리 잡은 인간의 자존심과 약점의 문제가 이 소설의 내적인 근간을 이룬다. 따라서 이 이야기는 소년과 성숙한 여인 사이의 단순한 흥미 본위의 사랑이 아니라 보다 높은 차원을 향한 알레고리적 요소를 담지하고 있다. 먼저 사랑과 죄의식, 이해와 유죄판결, 그리움과 수치와 분노라는 상반되는 감정이 주인공의 마음을 끝까지 괴롭히는 모티브로 남고, 나아가서 이 문제는 단순한 개인적인 차원을 넘어서서 철학적인 차원으로까지 상승한다. 그것은 전쟁에서 극악한 범죄를 저지른 여인과 전후에 태어난 소년 사이의 아무것도 모르는 관계라는 하나의 상징적인 사건으로 대표된다. 다른 말로 표현하면 그것은 전쟁 세대와 이후의 전후 세대 사이의 갈등과 두 세대가 어쩔 수 없이 같이 살아갈 수밖에 없는 상황에 대한 알레고리라고 할 수 있다. 죄지은 여인을 사랑한 데서 오는 이해와 책임, 이것은 이 소설의 내용상의 주도 동기라고 할 만한 것으로서 이에 따라 소설의 공명이 울린다. 이 소설은 전후 세대가 자신들의 책임을 생각하면서 경제 기적을 이룬 것으로 과거를 청산하려 한 기성세대에 보내는 메시지라고 할 것이다. 따라서 이 소설에서는 개인사적인 사랑 이야기와 정치적인 갈등, 그리고 심리적이고 철학적인 문제 등 인간사의 복잡한 양상이 하나의 파노라마처럼 전개된다고 할 수 있다.

소설의 마지막에 가서 화자는 과거를 극복하기 위해서 이 소설을 썼다고 밝힌다. 그러나 소설의 화자는 한나와의 과거를 털어놓음으로써 자신의 과거를 극복하였는가? 그 대답은 부정적으로 나타난다. 왜냐하면 독일의 전체 과거가 하나의 과거로서 존재하듯 그가 짊어지고 있는 과거는 그 개인의 짐으로서 영원히 그에게 남아 있을 수밖에 없기 때문이다. 그러한 사정은 그가 마음속에 생각한 여러 가지 판본 중 이 책은 그중에 글로 기록된 하나의 판본에 지나지 않는다는 사실에서도 증명된다.

숄링크 작품의 특징은 짧은 문장의 사용과 적은 수의 등장인물, 그리고 물 흐르는 듯한 작품 진행에 있다고 할 수 있다. 소설의 화자는 소설의 주인공인 한나를 공개적으로 비난하지도 그렇다고 해서 개인적으로 동정하지도 않는 일정한 거리를 유지하는 서술 방식을 취함으로써 작품 진행에 산뜻한 효과를 주고 있다. 이때 일인칭 시점의 사용은 화자의 생각과 섬세한 자기관찰을 담아 표현하기에 아주 적절한 형식으로써 그가 접한 당면 문제들의 절실함을 잘 표현해준다.

이 작품을 우리말로 옮기는 데 사용한 텍스트는 1995년 스위스 디오게네스 출판사에서 출간한《Der Vorleser》이다.

이 작품은 그사이에 한국에서 두 번의 출판사를 거쳤다. 이번에는 새로 출간을 하면서 원고를 다시 읽으며 손을 좀 보았다. 자의든, 타의에 의한 것이든, 그간의 미진했던 부분을 수정할 기회를 가져 역자로서 마음이 한결 가벼워졌다.

2013년 봄
김재혁

옮긴이 **김재혁**

고려대학교 문과대학 독어독문학과 교수이며 시인, 번역가로 활동하고 있다. 그동안 낸 저서로는 《릴케와 한국의 시인들》(문화관광부 우수학술도서) 《바보여 시인이여》 《릴케의 작가정신과 예술적 변용》 《아버지의 도장》(시집)(문화관광부 우수교양도서) 《내 사는 아름다운 동굴에 달이 진다》(시집) 등이 있으며, 옮긴 책으로는 《릴케 전집 1: 기도시집 외》 《릴케 전집 2: 두이노의 비가 외》 《릴케: 영혼의 모험가》 《젊은 시인에게 보내는 편지》 《소유하지 않는 사랑》 《노래의 책》 《로만체로》 《넙치》 《푸른 꽃》 《베를린 알렉산더 광장》 《말테의 수기》 《젊은 베르테르의 슬픔》 《파우스트》 《겨울 나그네》 《골렘》 《소송》 외 다수가 있다. 독일에서 《Rilkes Welt》(공저)를 출간했으며, 오규원의 시집 《사랑의 감옥》을 독일어로 옮겼다.

책 읽어주는 남자

초판 1쇄 발행일 2013년 3월 25일
초판 12쇄 발행일 2024년 1월 12일

지은이 베른하르트 슐링크
옮긴이 김재혁

발행인 윤호권
사업총괄 정유한

편집 황경하 **디자인** 이희영 **마케팅** 정재영, 윤아림
발행처 ㈜시공사 **주소** 서울시 성동구 상원1길 22, 7-8층 (우편번호 04779)
대표전화 02-3486-6877 **팩스(주문)** 02-585-1755
홈페이지 www.sigongsa.com / www.sigongjunior.com

이 책의 출판권은 ㈜시공사에 있습니다. 저작권법에 의해
한국 내에서 보호받는 저작물이므로 무단 전재와 무단 복제를 금합니다.

ISBN 978-89-527-6856-8 04850
ISBN 978-89-527-6855-1 (세트)

*시공사는 시공간을 넘는 무한한 콘텐츠 세상을 만듭니다.
*시공사는 더 나은 내일을 함께 만들 여러분의 소중한 의견을 기다립니다.
*잘못 만들어진 책은 구입하신 곳에서 바꾸어 드립니다.

★★★★★

프랑스 레지옹 도뇌르 훈장, 독일 한스 팔라다 상·디 벨트 문학상
이탈리아 그린차네 카부르 상, 일본 마이니치신문 특별문화상 수상!

아름다우면서도 불온한, 그리고 마침내 도덕적으로 철저히 파괴하는 소설. 로스앤젤레스 타임스

**교묘하다. 냉정하게 도덕적 질문을 던지면서 삼십 대 여성과 십 대 소년의 충격적 사랑을
묘사하고 그러면서도 동시에 우아한 스타일과 문학적 진지함을 잃지 않는다.** 타임

성과 사랑, 책 읽기, 그리고 전후 독일의 수치심에 관한 강렬한 이야기. 오프라 윈프리 북클럽

**강렬함, 철학적인 우아함, 도덕적 관념……
슐링크는 놀랍도록 솔직하고 간결하게 이야기를 들려준다.** 뉴욕 타임스

귄터 그라스의 《양철북》 이후 가장 큰 성공을 거둔 독일 소설. 슈피겔

이 소설은 하나의 문학적 사건이다. 르몽드

**매혹적이다…… 슐링크가 가장 잘한 것, 이 소설을 가장 기억할 만한 것으로 만든 것은,
바로 매우 강렬한 에로티시즘의 짧은 순간들이다.** 엘르

섬뜩한 사랑에 대한 숨 막히는 소설. 한번 손에 잡으면 절대 놓을 수 없다. 아벤트 차이퉁

**감동적이고 도발적이며 궁극적으로 희망적인……
이 소설은 국경을 초월해 모든 이들의 가슴을 울린다.** 뉴욕 타임스 북리뷰

**올해 읽은 최고의 소설……
사랑과 공포, 자비에 관한 잊을 수 없는 짧은 이야기.** 인디펜던트 온 선데이

**매혹적인 솔직함으로 가득한 소설.
이런 작품이 쓰인 것은 행운이 아닐 수 없다!** 디 벨트보헤

**놀라우리만치 정확하고 감동적인 언어로 세상의 빛을 본 천재 작가.
이 '슬픈 이야기'는 슐링크의 가장 개인적인 작품이다.** 프랑크푸르터 알게마이네 차이퉁

현대 독일 문학에서 아주 독특한 위치를 차지하는 소설. 이 책을 놓쳐서는 안 된다. 타게스슈피겔